「걱정하지 마세요.
제가 에이미 님을
구하겠어요!」

NAME:>
미루루 MIRURU

라이브 던전!
···LIVE DUNGEON!···
2
신룡인
길드장

[글] dy레이토 [ILLUSTRATION] Mika Pikazo

내일은 휴일이지만

숙취는 피하고 싶다고 생각하면서,

츠토무는 과일주를 조금 마셨다.

NAME:> 츠토무 TSUTOMU

NAME:> 가름 GARM

「카미유 씨는 술이 약하니까 말이다.」

카미유가 술을 권해서……◆─

라이브 던전!

···LIVE DUNGEON!···

2

신 룡 인 길 드 장

[글] **dy레이토** [ILLUSTRATION] **Mika Pikazo**

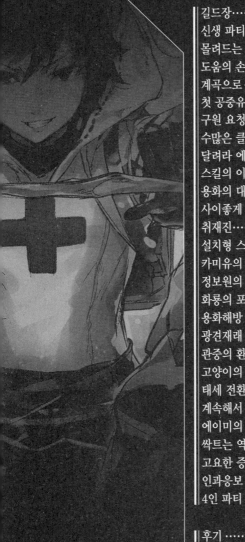

CONTENTS

길드장

에이미가 솔리트 신문사로 쳐들어가 붙잡혔다는 말을 들은 가름은 말없이 츠토무를 데리고 저번에 갔던 응접실보다 더욱 안쪽으로 들어갔다.

"괜찮을까요…… 에이미 씨는."

"젠장……."

진심을 말하자면 가름도 그 날조 기사를 봤을 때, 당장에 솔리트 신문사로 쳐들어가고 싶었다. 탱커라는 역할과 즐거움을 가르쳐 준 츠토무가 모욕당한 것을, 가름은 두고 볼 수 없다. 그리고 에이미는 그 감정에 따라 솔리트 신문사로 쳐들어가고 말았다고 한다.

에이미는 마음에 들지 않는 녀석이다. 게다가 이번 솔리트 신문사로 쳐들어간 것도, 가름으로선 비난해야 할 행동이었다.

하지만 에이미와는 1층부터 PT(파티)를 짜고, 51층까지 싸웠다. 그리고 쉘 크랩 돌파 뒤에는, 에이미에 대해서도 전우애 같은 마음을 남모르게 품고 있었다. 솔리트 신문사로 쳐들어간 것도 그 마음을 통감할 수 있는 만큼, 잘했다고 말해 주고 싶을 정도다.

"길드장께 판단을 구하겠다. 그런 다음에 이야기하지."

"그러죠."

가름은 여러 격정을 억누르고 걸음을 옮겼다. 그리고 막다른 곳까지 가자 남색 제복을 입은 두 명의 보초가 엄숙한 표정으로 문앞에서 대기하고 있었다.

"길드장께 내가 왔다고 전해 주길 바란다."

가름의 얼굴과 가슴에 있는 금배지를 확인한 보초는 고개를 끄덕인 뒤, 문을 열고 먼저 들어갔다. 그리고 보초는 금방 돌아왔다.

"들어와라."

씩씩하고 고운 목소리가 들어오라고 재촉했다. 가름은 "실례하겠습니다."라고 한마디 한 뒤에 방으로 들어갔다.

츠토무도 뒤따라 들어가 보니, 길드장의 방답게 꽹장히 호화로워 마치 고급 호텔의 객실 같았다. 바닥에는 붉은 융단이 깔렸고, 벽에는 찬란한 훈장이 여러 개 걸렸다. 그 밖에도 지금까지 이어져 온 다양한 마도구가 늘어서 있었다.

그리고 그 방 책상 앞에서 남색 제복을 입은 어른스러운 여성이 머리 뒤로 깍지를 끼고 서 있었다. 그 모습에 어딘가 침범해서는 안 될 성역 같은 것을 느끼고, 츠토무는 예술품을 보고 넋이 나간 것처럼 멈춰 서고 말았다.

"왜 그러지? 앉아라."

허리까지 자란, 불타는 듯 붉은 머리카락을 뒤쪽에서 하나로 묶은 그 여성은 츠토무의 앞에 있는 의자를 손으로 가리켰다. 자신감이 드러나듯 씩씩한 그 얼굴에는 붉은 비늘이 군데군데 얇게 붙어 있다.

용인(龍人. 용 인간) 중에서도 더욱 뛰어난 능력을 지녔다고 전해지는 신룡인(神龍人), 앱솔루트 카미유라는 여성이 그곳에 있었다.

츠토무가 머뭇머뭇 의자에 앉자, 가름도 뒤따라 옆에 앉았다. 그것을 확인한 카미유도 자리에 앉았다.

"우선 자기소개를 하지. 나는 이 길드에서 장을 맡은, 앱솔루트 카미유라는 자다. 카미유라고 불러도 상관없다. 잘 부탁하마."

단정하게 웃은 카미유는 츠토무에게 자기소개를 청하는 것처럼 손바닥을 보였다. 츠토무는 양 무릎에 올려두었던 주먹이 떨리려는 것을 억누르며 목소리를 냈다.

"처음 뵙겠습니다. 츠토무라고 합니다. 잘 부탁합니다."

"가름에게 이야기는 들었다. 레벨 20으로 40층을 돌파했다더군. 게다가 네가 고안한 작전 덕분에 계층주를 돌파할 수 있었고, 두 사람에게 들었다. 고작 한 달 만에 그런 성과를 낸 너의 힘을, 모쪼록 앞으로도 이 길드에서 발휘해 주기를 바란다."

"소, 송구합니다."

츠토무의 말투를 듣고 카미유는 한순간 멈칫했지만, 곧바로 태도를 바꾸고 책상 서랍을 열었다.

"하지만 아쉽게도 이번에 너를 부른 이유는 그것만이 아니다. 가름이 보여주어서 너도 알겠지만, 이 기사에 관한 일이다."

서랍에서 신문을 꺼낸 카미유는 그것을 책상에 올려놓았다. 그리고 그 신문을 한 손으로 와그작 움켜쥔 뒤에 자리에서 일어났다.

"조금 전에 에이미와 직접 만나 이야기를 했다만, 거짓을 말하는 것처럼 보이지 않았다. 그러니 이 기사는 날조된 것이겠지. 이번 건은 솔리트 신문사가 들어오게 한 길드, 길드장인 나에게 책임이 있다. 정말로, 미안하다."

카미유는 일어난 상태에서 사과하고 머리를 꾸벅 숙였다. 츠토무는 한순간 정신이 멍해진 뒤에 황급히 일어나려 했지만, 가름은 한 손으로 그 어깨를 붙잡아 도로 앉혔다.

가름에게 시선을 돌린 뒤에 츠토무는 앞을 바라봤는데, 그러고도 몇 초가 지나도 카미유는 머리를 들지 않았다. 츠토무는 황급히 입을 열었다.

"나쁜 것은 솔리트 신문사예요. 길드가 사과할 필요는 없어요."

"민중의 서명과 금전적 대가. 그것을 가미한 상태에서 취재는 가름과 에이미가 주체가 되리라고 낙관해 솔리트 신문사를 통과시킨 나의 책임도 있다. 너는 금 보물 상자를 뽑아 길드에 막대한 이익을 주고, 나아가 가름과 에이미의 벽마저도 치워주었다. 그런 너에게 또다시 불명예를 떠안게 하는 결과가 되고 말았다. 부디 나의 사죄를 받아주기를 바란다."

'그 상사에 그 부하인 건가.'

여전히 머리를 숙이고 있는 카미유를 보고 가름를 연상한 츠토무는 조금 우스운 듯이 표정을 풀었다.

"길드장님의 사죄는 잘 받았습니다. 길드에는 딱히 유감이 없으니까, 고개를 들어주세요."

"그렇군. 고맙다."

그제야 고개를 든 카미유를 보고 츠토무는 안심한 것처럼 한숨을 쉬었다. 고귀한 분위기를 내는 여성이 머리를 숙이게 하는 것은, 츠토무로서는 견딜 수가 없었다.

자리로 돌아간 카미유는 주름이 생긴 신문을 손에 들고 이야기하기 시작했다.

"그럼 앞으로의 솔리트 신문사 대응에 관해서, 우선 이 기사 내용을 정정하게끔 전력을 다하겠다. 교섭에는 시간이 걸리겠지만, 반드시 이 기사를 정정하게 하겠다. 그리고 솔리트 신문사에서 받은 돈은 전액 너에게 양도하겠다. 여기까지는 이미 정해진 사항이다. 문제는 에이미인데……."

"체포된 거죠?"

"그렇다. 조금 전 경비단 본부에서 직접 와 이야기한 정보로는, 에이미는 솔리트 신문사에 무단으로 잠입해, 소란을 일으키고 순찰 중이던 경비단 주임에게 붙잡혔다고 한다."

"그렇군요……."

"에이미에게서, 성급한 짓을 저질러 미안하다고 전해달라는 말을 들었다. 나로서도 거듭 사죄하겠다."

"아니요, 저는 괜찮아요. 그나저나 에이미 씨는 괜찮나요?"

"에이미에 대해서는, 다행히 솔리트 신문사에서 이번 일을 불문에 부친다는 모양이다. 경비단도 다친 사람이 몇 명 있는 수준이고, 사망자는 나오지 않았다. 마석이라도 찔러주면 아마 일주일 정도면 나올 수 있겠지."

"아, 그런가요. 다행이에요."

카미유의 말에 츠토무는 안심한 것처럼 한숨을 쉬었다. 하지만 카미유의 표정은 풀리지 않았다.

"문제는 너의 앞날이다. 가름, 상태는 어땠지?"

"굉장히 위험합니다. 츠토무의 숙소도 당장 방을 빼고, 길드에서 보호하는 편이 좋을 겁니다."

"그렇군. 그럼 츠토무, 우선은 너를 길드에서 보호하겠다."

"아, 네. 잘 부탁합니다."

카미유의 제안에 츠토무는 머뭇거리는 기색으로 받아들였다.

"그리고 에이미가 풀려났다고 해도, 바로 너의 파티에 재가입시키는 것은 어려울 것이다."

"그렇겠죠. 이 기사가 있는 동안에 파티를 짜도 여러모로 문제가 발생할 것 같으니까요."

츠토무가 에이미의 약점을 쥐었다고 알려진 사이에 파티에 넣으면 쓸데없는 피해를 초래할 것이다. 그것에 츠토무가 동의하자 카미유도 고개를 끄덕였다.

"그렇지. 우선 이 기사의 소동이 잦아들 때까지는, 몸을 숨기는 것도 하나의 방법이라고 생각한다. 물론 길드에서 극진하게 보호할 예정이지만, 어떻게 생각하느냐?"

"글쎄요……."

확실히 이대로 얌전히 있는 것도 하나의 방법이기는 하다. 하지만 츠토무는 에이미가 구속된 것과 가름과 조금 전에 약속했던 것을 감안해 카미유를 똑바로 봤다.

"한 가지 묻고 싶은데, 길드에서 에이미 씨를 대신할 딜러를 빌려줄 수 있나요?"

"에이미를 대신할 인원인가. 너는 이대로 활동을 계속하고 싶은 것이냐?"

"네, 그래요. 화룡 정도를 토벌하면 아마 럭키 보이로 불리는 일도 없어질 테고, 솔리트 신문사에서도 뭔가 움직임을 보이지 않을까 싶거든요."

"호오……?"

아무렇지 않은 얼굴로 말한 츠토무를 보고, 카미유는 재미있다는 듯이 한쪽 눈썹을 움직였다.

"너는 화룡 돌파가 목표인 것이냐?"

"네."

"네가 뽑은 최고봉의 검은 지팡이를 가진 흑마단이, 재력과 사력을 다해 간신히 해치운 화룡을, 즉석 3인 파티로 해치울 수 있다고?"

"충분히 가능할 거예요. 에이미 씨가 빠진 건 타격이 크지만, 대등한 딜러를 빌릴 수 있다면요."

상당히 가벼운 투로 말하는 츠토무를 보고, 카미유는 진의를 묻듯이 가름에게 눈을 돌렸다. 그러자 가름은 확고한 눈빛으로 마주 보고 고개를 끄덕였다.

그런 가름을 본 카미유는 다시금 츠토무를 응시했다. 최고봉의 보물 상자를 뽑아 막대한 부를 얻은 럭키 보이. 그 이명을 불식하기 위해 가름과 에이미를 포함한 3인 파티로 활동을 시작해, 파티 결성 한 달 만에 쉘 크랩을 돌파했다. 그리고 지금, 그것에 만족하지 않고 화룡마저 돌파하려고 한다.

그러한 사고방식은, 적어도 미궁도시 태생 중에는 없다. 카미유는 츠토무가 고아라는 보고를 들었지만, 마법을 쓸 수 있는 외국 귀족의 자식이거나 바깥 던전을 제패한 자 등 몇 가지 출신을 추측해 볼 수 있었다. 하지만 카미유는 츠토무의 출신 따위에 흥미가 없었다.

"하긴, 화룡을 해치웠다고 하면 솔리트 신문사도 가만히 있지는 않겠지. 기사 정정의 큰 교섭 카드가 될 것이다. 실제로 솔리트 신문사의 위치는 길드와 거의 동등하다. 이대로 교섭해도 어떻게 될지는 알 수 없겠지."

솔리트 신문사는 신문만 발행하는 것이 아니라, 다양한 사업에 손대고 있다. 그 규모는 현재 신문사라는 틀을 뛰어넘었다. 그래서 신의 던전을 관리하는 길드라는 단체에서도 교섭을 쉽게 진행하기 어려운 상대였다.

하지만 솔리트 신문사는 아직 신의 던전에 관한 정보를 실은 신문을 발행해서 얻는 이익이 크기 때문에 아무래도 유명한 탐색자에게는 약한 경향이 있다. 그 때문에 만약 럭키 보이라고 불리고 있는 츠토무가 화룡을 토벌한다면, 솔리트 신문사로서도 더는 횡포를 부릴 수가 없게 된다.

"화룡 토벌이라는 실적을 남길 수 있다면, 좋은 방법이기는 하다. 그리고…… 너는 재미있어 보이는군."

그리고 무언가 예감 같은 것을 느끼게 하는 츠토무에게, 카미유는 파충류 같은 붉은 눈을 반짝이며 입맛을 다셨다. 츠토무가 그 모습을 보고 놀라자 카미유는 당황한 듯이 헛기침하고 표정을 진지하게 바꿨다.

"에이미 대신이 되려면, 인선은 한정되겠군. 하지만 두 명 정도 적당한 후보가 있다."

"아, 빌려줄 수 있으신가요? 감사합니다."

최악의 경우 가름과 둘이서 가는 것도 상정했던 만큼, 츠토무는 카미유의 말에 안심했다.

"에이미를 대신할 수 있는 자라면, 나나 부길드장 정도이겠지. 하지만 슬슬 부길드장에게 이 자리를 경험시켜 줄 좋은 기회다. 내가 에이미를 대신에 너의 파티에 참가하마."

"네⋯⋯?"

쾌활하게 웃으며 자리에서 일어난 길드장 카미유와는 반대로, 츠토무는 머릿속이 정지된 것처럼 표정을 굳혔다.

▷▷

아침의 길드 안은 평소보다도 술렁이고 있었다. 갑작스러운 길드장의 일시적 은퇴 선언. 그리고 그 선언을 한 전 길드장은 태연하게 길드 안에 있는 식당을 이용하고 있다. 원탁을 둘러싸고 앉아 있는 카미유와 가름과 츠토무.

"캬~ 이곳을 이용하는 것도 실로 오랜만이구나. 아하하."

"카미유 씨."

"이봐라 가름. 우리는 오늘부터 대등한 파티 멤버가 아니더냐? 존댓말은 필요 없다고 몇 번을 말해야 알아듣겠느냐."

"터무니없는 말씀 하지 마십시오……."

완전히 쩔쩔매는 기색으로 개 귀가 위축된 가름의 등을, 카미유는 신경 쓰는 기색 없이 탁탁 두드렸다. 츠토무는 그 모습을 보고 간신히 어색한 웃음을 끌어내고 있었다.

이야기는 빠르게 진행되어, 카미유는 현재 구속된 에이미를 대신해 츠토무의 파티에 정식으로 가입하게 되었다. 츠토무는 아무리 그래도 길드장인 카미유가 그렇게 쉽게 움직여도 되나 걱정했지만, 카미유 본인은 아무런 문제도 없는 것처럼 행동하고 있었다.

"정말로 괜찮은 건가요?"

"괜찮고말고. 실제로, 요새는 길드장 퇴진을 권유받기도 했으니 말이지."

"하아……."

괜찮다고 말하며 말을 듣지 않는 카미유를 보고, 츠토무는 어쩔 수 없다는 기색으로 고개를 끄덕인 뒤 몸을 돌려 마주 봤다.

"아~ 그럼 카미유 씨. 스테이터스 카드를 보여주시겠어요?"

"경칭은 생략해도 된다."

"아니, 아무리 그래도 연장자를 막 부르긴 거북해서요."

단순히 나이가 많다기보다도 어딘가 자신과는 신분이 다른 것처럼 느껴질 정도로, 카미유는 다른 사람에게는 없는 존재감 같은 것을 내고 있다. 그런 카미유는 재미있다는 듯이 입가를 가렸다.

"츠토무는 파티 리더가 아니더냐? 파티에 나이 차 따위는 상관없다. 멤버는 리더를 따라야 한다."

"그렇다면 카미유 씨를 파티 리더로 임명하겠어요."

"이런 일도 있을까 싶어 계약서에 써두었다. 여길 보면 츠토무가 파티 리더를 맡는다고 딱 명시했다. 만약 이것을 어기면 나는이 파티에서 탈퇴할 수밖에 없다. 잘 부탁하마, 리더."

"부길드장에게 부탁할 수는 없을까요. 가름 씨가 독늪에 당했을때보다도 괴로워 보이는데요."

안절부절못해서 차분하지 못한 가름에게 눈길을 돌리고 말하자, 카미유가 돌아봤다. 시선을 받고 흠칫하는 가름.

"그런 것이냐?"

"아니요, 그런 일은 없습니다."

"봐라, 괜찮은 모양이다. 에이미의 뒤처리라도 생각하고 있는것이겠지."

늑대 사회를 방불케 하는 두 사람을 본 츠토무가 저도 모르게 쓴웃음을 짓자 카미유는 쓸쓸하다는 듯이 눈꼬리를 내렸다.

"그렇다고 해도, 이토록 거절당하는 것도 오랜만이군. 그야 흑마단 사람보다는 의지가 되지 않을지도 모르지만, 이래 봬도 58층까지는 도달한 몸이다. 전력으로서 부족하다고는 할 수 없을 터인데."

"아니, 전력만으로는 더할 나위 없는데요?"

"그럼 좋지 않으냐."

빙긋 웃은 카미유를 보고 츠토무는 머리를 부여잡고 싶어졌지만, 58층까지 도달했다면 정말로 전력상 문제가 없다. 그리고 너무 끈질기게 교체를 요청하다가 기분을 상하게 해서 에이미를 대신할 사람이 없어지는 것은 좋지 않은지라, 츠토무는 살짝 한숨을 쉬었다.

"알겠어요. 그럼 카미유, 스테이터스 카드를 보여주겠어요?"

"오오! 좋다!"

"그럼 앞으로는 파티 멤버는 경칭을 생략하겠어요. 가름 씨도 괜찮죠?"

"그, 그래. 상관없다."

태도가 차분하지 못한 가름이 정말이지 재미있다는 듯 쳐다보는 카미유에게 한숨을 푹 쉰 다음, 츠토무는 미인 접수원이 건네준 스테이터스 카드를 봤다.

카미유의 레벨은 67. 스테이터스는 가름과 에이미보다 한 단계 위. JOB(직업)은 대검사(大劍士). 이어서 스킬을 본 츠토무의 눈에, 한 가지 익숙하지 않은 문자가 보였다.

"이, 용화(龍化)라는 건 뭔가요? 처음 보는데요."

"그것은 나의 유니크 스킬이다. 그것을 사용하면 일정 시간 거의 모든 스테이터스가 상승한다."

"유니크 스킬……. 와~! 그런 것도 있구나! 그건 굉장하네요."

"하지만 그것을 사용하면 본능에 이끌려 생각이 둔해진다. 조금 분별이 없어지고 마니까, 함부로 쓰지 않는 스킬이다."

"오오. 폭주 상태 같은 것인가요?"

"그 정도는 아니지만 말이다. 지금은 피아를 판별할 수 있고, 몬스터가 사라지면 자동으로 풀린다. 하지만 지시를 똑바로 들을 수가 없어지지."

"그렇군요. 그렇다면 운용하기 어려워 보이네요."

자기가 모르는 스킬을 보고 츠토무는 몸을 내밀고 카미유의 이야기를 들었다. 그 사실을 좋게 느꼈는지 카미유는 우쭐거리며 이야기를 계속했다.

"그리고 등에서 날개가 생겨서 하늘을 날 수도 있다. 그리고 화룡처럼 브레스를 토하는 것도 가능하다."

"오오! 그럼 용화라는 건 인간 형태를 유지하는 건가요?"

"그래. 만약 용이 될 수 있었다면, 60층을 넘을 수 있었을지도 모르지. 게다가 자력으로 날 수 있다고는 해도 화룡만큼 빠르거나 오래 날 수는 없다."

"아니, 그래도 좋은 스킬이네요. 일단은 용화를 보고 싶으니까, 던전에 가서 손발을 맞춰 볼까요."

그렇게 말한 츠토무를 보고 카미유는 만족스럽게, 가름은 머뭇거리며 고개를 끄덕였다.

신생 파티

츠토무가 이끄는 신생 3인 파티는, 해변 계층주인 쉘 크랩에 도전하고 있었다. 카미유의 실력을 보기 위해 들어간 것이라 계층주까지 갈 예정은 없었지만, 거의 억지로 끌려가 도전하게 되었다.

'왜 이렇게 계층주를 해치우고 싶어서 안달이 난 걸까.'

츠토무는 내심 질색하면서 세 번째로 쉘 크랩과 대치했다. 평소대로 가름이 탱커를 맡고 츠토무는 힐러. 카미유는 에이미를 대신해 딜러를 맡는다.

"자 그럼, 실력을 보실까."

"굳이 말하자면, 그건 제가 할 말 같은데요. 카미유는 가름이 컴뱃 크라이를 쓰고 나서, 뒤에서 기습을 부탁드려요."

"하하하! 확실히 그렇지! 이거 참 미안하군, 접수했다."

여성이 들 것 같지 않게 거대한 철검을 어깨에 걸친 카미유는 호탕하게 웃으며 쉘 크랩을 상대하고 있는 가름을 응시했다.

대검을 가볍게 양손으로 고쳐 든 카미유는 쉘 크랩의 등 뒤로 접근해, 머리를 내려치듯이 대검을 휘둘렀다. 깡 소리를 내며 튕겨나가는 대검. 카미유는 그 반동으로 비틀거리면서도 고개를 갸웃거렸다.

"상당히 딱딱하게 느껴지는구나."

나직이 중얼거린 카미유에게 휘둘리는 거대 집게발. 그것을 가볍게 몸을 회전해 피하고, 그대로 대검도 회전시켜 옆에서 집게발을 때렸다. 쉘 크랩을 중심으로 풍압이 퍼진다. 카미유는 비틀거리지 않고, 이번에는 쉘 크랩이 후퇴했다.

가름이 교대하듯이 카미유 앞에 나서, 장검으로 다리의 장갑을 깎는다. 세 번째가 되니 가름도 익숙해졌는지, 최소한으로 움직여 알맞게 장갑을 깎고 있다. 이번에는 츠토무가 가름에게 헤이스트를 계속해서 걸고 있어서, 그 효과 덕분이기도 하다.

"호오. 저것이 소문의 그것인가."

카미유는 츠토무가 가름에게 날리는 푸른색 기운을 보고 눈썹을 세운 뒤, 가름과 함께 쉘 크랩에 맞서 싸웠다. 잠시 후 카미유는 츠토무에게 물러나라는 지시를 듣고, 대검을 어깨에 걸치고 물러났다.

"컴뱃 크라이!"

가름에게서 붉은 기운을 받은 쉘 크랩은 여전히 카미유를 주시하고 다리를 움직인다. 1층부터 51층까지 같은 파티여서 대략적인 대미지 수치와 스킬을 파악한 에이미와 처음으로 함께 싸우는 카미유는 쉘 크랩의 어그로 수치 예상에 차이가 생긴다.

어그로 관리를 실패한 츠토무는 이를 악문 뒤에 지시를 내렸다.

"죄송해요, 어그로 관리를 실수했어요. 카미유는 지금보다도 공격을 자제하죠. 가름, 헤이스트는 더 걸지 않을 테니까 그렇게 아세요."

"그래."

"알았다."

두 사람에게 효과 시간에 차이를 두고 프로텍트를 건 츠토무는, 파란 포션을 조금 마셨다. 그리고 쉘 크랩의 옆구리에 위치를 잡듯 걸으며 두 사람의 일거수일투족을 봤다.

가름은 일반 다리를, 카미유는 집게발과 다리 전반을 중심으로 공격하고 있다. 에이미처럼 경쾌함과 공격 횟수를 장기로 삼는 쌍검사가 있으면 등딱지를 노리겠지만, 카미유는 대검사다. 일격이 묵직한 대신 경쾌하게 움직일 수 없다.

장비는 가죽 갑옷 등을 중심으로 가벼운 것을 착용하고 있지만, 그 무기는 자루까지 포함하면 본인의 신장과 엇비슷한 대검. 그것을 틈틈이 등딱지에 내려치려고 해도, 거대 집게발에 막히고 만다.

하지만 가벼움을 버린 카미유의 일격은 묵직하다. 그것을 막는 다리와 집게발의 장갑은 점점 깎여 나가고 있다.

자기 장갑이 깎이는 것을 위협으로 인식한 쉘 크랩은 카미유를 집중적으로 노리기 시작했다.

'끄응, 저것도 아마 억제하고 있는 거겠지. 이대로 가면 안 좋을 거 같아.'

아랑곳하지 않고 공격을 계속하는 카미유를 본 츠토무는 혀를 차려는 기분을 억누르며 입을 굳게 다물었다. 이대로 가다간 가름이 어그로를 쌓지 못해서 카미유가 집중 공격을 받아 다칠 게 뻔했다.

21층부터 이 전법을 사용한 덕분인지 에이미는 본인이 표적이 안 되도록 공격을 줄이는 요령을 배웠다. 따라서 쉘 크랩의 첫 도전 때는 몰라도, 두 번째는 상당히 여유롭게 해치울 수 있었다.

하지만 카미유에게는 말로만 전법을 설명했고, 실전 경험도 49층의 도중뿐이다. 당연히 에이미와는 다르다. 하지만 츠토무는 머릿속으로 에이미가 있다고 가정해서 진행했다.

'멍청하긴. 호흡을 처음 맞춰 보는 거니까 카미유 씨가 이렇게 될 줄은 알았잖아. 뭘 하는 거야.'

츠토무는 어설픈 자기 생각에 짜증을 내면서도, 하얀 지팡이를 들어 언제라도 스킬을 쓸 수 있도록 마음의 준비를 하고 있었다.

쉘 크랩을 공격하면서 방어도 하게 되자 카미유의 체력 소모가 심해진다. 호흡이 점점 거칠어지고, 이마에서 흐른 몇 방울의 땀이 모래밭으로 떨어진다.

"메딕."

상태이상을 고치는 메딕은 피로에도 어느 정도 효과가 있어서, 츠토무는 카미유에게 그 스킬을 썼다. 이것으로 카미유의 피로도 다소 해소할 수 있지만, 이대로 계속 표적이 되는 것은 좋지 않다.

무시당하는 꼴이 된 가름도 컴뱃 크라이와 검과 갑옷을 때려 소리를 울려 적의 시선을 끄는 스킬, 워리어 하울 등으로 시선을 끌려고 한다. 하지만 지금까지 어그로를 쌓지 못하는 상황에 부닥쳐 본 적이 없는 가름은 당황한 나머지 스킬을 사용하는 데 필요한 정신력이 바닥났다는 것을 알아채지 못했다.

급하게 가름이 파란 포션을 마시는 사이, 쉘 크랩은 카미유를 완전히 처리하기 위해 양쪽 집게발을 움직이고 있었다.

카미유를 짓누르려고 달려드는 쉘 크랩의 몸통 박치기. 온 힘을 다해 옆으로 훌쩍 뛰어 피하는 카미유. 그것을 노리고 있던 것처럼 거대한 집게발이 육박한다.

카미유는 방패를 대신해 대검을 정면으로 들어 받아냈지만, 집게발에 밀려난 것처럼 뒤로 확 날아갔다.

충격에 흔들리는 팔에 이를 갈고, 츠토무의 프로텍트를 공중에서 받은 카미유는 자세를 정비할 틈도 없이, 등부터 모래밭에 내동댕이쳐졌다. 폐에서 흘러나온 듯한 비명이 터져 나왔다.

"하이 힐, 하이 힐, 하이 힐. 헤이스트."

츠토무가 든 하얀 지팡이에서 사출된 하이 힐이 쓰러져 있는 카미유를 감싼다. 저리던 손은 금방 감각을 되찾고, 착지했을 때의 고통도 금방 사라졌다. 몸을 감싼 녹색 기운을 보고 카미유는 진심으로 즐거운 듯한 표정을 짓고, 거친 숨을 쉬면서 일어났다.

회복만이라면 하이 힐 한 번으로 충분했지만, 츠토무는 쉘 크랩의 어그로를 끌려고 일부러 하이 힐을 연달아 카미유와 가름에게 쓰고, 자신에게 헤이스트를 걸었다. 카미유를 한차례 공격한 쉘 크랩은 스킬을 과다하게 쓴 츠토무를 표적으로 삼았다.

"에어 블레이드. 카미유, 일단 공격을 멈추고 휴식. 가름은 계속해서 어그로를 쌓아요. 천천히라도 좋으니까 컴크 연타."

츠토무는 접근하는 쉘 크랩에 견제용 바람의 칼날을 날리고 지시했다. 그리고 모래를 날리며 다가오는 쉘 크랩을 보고 떨리려는 다리를 손바닥으로 때렸다.

'두 사람 다 지쳤어. 내 실수야. 알아서 만회해.'

세 번째쯤 되면 쉘 크랩의 공격도 익숙해지는 부분이 많다. 하지만 익숙하다고는 해도, 츠토무의 VIT로는 프로텍트를 걸든 말든 어떤 공격이라도 치명타가 될 수 있다. 평소의 츠토무라면 절대로 하지 않을, 위험 부담이 큰 행동이다.

하지만 자연스럽게 에이미가 있을 때처럼 움직인 것을, 츠토무는 부끄럽게 여겼다. 지면에 박히는 집게발, 죽음을 부르는 듯한 풍압에 마음이 쪼그라들 것만 같다. 가까이서 보는 쉘 크랩은 올려다봐야 할 정도로 크고, 찌걱찌걱 움직이는 입과 기민하게 움직이는 촉각은 소름이 끼친다.

허공을 집는 거대 집게발. 저 커다란 집게발에 잡히는 것을 상상하는 것만으로 츠토무는 지릴 것만 같다. 실수를 저지르면 이런 무서운 꼴을 당하게 된다. 죽음에 대한 공포에 츠토무의 숨은 자연스럽게 가빠지고, 자신이 미끼가 되는 짓은 하지 말아야 했다는 후회가 움튼다.

때때로 등을 돌려서 날리는 물 폭탄을 조심하면서, 츠토무는 공포심을 억누르고 쉘 크랩의 공격을 계속 피한다. 한 번의 공격을 피하는 것만으로도 츠토무는 마음이 갈리는 기분이 들었다.

그리고 1분도 버티지 못하고 츠토무는 호흡이 가빠지기 시작했지만, 그 무렵에는 가름이 스킬을 사용해 쉘 크랩의 어그로를 충분히 쌓았다. 뒤에서 공격하는 가름에게 쉘 크랩이 몸을 돌린다.

츠토무는 쉘 크랩의 표적에서 벗어난 것에 안심하면서, 가름에게 프로텍트를 건 뒤에는 숨을 가다듬기 위해 다리를 멈추고 심호흡을 반복했다.

그리고는 과도했던 카미유의 공격을 조금씩 조정해, 가름에게서 최대한 어그로가 튀지 않도록 행동했다. 프로텍트가 걸린 VIT가 가장 높은 가름이라면 집게발에 잡히지 않는 이상 치명상은 입지 않는다.

가름이 쉘 크랩의 공격에 대한 방어를 도맡고, 그동안 카미유가 쉘 크랩을 공격한다. 어그로가 튈 때는 카미유가 쉘 크랩을 상대하고, 가름은 그사이 휴식해 정신력을 회복한다. 그리고 카미유가 피폐하기 전에 다시 가름이 스킬을 발동해 쉘 크랩의 어그로를 끌어 공격을 받아낸다. 츠토무는 지원 스킬이 끊기지 않게 유지하며, 누군가가 공격에 맞았을 경우는 즉시 회복 스킬을 날렸다.

마침내 정상으로 돌아가기 시작한 안정된 흐름에 츠토무는 한차례 고개를 끄덕이고, 여유가 생긴 참에 카미유에게 말을 걸었다.

"좋은 느낌이네요. 그럼 가름이 유인하는 사이에, 용화를 사용해 보죠."

"그래. 맡겨다오. 단숨에 처리해 보이마."

실로 든든하게 입꼬리를 올린 카미유가 "용화."라는 말을 입에 담는다. 그 말과 함께 카미유의 손과 목을 덮은 붉은 비늘이 희미하게 발광을 시작하고, 불타듯이 붉은 두 눈과 긴 붉은 머리카락은 더욱 붉은 기운을 띠었다.

대기가 흔들리는 듯한 기를 둘러, 허리까지 자란 긴 붉은 머리카락이 하늘하늘 흔들리고, 등에서는 번데기가 우화하듯이 날개 한 쌍이 형성되기 시작한다. 새롭게 자라나 탁한 흰색을 띤 날개는 불타오르듯이 붉게 물든다. 날개가 완전히 형성된 카미유는 모래바람을 일으키며 자신의 키와 맞먹는 대검을 쉘 크랩의 집게발에 내리쳤다.

가름의 공격에 의해 이미 장갑이 벗겨지기 시작했던 거대한 집게발은 구타하는 듯한 공격을 몇 번 맞자 금방 갑각에 균열이 생겼다. 그것을 보고 다리를 움직여 일단 물러나려 한 쉘 크랩을, 카미유는 놓치지 않았다.

"파워 슬래시!"

카미유는 지면을 단단히 딛고, 대검을 스윙하듯이 휘둘러 집게발을 때린다. 그 폭력적인 타격으로 거대한 집게발은 완전히 부서져, 갑각 파편이 주변으로 흩어진다. 자신의 최대 무기가 부러진 쉘 크랩은 비명을 터트리며 뒤로 물러났다.

그리고는 한동안 카미유의 독무대가 이어졌다. 쉘 크랩은 등에 생긴 날개로 날아올라 종횡무진으로 돌아다니는 카미유를 포착하지 못하고, 산산이 부서진 집게발을 허공에서 버둥거렸다. 그 사이에 등딱지에 날카로운 일격이 들어간다.

그 움직임은 츠토무도 포착하지를 못하고, 카미유에게 프로텍트와 헤이스트를 걸지 못하고 있었다. 스킬을 날리는 속도가 카미유를 따라잡지 못해 제어할 수 없게 되어, 푸른색과 황토색 기운이 도중에 흩어지고 말았기 때문이다.

그 움직임과 무거운 일격에 쉘 크랩은 견디지 못하겠다고 말하는 것처럼 울음소리를 터트린 뒤에, 보라색 거품을 토하며 지면을 갈아엎듯 파헤치기 시작했다.

하지만 거대한 집게발이 부러지고 말아서는, 이동할 때의 땅파기에도 시간이 걸린다. 등딱지에서 물 폭탄을 날려 시간을 끌며, 열심히 이동하려고 몸을 바닥에 반쯤 파묻은 쉘 크랩. 카미유는 용화했을 때 생겨난 날개로 하늘 높이 날아 물 폭탄을 피하면서도, 공중에서 대검을 아래로 내밀었다.

　"투구 깨기."

　하늘을 차듯이 해서 속도를 붙이고, 기요틴의 칼날처럼 다가가는 대검이 쉘 크랩의 등딱지에 꽂혔다. 바닥에 꿰이듯이 몸 한가운데를 대검이 관통한다.

　"인챈트 플레임."

　맑고 고운 목소리와 동시에, 그 대검의 주변에 불꽃이 구현한다. 쉘 크랩은 몸 안에서부터 불타 경련하며, 빛의 입자를 흘리기 시작했다.

　50층의 쉘 크랩을 처음으로 도망치게 하지 않고 처치하는 데 성공했던 클랜. 그곳에서 최대의 화력을 지닌 딜러로 알려졌던 카미유는 그 몸을 푸르게 물들이고 입에 들어간 피를 "퉤." 하고 토했다.

　"굉장해."

　그 호쾌한 전투를 보고 흥분하듯이 뺨을 붉게 물들인 가름. 츠토무도 쭉쭉 날아가는 듯한 움직임에 놀라고 있었다.

　'엄청난 화력이네. 카미유 같은 사람이 네 명 있으면, 4딜 편성도 괜찮을 것 같아.'

　카미유가 용화하고 나서는 전투가 일방적으로 진행되고, 츠토무나 가름이 나설 필요가 없어졌다. 만약 머릿수가 갖추어졌다면, 4딜러, 1힐 편성도 나쁘지 않게 생각된다. 하지만 딜러에게 보호받는 힐러가 될 생각은 조금도 없다.

'하지만 날아가는 힐보다 빠른 속도는 문제가 있어. 이건 개선해야만 해.'

용화 상태로 민첩성을 높인 카미유의 움직임은 완전히 몬스터라고 해도 지장이 없을 만큼 빠르다. 츠토무가 지원 스킬과 회복 스킬을 최대한의 속도로 날려 봤지만, 카미유를 따라잡지는 못한다. 따라서 에이미처럼 계속해서 헤이스트를 주기 어려웠다.

헤이스트가 끊기기 직전이나 상처를 입었을 때는 한 번 멈춰 달라고 말할까 생각했지만, 용화 중일 때는 전투 말고 의식하기 어렵다고 들었다. 그만큼 세세한 지시는 전해지지 않을 것이다.

그렇다면 아예 처음부터 최대한의 정신력으로 카미유에게 헤이스트를 걸어야 할까? 하지만 그랬다간 자신이 가장 먼저 어그로를 끌고 만다. 그래서는 자신이 싫어하는 그 전법과 아무런 차이가 없다. 그럼 어떻게 해야 할까. 생각의 바다에 가라앉기 시작한 츠토무 앞에, 무색의 대마석이 턱 놓였다.

"거참, 너희의 연계를 너무 얕잡아 봤구나. 이렇단 말이지~."

츠토무가 그 대마석을 매직백에 넣을 때 카미유는 대검을 모래밭에 꽂고 몸을 기댔다.

카미유의 등에 있던 날개는 용화가 풀리자마자 탄화해 바스러지듯이 사라지고, 아래로 늘어진 긴 붉은 머리로 덮여 가려졌다.

"가름의 높은 VIT를 살린 방패 역할과 지금까지의 움직임은, 다른 파티에서도 하는 걸 가끔 본 적이 있다. 하지만 츠토무가 날리는 힐. 나는 백마도사를 잘 모르지만, 그건 처음 봤구나. 그것 덕분에 가름이 포션을 마시지 않고 전투에만 전념할 수 있는 것으로 보이는군."

"예, 카미유 씨……. 카미유. 츠토무는 대단합니다!"

남색 꼬리를 붕붕 흔드는 가름을, 카미유는 따뜻한 미소를 지으며 바라봤다.

"하지만 가름도 성장했군. 너도 츠토무의 날리는 힐을 의식하며 싸우고 있는 것처럼 보인다. 더는 광견이 아니게 된 모양이로구나?"

"감사합니다!"

카미유가 놀리듯이 웃으며 입에 담은 별명에, 가름은 기세 좋게 머리를 숙였다. 무언가가 깨지는 소리와 함께 나타난 검은 문을 보고, 츠토무는 길드로 귀환할 것을 두 사람에게 재촉했다.

"뭐냐. 오늘은 더 안 가는 것이냐?"

"이번에는 카미유의 용화와 전투 시에 어떻게 움직이는지만 볼 생각이었으니까, 오늘은 이걸로 끝이에요. 아니 애초에 쉘 크랩에 도전할 예정도 원래는 없었다고요."

도끼눈을 뜨고 노려보는 츠토무에게 카미유는 두 손을 마주하고 사과했다.

"미안하다. 츠토무 덕분에 쉘 크랩을 돌파할 수 있었다고 들어서 말이다. 내 눈으로 꼭 확인해 보고 싶었다."

"혼자서 검은 문으로 들어가는 건 이번을 마지막으로 해 주세요. 아, 다음엔 정기휴일이라서 스킬을 확인하거나 할 예정이니까, 가게에서 미팅을 할 거예요. 괜찮을까요?"

"그렇군. 하지만 슬슬 부길드장이 허둥거리며 나를 찾기 시작할 때가 되었다. 미안하지만 미팅은 저녁에 시작해도 괜찮겠느냐?"

"예, 상관없어요. 그럼 저녁 무렵에 길드의 신대 앞에 집합하기로 해요."

싱글거리며 기뻐하는 카미유에게, 츠토무는 그렇게 대답하고 검은 문으로 들어갔다.

몰려드는 벌레

"당신은…… 또 귀찮은 일을 벌이셨군요."

"츠토무, 가름, 나중에 보자."

세 사람이 길드로 돌아오자, 검은 문 앞에서 대기하고 있던 중년 남성이 카미유를 연행했다. 아무래도 저 사람이 부길드장인 모양인지, 굉장히 지친 듯한 얼굴을 하고 있었다.

카미유가 사라지고 나서 한가해진 츠토무는 방송이라도 볼까 싶어 도시로 나가려고 했다가, 곧바로 가름에게 붙잡혔다.

"길드 사람에게 시내 상황을 보고 오라고 하겠다. 잠시 기다리도록."

그렇게 말하고 빠르게 카운터 안쪽으로 달려간 가름. 츠토무가 그것을 배웅하자 인파 속에서 그것을 보고 있었는지, 어제 츠토무에게 시비를 걸어 왔던 3인조가 이죽거리는 얼굴로 앞으로 나왔다.

"여어 럭키 보이…… 어 아니지, 지금은 범죄자인가!"

"도시에서는 네 이야기로 떠들썩해. 좋겠네~! 인기인이 되었으니까 말이야~!"

"빌어먹을 자식!"

그 주변에서도 츠토무를 파티 사람들끼리 비웃거나, 손가락질하는 자는 적잖이 있었다. 가름이 없어지자마자 몰려나온 자들을 보고, 츠토무는 과장스럽게 손을 들며 고개를 저었다.

"어떤 탐색자 덕분에, 이렇게까지 소란이 번질 줄은 예상도 못했어요."

"흥. 그것이 탐색자 모두의 뜻이다. 너 따위 기생충은 어서 사라져버려. 눈에 거슬린다고."

"역시 벌레는 벌레를 의식해서 몰아내려고 하나?"

"아앙?!"

빈정거리는 웃음을 짓는 츠토무의 가슴팍을 탐색자 중 한 명이 붙잡았다. 츠토무는 또 이거냐고 웃으며, 강제로 가슴팍을 잡은 탐색자의 손을 풀었다. 손목을 잡혀 경악하는 탐색자.

"뭐야?!"

"백마도사에게 힘으로 밀리는 건 좀 그렇지 않나요."

"쳇. 어차피 가름한테 기생해서 올린 스테이터스 덕분이잖아!"

"초심자를 사냥해 시체를 뒤지는 것보다는 훨씬 낫다고 생각하는데요."

험악한 얼굴을 한 탐색자의 손을 쳐내듯이 치운 츠토무는, 냉혹한 웃음을 지어 보였다. 벌레 탐색자에게 자신이 럭키 보이라고 불리는 것만이라면 차라리 무시할 수 있었다. 하지만 이번에는 그들이 가담했을 날조 기사 때문에 결과적으로 에이미가 붙잡히고, 가름도 주위에서 결코 좋은 시선을 받지는 못하고 있다. 츠토무는 그 사실을 용서할 수 없었다.

게다가 벌레 탐색자들은 수가 많은 것을 이용해 던전 안에서 초심자 파티를 공갈하거나, 정보가 부족한 신입을 속여 부당한 보수 분배를 강요하거나 하고 있다. 몬스터를 사냥하지 않고 그렇게 범죄에 가까운 행동밖에 하지 않는 그들을, 츠토무는 진심으로 경멸하고 있었다.

"할 마음이 없다면 빨리 은퇴나 해."

지금까지 무슨 일을 당하든 제대로 반항조차 하지 않았던 츠토무. 그런 그에게 처음으로 반격당하고 왠지 박력이 느껴지는 시선을 받은 3인의 탐색자는 방어본능이 움직인 것처럼 뒷걸음질 쳤다.

그리고 카운터에서 나온 가름을 알아챈 3인은, 당황한 것처럼 츠토무에게서 떨어져 인파 속으로 숨어들었다. 그 뒷모습을 무표정하게 지켜본 츠토무는 돌아온 가름을 가볍게 올려다봤다.

"뭔가 시비가 걸렸던 모양인데."

"별일 아니었어요. 그래서, 시내 상황은 어떤가요?"

"아침보다 소란이 심해진 모양이다. 한동안 혼자 행동하지 않는 편이 좋다. 숙소도 바꿔야 한다."

"그런가요. 그곳은 상당히 마음에 들었는데 말이죠. 아~ 짐을 가지러 가고 싶은데 따라와 주실 수 있나요?"

"그래."

눈빛만으로 사람을 쏘아죽일 것 같은 눈으로 가름은 불쾌한 듯이 주변을 둘러봤다. 그 시선에 들지 않게 바닥을 보는 벌레 탐색자에게 코웃음 친 뒤, 가름도 츠토무의 뒤를 따라 길드를 나섰다.

가름은 츠토무를 바로 따라잡고는 신경질적으로 발소리를 냈다. 장신에 눈빛도 날카로운 가름의 행동에, 주변에 있던 탐색자는 위험물을 피하는 것처럼 물러나기 시작했다.

"말만 번지르르한 벌레 놈들. 부끄러운 줄 알아라."

"벌레가 웅웅대는 소리를 신경 써도 소용없잖아요."

츠토무의 말투에 가름은 어리둥절한 기색을 보인 뒤, 험악했던 분위기를 흐트러트리고 큭큭 웃었다. 때때로 보내오는 통행인의 시선을 뿌리치고, 두 사람은 츠토무가 묵는 여관으로 향했다.

여관으로 들어가도 주변 사람들의 시선은 따가웠다. 옆에 가름이 없었으면 틀림없이 야유라도 날아왔을 법한 분위기였다. 츠토무는 그런 시선을 받아넘기며, 카운터에서 방을 뺄 것을 전했다.

"그럼 그렇게 부탁할게요."

"네……."

츠토무를 보는 카운터 사람의 시선도 어딘가 차갑다. 츠토무는 방에서 서둘러 짐을 빼고는, 카운터에 열쇠를 돌려주고 가름과 함께 나왔다.

"기사가 정정될 때까지는 길드 직원의 기숙사를 사용해야겠다. 츠토무, 괜찮겠나?"

"아, 그런가요. 저는 문제 없지만, 수속 같은 건 괜찮으려나요?"

"문제없다. 그동안 내 방에서 지내면 된다. 카미유 씨라면 허가해 줄 것이다. 남은 방이 있으니까 그곳을 자유롭게 써도 상관없다."

"그렇다면 다행이네요."

매직백에 들어가지 않는 커다란 짐을 옮기며, 두 사람은 길드 바로 근처에 세워진 기숙사로 향했다. 그 길드 기숙사는 츠토무가 이용했던 여관보다도 훨씬 크고 검은 윤기가 흐르는 돌을 사용한 외관은 범접하기 어렵게 고급스러운 느낌을 냈다.

흠칫거리는 츠토무는 척척 나아가는 가름을 따라가서 기숙사의 한 방에 짐을 내려놓았다. 3인 가족이 널찍하게 지낼 수 있을 정도로 넓은 방에 츠토무는 감탄하며 짐을 옮겼다.

가름이 사용하라고 한 방은 여관보다도 넓었다. 마도구 화장실과 욕조, 가구까지 딸린 이 방은, 길드 직원이 되면 무료로 입주할 수가 있다.

'길드 직원의 지위는 상당히 높구나.'

츠토무는 처음 보는 먼지를 뒤집어쓴 마도구를 만지작거린 뒤, 방을 청소하며 시간을 보냈다. 창문을 열고 빗자루로 위의 먼지를 털어내고, 바닥에 쌓인 먼지를 쓰레받기로 모았다.

'이럴 때 스킬을 잘 쓸 수 있으면 좋을 텐데. 신께서도 이런 곳으로 날려 보냈으니까, 기왕이면 나한테도 마법을 쓸 수 있게 해 주면 좋았잖아.'

츠토무는 스테이터스 카드에 존재하는 스킬은 정신력을 소모해 사용할 수 있지만, 마석을 촉매로 삼아 현상을 일으키는 마법은 쓸 수 없다. 마법을 행사하기 위해서는 우선 재능이, 나아가 막대한 지식이 필요하다. 마법을 쓰는 것은 대부분 귀족으로, 그 재능과 지식을 독점하고 있다.

그 마법의 대체품으로 만들어진 것이 츠토무가 지금 깔끔하게 청소하고 있는 마도구다. 유색 마석을 핵으로 삼고 무색 마석을 연료로 투입함으로써, 마법과 마찬가지로 다양한 현상을 일으키는 것이 가능한 도구이다.

스킬은 신의 던전에 들어가 스테이터스 카드를 작성, 갱신하는 것으로 누구나 쓸 수가 있는 기능을 말한다. 스킬을 행사하는 것에 재능과 지식, 마석 따위는 필요 없다. 필요한 것은 MND(정신력)뿐이다.

그 대신에 스킬은 마법에 비해 자유도가 그다지 높지 않다. 예를 들면 마법은 바람의 마석만 있으면 산들바람에서 소용돌이, 따뜻한 바람에서 차가운 바람까지 자유롭게 만들 수 있다. 하지만 스킬은 그럴 수가 없다.

츠토무가 연습하고 있는 에어 블레이드는 바람의 칼날을 직선으로 쏘는 스킬인데, 아무리 위력을 낮추더라도 칼날은 칼날. 먼지를 털어내기 위해 썼다간 실내는 흠집투성이가 될 것이다. 게다가 도중에 궤도를 변경할 수도 없다. 정신력을 사용해 위력에 강약을 주는 것과 처음에 날아갈 방향을 지정하는 정도밖에 응용할 수 없다.

따라서 마법과 스킬은 언뜻 보기에는 비슷하지만 다른 것으로, 동일시해서는 안 되는 것이라고 가름에게 배웠다. 귀족 앞에서 그런 말을 했던 탐색자가 목이 날아간 사례도 있다고 하니, 츠토무는 전혀 다른 것이라고 단단히 명심하고 있다.

마른 수건으로 닦아 반들반들해진 목제 마도구를 선반에 내려놓고, 바닥과 벽을 젖은 걸레로 닦은 뒤에 마른걸레로 다시 닦았다.

그리고 얼추 깨끗해진 방에서 츠토무는 주저앉았다.

'아직 오후인가……'

청소를 마치고 한가해진 츠토무는 나무 바닥에 드러누웠다. 창문에서 들어오는 햇빛은 아직 저물 기색이 없다.

'방송, 보고 싶네~.'

츠토무는 한가한 시간에는 항상 던전 생방송을 보거나, 신대 부근의 노점만 구경했다. 하지만 이번 소동으로 밖에도 나가지 못하고 길드에도 그다지 오래 있을 수 없게 되자, 곧바로 할 일이 없어졌다.

'아, 새로 카미유 씨가 들어왔으니까, 전법도 바꿔야지. 에이미 씨처럼 안정적으로 헤이스트를 맞출 수 없으니까 뭔가 작전을 짜야겠네. 오늘 저녁에 물어봐야 할 건 용화의 효과 시간과……'

츠토무는 이번에는 엎드려 누워 매직백에서 서류를 꺼내, 저녁까지 작전을 짜내기 위해 펜을 들어 생각을 정리하기 시작했다.

▷ ▷

저녁에 길드에서 카미유와 합류한 츠토무와 가름은, 그대로 기숙사로 장소를 옮겼다. 그리고 가름의 방에서 던전 탐색 미팅을 시작했다.

우선은 카미유에게 딜러, 탱커, 힐러의 역할을 설명하고, 츠토무가 휴일에 신대를 보고 발견했던 지식 등을 세 사람에게 공유했다. 그리고 가름과 카미유에게도 뭔가 정보가 없는지 물어봤다.

가름은 계곡 공략의 경험이 없고 방송도 잘 보지 않았던 모양이라, 유의미한 의견은 나오지 않았다.

풀이 죽어 꼬리가 축 늘어진 가름과는 반대로, 카미유는 본인이 58층까지 공략했기 때문에 유익한 정보가 많았다. 그 정보를 츠토무는 게임으로 익힌 지식과 대조해 보며 메모해 나갔다.

'이걸로 세이브 포인트는 몇 개인가 확보됐으려나.'

층마다 존재하는, 몬스터가 잘 접근하지 않는 세이브 포인트. 그것은 숲이라면 큰 나무, 늪이라면 동굴 같은 식으로 층마다 특징이 다르다. 카미유의 정보와 게임 지식이 일치하는 장소를 머리에 입력한 츠토무는 펜을 든 손을 움직여 차례로 적었다.

그리고는 장비와 포션, 비품 관리 등의 이야기로 넘어갔다. 장비 파손과 던전 공략으로 사용하는 비품 보충을 위해, 던전에서 얻은 총수익의 10퍼센트는 보전비로 파티 리더인 츠토무가 관리한다.

보수에 관해 이야기를 꺼낸 츠토무는 카미유에게 무슨 말을 듣지 않을지 조금 긴장했지만, 딱히 문제가 없었던 모양이라 그 뒤로는 안심하고 이야기를 이어갔다.

포션은 제일 처음에 지급했던 것에 한해서 자기 판단에 따른 사용을 허가한다. 개인 휴대품 말고는 매직백을 가진 츠토무가 관리한다. 이것을 이야기하자 카미유는 의외라는 듯이 눈썹을 끌어올렸다.

"통이 참 크구나. 게다가 '숲속 약국'의 포션이지 않으냐?"

"그렇다고는 해도 요새는 사기 어려우니까, 포션의 질은 한 단계 낮출 예정이지만요."

숲속 약국의 포션은 일반적인 도구점에서 파는 물로 희석한 포션과 질이 다르다. 치유 효과는 물론이고, 용량 대비 회복량이 차원이 달라 많이 마시지 않아도 된다. 더군다나 맛도 조금 쌉쌀한 차 같은 풍미로 조절되어 탐색자들 사이에서 인기가 많다.

하지만 다른 가게의 추종을 불허하는 성능을 지닌 그 포션은 당연히 비싸고, 현재로는 한 명밖에 만들 수 있는 사람이 없어 수량도 적다. 그런 이유로 숲속 약국의 포션, 특히 회복용 녹색 포션은 쉽게 보충할 수 없다.

따라서 츠토무는 다른 포션으로 대용을 생각하고 있지만, 역시 숲속 포션과 비교하면 질이 떨어지는 것이 현실이다. 날생선을 믹서에 갈아서 썩힌 듯한 맛이 나는 파란 포션을 마시고 난 뒤부터는, 숲속 약국 이외의 파란 포션은 마시지 않고 있다.

그 뒤는 일주일에 모일 수 있는 요일과 시간을 카미유에게 묻고 정기휴일을 변경하거나, 장비를 점검하는 가게 등을 공유한 뒤에 미팅을 끝냈다.

그리고 카미유가 길드장 업무의 인수인계 등으로 이틀 정도 시간이 필요하다고 해서, 츠토무는 오늘과 내일 이틀을 휴일로 정했다. 그것을 전한 뒤에 해산할 예정이었는데, 카미유가 이의를 제기했다.

"잠깐 기다려라. 신입이 파티에 들어오지 않았느냐. 환영의 술이 없어서는 말이 안 되지."

"흠, 그런 건가요?"

"모처럼 준비해 왔다. 어울려다오."

소형 매직백에서 술병을 꺼낸 카미유를 본 츠토무는 옆에 있는 가름을 봤지만, 그는 말없이 일어나 컵을 가져왔다. 츠토무는 카미유에게 순종적인 가름을 보고 한숨을 쉰 뒤, 그 컵을 받아들었다.

 카미유는 좋다고 병을 기울여 붉은 과실주를 전원의 컵에 따르고는, 잔을 들어 건배했다. 내일이 휴일이지만 숙취는 피하고 싶다고 생각하면서, 츠토무는 과실주를 조금 마셨다. 의외로 알코올 도수는 높지 않은지, 입에 닿는 느낌이 좋았다. 금방 다 마신 츠토무가 앞을 보자 얼굴이 새빨개진 카미유가 눈에 들어왔다.

 "오오?! 둘 다 빠르구나~!! 자, 마셔마셔!!"

 "아, 뭔가 안주를 만들어 올게요. 가름, 주방을 빌려도 될까요?"

 "음? 상관없다."

 츠토무는 이미 술기운이 돈 듯한 카미유를 보고 놀랐지만, 그냥 자리에서 일어났다. 그리고 비치된 주방에서 적당한 술안주를 만들어 제공하자, 카미유는 매우 기뻐하며 먹으며 술을 계속해서 마셨다.

 그리고 두 시간 뒤. 만취한 카미유는 테이블에 엎어져 고른 숨을 내쉬고 있었다. 도수가 낮은 과실주 한 잔에 이미 취했던 듯한 모습을 보고, 츠토무는 저도 모르게 어색한 웃음을 지었다.

 "어째서 술이 약한데 쭉쭉 마신 걸까요, 이 사람은⋯⋯."

 "카미유 씨는 술이 약하니까 말이다."

 "알코올 중독으로 죽거나 하면 웃기지도 않으니까 좀 참아 달라고요, 정말."

"알코올 중독······?"

상당한 양을 마셨는데도 불구하고 말짱한 표정을 짓고 있는 가름은, 처음 듣는 단어에 개 귀를 세우고 고개를 갸웃거렸다. 츠토무도 도수가 낮다고는 해도 카미유가 계속해서 권하는 바람에 취해 있었기에, 붕 뜬 의식으로 답했다.

"도수가 높은 술은 간에 부담을 주니까, 한꺼번에 마시는 건 금물이에요."

"음, 그렇군."

츠토무도 취해 있다고 결론을 내린 가름은 맞장구를 치고, 방 안쪽으로 가서 모포를 챙겨왔다.

"어, 카미유를 이대로 재우는 건가요?"

"어쩔 수 없지. 카미유 씨의 집은 길드에서 머니까 말이지."

"그렇구나······. 아, 가름. 내일 가게 돌아다닐 테니까, 호위를 부탁해도 될까요?"

"음, 알았다."

숲속 약국이나 장비 점검 등으로 정기적으로 다니는 가게에는 정기휴일이 바뀌었다는 것을 전해야만 한다. 츠토무는 가름이 승낙해준 것에 감사하고, 가름은 세상 모르게 자는 카미유에게 모포를 덮어주었다.

도움의 손길

다음 날. 어차피 가게를 돌 것이라면 그 시간에 마석을 환금하고 싶어서, 츠토무는 가름과 함께 억척스러운 드워프 소녀의 마석 환금소에 와 있었다. 여전히 우락부락한 남자가 목소리를 높이며 나무 상자를 옮기는 모습을 바라보고, 어느 정도 사람이 줄을 서 있는 카운터의 가장 끝자리로 향했다.

가름에게 받은 약 덕분에 얼굴에서 어느 정도 숙취가 가신 츠토무는 자기 차례가 오기 전에 매직백을 뒤져 마석이 들어 있는 주머니를 꺼내기 시작했다. 차례를 기다리고 있는 탐색자들이 미심쩍게 보지만, 츠토무는 신경 쓰지 않았다.

하지만 차례가 되면서 츠토무의 얼굴을 본 드워프 소녀의 눈빛은 마치 더러운 것이라도 보는 듯했다. 만약 가름이 없었다면 쫓겨나거나 하지 않았을까 싶을 정도로 싸늘한 눈에 츠토무도 식은 땀을 흘리며 마석 매수를 의뢰했다.

"작은 건 거기, 큰 건 여기."

일이라고 생각해서 그런지 직접 말하지는 않지만, 마치 오물을 대하는 듯한 태도다. 츠토무는 그 태도에 아랑곳하는 기색을 보이지 않고, 물이 든 통에 미리 준비한 작은 마석을 넣기 시작했다.

그 작업을 하는 중에 가름은 드워프 소녀에게 손짓으로 불렸다. 가름이 다가가자 소녀는 눈썹을 찌푸렸다.

"가름. 사람은 가려서 사귀어. 너도 동류로 취급당할 거야."

"그 기사는 날조다. 휘둘리지 마라."

"날조? 하지만 여기에 오는 탐색자에게 확인했지만, 모두 입을 모아 맞다고 말하는데. 게다가 저 녀석은 성격이 더러우니까, 하기는 했을 거잖아?"

"길드에서 에이미가 츠토무에게 매달려 용서를 빌었던 것은 사실이지만, 악의가 있는 시선으로 사실이 비틀어진 것이다. 애초에 에이미가 알려지면 따를 수밖에 없는 비밀 따위가 있었다면, 내가 제일 먼저 발견해 길드 직원을 그만두게 했다."

"그건 확실히 그럴지도!"

"뒤에 사람이 있으니까 빨리 하고 가요."

부스러기와 소마석 납품을 재빨리 마친 츠토무는 대마석을 몇 개인가 카운터에 놓고, 소녀에게 따지고 있는 가름의 팔을 잡아끌었다. 소녀가 던져서 넘겨준 나무 번호판을 받은 츠토무는 서둘러 마석 환금소에서 벗어나 다음 가게로 걸음을 옮겼다.

그리고는 가름과 카미유가 애용하는 대장간과 츠토무가 사용하는 도구류를 갖춘 가게, 이어서 세탁소에도 갔지만, 츠토무를 환영하는 시선은 없다. 솔리트 신문의 영향력은 대단해서 글자를 모르는 사람에게도 말로 전해지기 때문에, 이제는 그 소동을 모르는 사람들이 없을 정도였다.

그리고 개점 전에는 탐색자가 줄을 쭉 늘어서고, 녹색 포션이 품

절되자마자 사람이 거의 오지 않게 되는 숲속 약국. 지금은 아무도 줄을 서지 않은 가게 앞에서 츠토무는 진정하기 위해 심호흡을 한 뒤에, 가게 문을 열었다.

츠토무가 카운터로 가 초인종을 울리자 평소처럼 쉰 목소리가 들리고, 지팡이를 짚는 소리와 함께 엘프 할머니가 나왔다.

츠토무는 이 할머니에게도 그 눈빛을 받을 각오를 했지만, 그녀는 평소대로 사람을 안심시켜주는 웃음을 지으며 츠토무를 봤다.

"어머어머, 너는 츠토무가 아니더냐? 신문을 봤을 때 아는 얼굴이 나와서 깜짝 놀랐지 뭐냐! 밖에서는 큰 소동이었지? 고생하는구나."

"아, 네. 그렇게 됐네요."

"뭐, 그런 건 금방 잦아들게 되어 있단다. 그때까지는 모른 척하거라. 그래서? 오늘도 파란 포션이지? 잔뜩 만들어두었단다."

싱글거리며 파란 포션을 준비하기 시작한 할머니를 보고, 츠토무는 자기도 모르게 목이 떨리고, 눈물을 머금었다. 츠토무는 할머니의 말에 고개를 끄덕이며 아래로 머리를 숙이고, 눈에 맺힌 눈물을 서둘러 닦았다.

한 달 가까이 머물렀던 여관의 점원이나 다녔던 가게 사람들은 어딘가 경멸하고, 혹은 관여하고 싶지 않다는 듯한 시선을 보냈다. 물론 그런 악평이 있는 사람이 자기네 가게를 이용하기를 바라지 않는다는 것은 츠토무도 이해할 수 있었다. 하지만 적잖이 대화한 사람들이 그런 눈으로 보는 바람에, 겉으로는 드러내지 않더라도 남모르게 상처받았다.

하지만 할머니만은 츠토무를 믿어주었다. 그리고 평소와 다름 없는 모습으로 말을 걸어주는 것이, 츠토무에게는 무엇보다도 기뻤다.

할머니는 눈물을 흘리는 츠토무를 보고 놀란 뒤에, 자상한 표정을 지으며 머리를 쓰다듬어주었다. 따뜻한 할머니의 손길에 츠토무는 눈물샘이 터질 뻔했지만, 간신히 견디고는 슬쩍 그 손을 걷어냈다. 귀까지 새빨개진 츠토무를 보고, 할머니는 힘내라며 말을 걸었다.

"어차피 그 기사는 엉터리였던 게지? 에이미의 얼굴을 보면 그딴 건 알 수 있단다."

"어, 에이미 씨가 여기에 왔었나요?"

"파란 포션의 가격을 보고 싶다고, 요전에 왔었단다. 그때 너를 자랑하는 걸 귀에 못이 박히게 들었지 뭐냐. 그리고 너는 원래부터 그런 일을 하지 않을 아이라는 걸 알고 있었으니 말이다. 나 원, 솔리트 신문사는 대체 무슨 생각을 하는 겐지."

"네. 정말이지 그 말씀이 옳습니다."

동조하며 고개를 끄덕이는 가름이 슬슬 부끄러워지기 시작한 츠토무는 말없이 그 다리를 살짝 가볍게 걷어찼다. 걷어차인 다리를 움찔하고 뒤로 뺀 가름은 당혹스러운 시선을 츠토무에게 보내고, 할머니는 웃음을 참는 것처럼 입을 가렸다.

"실은 이 소동으로 에이미 씨를 파티에서 뺄 수밖에 없게 되었어요. 그래서 정기휴일이 바뀌고 파란 포션을 매입하는 날짜를 바꾸게 되었죠. 앞으로는 토요일에 찾아뵐 거예요."

동요를 감추듯이 빠르게 말하는 츠토무를 보고, 할머니는 눈웃음을 지으며 의자에 앉아 기댔다. 오랜 세월 사용해온 의자는 삐걱거리는 소리를 내며 흔들흔들 움직인다.

 "그렇구나. 여전히 꼼꼼하구나, 츠토무는."

 "파란 포션은 잘 팔리지 않는다고 하셨고, 생산에도 신경을 써야 하니까 당연한 배려예요. 나중에 다시 오겠습니다. 마석은 토요일에 가져올게요."

 "그래라. 이걸 줄 테니까 힘내거라. 덤이야."

 "감사합니다."

 "급할 때 쓰려무나."

 평소에 보는 것보다도 반짝이는 녹색과 파란 포션이 든 시험관 병. 그것을 하나씩 받은 츠토무는 머리 숙여 인사한 뒤에 숲속 약국을 나왔다. 햇빛을 받은 츠토무는 붉어진 눈꼬리를 식히듯이 숨을 불어줬다.

 "과묵하신 분 같았는데, 저렇게나 말씀을 잘하시는군. 그리고 훌륭한 혜안을 지니신 분이 아닌가!"

 "가름. 콧김 소리가 시끄러워."

 "…………."

 할머니의 말씀에 들뜬 가름에게 단호하게 내뱉은 츠토무는, 가벼운 발걸음으로 마석 환금소로 향했다. 드워프 소녀의 시선은 쌀쌀맞았지만, 마석 감정만큼은 딱히 따질 필요 없는 가격이 책정되었다. 츠토무는 조금 전과 달리, 그렇게까지 소녀의 시선을 고통스럽게 느끼지 않았다.

계곡으로

그 뒤에 반나절과 하루의 휴식을, 츠토무는 플라이 연습으로 소비했다. 그리고 느리지만 간신히 공중에서 이동할 수 있게 된 츠토무는 바다 위에서 떠오르며 양손을 하늘로 치켜들었다. 그리고 성대하게 바다로 추락했다.

그다음 날부터는 츠토무, 가름, 카미유의 신생 파티에 의한 계곡 공략이 막을 열었다. 츠토무는 평소와 변함없이 은은하게 흰색 빛을 내는 로브와 검은 바지를 입었고, 가름은 여전히 은이 주재료인 갑옷을 장비했다. 하지만 이번에는 한 손에 끼는 방패가 아니라, 가름 본인의 반신이 가려질 정도로 커다란 방패를 등에 지고 있었다.

그리고 카미유는 농담처럼 크고 투박한 강철색 대검과 붉은 긴 소매 가죽 갑옷을 입었다. 하지만 그 가죽 갑옷은 용화 때 생기는 날개 때문인지 등 부분이 파여, 피부가 드러나 있다. 등에는 비늘이 별로 없구나 하고 츠토무는 멋대로 관찰한 뒤, 길드 마법진에서 전이해 51층에 내려섰다.

세 사람이 51층에 내려서자마자, 환영하듯이 큰바람이 불어왔다. 녹색으로 뒤덮인 계곡이 펼쳐지고, 무성하게 우거진 나무들과 높은 곳에서 쏟아지는 폭포 등이 보인다.

아치형의 거대한 다리 같은 녹색 암석을 밑에서 올려다본 뒤, 츠토무는 매직백에서 녹색 포션이 든 병을 꺼냈다.

"그럼 카미유. 주변 수색을 부탁할게요."

"알았다. 플라이를 걸어주겠느냐?"

"아, 네. 플라이."

병의 완충제를 벗기고 있던 츠토무는 앉으면서 하얀 지팡이를 들고, 카미유에게 플라이를 날렸다. 바람 같은 것이 카미유의 붉은 머리를 어루만지고 그 몸을 허공에 띄우기 시작한다.

붉은 가죽 갑옷을 펄럭이며 날아간 카미유를 배웅한 츠토무는, 이어서 시험관 병에 깔때기를 대고 포션을 넣기 시작했다.

빠르게 포션을 시험관 병에 바꿔 담고 그것을 자신의 홀더에 단단히 넣은 뒤, 작은 벨트에서 떨어지지 않도록 단단히 고정한다. 그 병을 준비운동 중인 가름에게 주고, 츠토무는 파란 포션도 옮기기 시작했다.

상당히 번거로운 일이라 츠토무는 가능하면 사전에 준비해두고 싶었지만, 숲속 약국의 할머니께서 포션은 던전에서 바꿔 담는 편이 열화가 덜하다고 해서 그대로 따르고 있다.

포션은 평범한 약이 아니라, 마력이 담긴 마법약이다. 그 마법약은 던전 안에서 채취되는 소재를 재료로 마법, 마도구 등을 사용해 마력을 담아 가공된다. 그 때문에 병의 뚜껑을 열자마자 담긴 마력이 흘러나와, 열화가 시작되고 만다.

하지만 매일 마석을 만들어내는 던전 안은 공기에 마력을 대량으로 머금고 있어서 밖에서 뚜껑을 여는 것보다도 열화가 진행되기 어렵다. 따라서 기본적으로 포션은 던전 안에서 옮기는 것이 탐색자들 사이에서는 상식이 되어 있었다.

파란 포션 옮기기도 끝낸 츠토무는 조금 움직여보고 시험관 병이 방해되지 않는다는 것을 확인했다. 그것을 마치고 자신에게 플라이를 걸어 공중으로 떠올랐다.

느릿느릿한 움직임은 도보와 차이가 없는 속도지만, 중심은 안정되어 균형을 잃는 일이 없다. 한동안 츠토무가 떠올라서 이리저리 돌아다니고 있자, 용화 상태의 카미유가 하늘에서 돌아왔다. 등의 날개를 펄럭여 기세를 죽인 카미유는 천천히 착지했다.

"검은 문을 발견했다. 저쪽이다."

"오, 정말인가요. 운이 좋네요."

"대략적인 출현 장소는 파악하고 있으니까 말이지."

던전 내부는 하루마다 지형이 바뀐다고 길드에서 발표하지만, 세이브 포인트나 검은 문의 장소 등에는 특징적인 지형이나 물체가 존재하는 경우가 많다. 따라서 그 특징을 알면 검은 문의 장소는 대체로 특정할 수가 있다.

카미유의 등에 난 날개가 검게 되어 바스러지기 시작해 그 존재가 사라지자, 묶은 머리카락을 풀어 긴 붉은 머리로 그 등을 가리려고 했다.

"그렇게 뜨거운 시선으로 바라보지 마라."

"아, 죄송해요. 그럴 생각은 아니었어요."

날개가 사라진 등은 어떤가 싶어 카미유의 등을 응시하던 츠토무는 농담으로 얼버무리려는 듯이 쑥스러운 표정을 지은 것을 보고 황급히 손을 저었다. 그 뒤에 포션이 든 시험관 병을 카미유에게도 주고, 츠토무는 출발을 선언했다.

가름과 카미유는 도보로, 츠토무는 플라이를 연습하기 위해 공중에서 이동하기 시작했다. 가끔 츠토무가 균형을 잃을 뻔해 가름에게 기대기도 하면서, 검은 문으로 행진했다.

그렇게 몇 분을 산길을 따라 올라가자 앞쪽 수풀이 흔들린다. 그리고 배경에 녹아드는 듯한 녹색 털을 가진 늑대가 좌우에서 몇 마리가 나타났다. 그 늑대들은 풀 같은 갈기를 흔들며 세 사람에게 접근했다.

"버든트 울프(풀 늑대)군요. 가름, 컴크 부탁해요. 카미유는 가장 왼쪽을 공격해요."

가름과 카미유에게 프로텍트를 걸고 츠토무는 공중에서 지시를 내렸다. 가름이 앞으로 나서 대형 방패를 한 손으로 들며 붉은 투기를 쏘아 시선을 끌고, 카미유는 왼쪽 끝에 있는 버든트 울프를 향해 대검을 가로로 휘둘렀다.

세 마리 버든트 울프가 떼지어 가름에게 덤벼들었다. 가름은 허리춤에 찬 숏소드를 뽑아 선두의 버든트 울프를 벤다. 코끝이 살짝 베인 버든트 울프는 겁먹고 거리를 벌렸다. 뒤따르는 두 마리의 몸통 박치기는 한꺼번에 큰 방패로 막아낸다.

"실드 배시!"

방패를 한 손에 들고 스킬을 발동한 가름은, 한 걸음 앞으로 나서 방패를 날리듯 앞으로 민다. 그리고 지면을 구른 한 마리 버든트 울프에게 갑옷이 쓸리는 소리를 내며 달려가, 그대로 위에서 짓누르듯이 방패를 내려쳤다. 버든트 울프가 비참한 비명을 터트린 뒤에는 무색 마석만이 남았다.

동료가 죽어서 격앙된 것처럼 짖는 버든트 울프의 옆구리로 카미유의 대검이 날아가고, 굵직한 나무에 부딪힌 버든트 울프는 전신의 뼈가 부서졌다. 그리고 심판하듯이 세로로 휘둘린 대검에 마석으로 변했다.

가름의 숏소드로 주둥이가 베인 버든트 울프가 츠토무 일행을 살피듯이 보면서 걸어온다.

"가름, 워리어 하울을 부탁해요."

"워리어 하울."

아직 어딘가에 버든트 울프가 숨어 있지 않을까 생각한 츠토무는 가름에게 어그로를 끄는 스킬인 워리어 하울을 쓰게 했다. 방패와 갑옷을 때려 나온 음색은 적의 본능을 뒤흔들어 적의를 이끌어낸다.

그 소리에 낚인 것인지 덤불에서 뛰쳐나온 버든트 울프를 가름은 숏소드로 단칼에 양단했다. 그 뒤에서 덮쳐드는 버든트 울프를 카미유가 대검으로 막고, 츠토무의 에어 블레이드를 맞고 물러났을 때 숨통을 끊었다.

더 없는지를 확인한 츠토무는 마지막 버든트 울프에게 에어 블레이드를 쏘아 물러나게 하고, 카미유에게 처리시킨다. 그리고 주변에 몬스터가 없는 것을 츠토무와 카미유가 확인한 뒤, 무색 소마석을 회수해 앞으로 나아갔다.

그 뒤로는 버든트 울프, 레드 그리즐리(빨간불곰), 랜드 보어(땅멧돼지) 등과 맞닥뜨렸지만, 위험에 처하는 일 없이 해치우고 52층으로 향했다.

52층도 딱히 풍경은 변하지 않고, 녹음이 우거진 계곡이다. 하지만 이번에는 계곡의 숲속으로 전이한 모양이라, 주변은 울창한 나무들로 둘러싸여 있었다.

카미유에게 수색을 맡긴 츠토무는, 조금 강한 통증을 느끼고 귀를 눌렀다. 츠토무는 마찬가지로 개 귀를 위에서 누르고 있는 가름에게 말을 걸었다.

"귀가 아프지 않나요?"

"그렇군. 귀를 안에서 누르는 것 같다."

"가름은 양쪽 다 아픈가요?"

"이쪽은 그다지 아프지 않다."

"오호."

가름은 옆머리에 있는 인간의 귀를 잡으며 말했다. 수인의 청각은 인간의 귀 쪽은 그다지 들리지 않고, 짐승 귀 쪽이 잘 들린다. 물론 사람의 귀보다 청각이 좋은 종족도 있고, 그렇지 않은 종족도 있다.

아마도 이 통증은 표고(標高) 때문이겠구나 하고 생각한 츠토무는, 그 대책을 소홀히 했던 것을 반성했다. 게임의 지식에만 머리를 너무 써서 단순한 사실을 놓치고 있었다.

'갑자기 높은 장소로 날려지면, 귀가 괜찮으려나……'

표고가 높아지면 귀가 아파지는 원인을 흐릿하게 기억하는 츠토무는 그렇게 생각하면서 입으로 호흡해 통증을 완화하며 카미유가 돌아오기를 기다렸다. 실제로 탐색자들은 갑자기 기압이 낮은 장소로 전이되어 고막이 팽창하고, 급격한 기압변화에 고막이 다치거나, 최악의 경우 파열되어서 청력을 잃는 일도 있었다.

츠토무가 코를 풀 듯이 해서 귀에 공기를 빼주고 있자, 카미유가 날개를 없애며 돌아왔다. 그녀는 검은 문을 발견하지 못했는지 고개를 가로젓고, 우선 폭포 근처로 가자고 의견을 내놓았다.

"카미유는 귀가 아프지 않나요?"

"아아, 너희는 처음이었지. 크크크, 이 아픔은 계속 이어지니까 빨리 익숙해지도록 해라."

"정말요……? 뭔가 대책은 없나요?"

"나는 모른다. 처음에는 익숙하지 않은 아픔이겠지만, 그렇게 심하게 아프지도 않지 않으냐. 공기를 빼서 안 된다면 포기하도록 해라."

카미유는 반론을 들을 마음이 없는 것처럼 앞으로 나아가고, 가름도 남색 개 귀를 주물럭거리며 따라갔다. 뭔가 이 통증을 방지할 도구는 없을까 생각이 들었지만 현재 상태로는 어쩔 수 없으니, 츠토무도 플라이로 날아 뒤를 따랐다.

점점 통증이 더해지는 귀에 불쾌감을 느끼며 츠토무는 언덕진 길을 올라갔다. 그러자 앞선 카미유가 발을 멈추고 작은 목소리로 전했다.

"스피어 디어(창뿔사슴)가 앞에 두 마리 있다."

"돌아갈까요?"

"해치우는 게 빠르다. 가자."

대검을 어깨에 짊어지고 나아간 카미유와 옆에 있는 가름에게 츠토무는 프로텍트를 걸고, 찡하게 아픈 귀 한쪽을 눌렀다.

'아파.'

공기를 빼는 것이 늦었는지 계속 따라붙는 귀의 통증이 지긋지긋하지만, 카미유의 대검을 맞받아치고 뿔이 부러진 스피어 디어를 봤다. 그 뿔에는 신경이 있는지 몸부림치듯이 날뛰고 있었다.

가름은 창 같은 뿔이 달린 스피어 디어의 빠른 돌진을 방패로 막고 있다. 철 방패를 정면으로 찔러도 부러지지 않는 뿔을 이용한 돌진을 제대로 맞으면 가름의 VIT라도 큰 피해를 볼 것이다.

게다가 돌진하는 힘도 강하다. 가름은 정면으로 받는 것이 불리하다고 느꼈는지, 각도를 틀어서 흘려내기를 시도하고 있다.

그렇게 하는 사이에 카미유가 두 번째 뿔을 분지르자 스피어 디어가 바닥에 무릎을 꿇었다. 뿔이 두 개 부러지자마자 마치 전의도 꺾인 것처럼 날카로운 울음소리를 내고, 스피어 디어는 지면에 주저앉아 있다.

내밀고 있는 듯한 모양의 목을 카미유는 잘라냈다. 무색 중마석으로 모습을 바꾼 스피어 디어에게서 시선을 돌린 카미유는 가름의 지원을 하기 위해 다가갔다.

가름은 처음 보는 몬스터라서 만약의 사태가 벌어지지 않도록 신중하게 행동하고 있었다. 절대로 공격하지 않고 방어에 전념하고 있지만, 스피어 디어의 체력이 바닥날 기미가 없다.

가름의 방패를 뚫어버리려고 악이 오른 스피어 디어는 카미유에게 옆에서 대검으로 머리를 두들겨 맞고, 두개골이 함몰된 뒤에 입자와 함께 중마석이 되었다.

마석을 매직백에 회수한 다음 두 사람은 바로 폭포 부근을 목표로 걷기 시작하고, 츠토무는 플라이를 연습하기 위해 떠올라 나아간다. 현재 상태로는 딱히 부상도 없이 움직이고 있지만, 지금까지는 초원과 숲에서도 비슷한 형태의 몬스터가 있기 때문이다.

53층부터는 고블린의 상위호환인 오크가 출현한다. 2족 보행으로 덩치 큰 성인과 비슷한 체격을 지닌 인간형 몬스터. 피부색은 환경에 따라 다른데, 여기서는 고블린과 마찬가지로 녹색 피부인 것이 대부분이다.

무기를 들고, 어느 정도 지능이 발달한 데다, 개체에 따라서는 마법 같은 것을 쓸 수 있는 것도 출현하는 일이 있다. 순조로운 것은 52층까지라고 츠토무는 마음을 먹으며, 카미유의 뒤를 둥실둥실 떠서 따라갔다.

첫 공중유영

폭포 뒤에 있던 검은 문으로 들어가, 츠토무 일행은 53층에 도착했다. 귀의 공기를 빼고 통증이 완화된 츠토무는, 이번에는 낮은 장소로 전이한 것에 안심했다.

"여기서부터는 오크가 무리를 짓고 나타난다. 정신을 바짝 차리고 가자."

"그리고 날치기 새가 나오죠. 카미유는 괜찮겠지만, 저와 가름은 경계하는 편이 좋을 거예요."

위에서 발톱으로 장비나 사람을 잡아 그대로 상공으로 납치해, 높은 곳에서 떨어트리는 날치기 새는 계곡을 대표하는 몬스터다. 플라이에 익숙하지 않은 사람을 노린 것처럼 상공에서 들러붙는 그것을, 탐색자들은 매우 싫어한다.

붙잡혔을 때는 받아주러 가겠다고 하는 카미유는 실로 든든했지만, 빠져나오지 못할 상황이 생길 수도 있다. 츠토무는 날치기 새가 나타난다면 제발 좀 가름을 노리기를 기도하며, 수색하러 간 카미유를 기다렸다.

카미유에게 수색을 맡기고 포션 준비를 마친 츠토무가 잠시 푸른 하늘을 바라보고 있자, 붉은 점이 보였다. 그것은 용화하지 않고 플라이로 하늘을 날고 있는 카미유다. 점점 그 점이 커지기 시작하고, 그 뒤로는 커다란 새가 접근하는 것을 츠토무는 알아챘다.

사람을 가볍게 붙잡을 정도로 커다란 발톱에, 강인한 검은 날개를 지닌 날치기 새였다. 무슨 일인가 싶어 츠토무는 하얀 지팡이를 들고 가름에게 말을 걸었다.

"연습용이다."

그렇게 말하고 웃는 얼굴로 두 사람의 곁에 내려선 카미유. 그 상공에 있는 날치기 새는 세 사람을 음미하듯이 둘러본 뒤, 하얀 로브를 입은 츠토무에게 급강하해 접근했다. 측면에서 동체를 발톱에 단단히 붙잡힌 츠토무는 그대로 상공으로 끌려갔다.

"츠토무!"

가름의 목소리가 점점 멀어지기 시작하고, 츠토무의 시야는 순식간에 지상에서 멀어진다. 밧줄에 묶인 것처럼 움직일 수 없는 츠토무는 간신히 눈을 움직여 상황을 파악하고자 정신을 집중한다.

갑자기 습격당했다는 것을 깨닫고 진정하기 시작한 무렵에는, 유원지에서 탔던 관람차에서 봤던 경치가 츠토무를 기다리고 있었다. 그리고 비웃는 것처럼 날치기 새가 울음소리를 낸 뒤에, 갑자기 발톱의 구속이 풀린다. 새가 공중에서 나무 열매를 떨어트리는 것처럼, 중력을 따르는 몸은 거꾸로 뒤집혀 머리부터 떨어진다.

'뭐야 이거, 뭐야 이거!'

패닉에 빠진 츠토무는 꼴사납게 공중에서 버둥거리는 것밖에 할수 없었다. 자세도 머리부터 지면으로 향하고, 시야도 고정되지 않는다. 세탁기 속에 들어간 것처럼 빙글빙글 도는 경치 속에서, 오른손에 쥐고 있는 하얀 지팡이가 시야에 들어오고 나서야 스킬을 입에 담았다.

"플라이!"

그 말 뒤에 츠토무의 몸이 아래에서 바람으로 밀어 올려졌지만, 그것은 금방 사라졌다. 낙하의 기세가 약간 약해지긴 했지만, 아직 지면은 멀다. 금방 속도가 더해져서 죽는다. 츠토무는 직감했다.

육박하는 죽음의 공포에 츠토무는 플라이를 연발하지만, 제대로 발동하지 않는다. 아래에서 바람이 불어 낙하의 기세는 약해지지만, 그것뿐이다. 그사이 츠토무는 어찌어찌 대자로 팔다리를 펼쳐 자세를 바로잡았지만, 여전히 플라이를 발동하지 못하고 있었다.

이제 나무들이 선명하게 보이기 시작해 의식이 공포로 흐려졌을 때, 옆에서 목소리가 들리고 츠토무의 몸이 당겨졌다. 붉은 가죽 갑옷을 입은 카미유다. 츠토무를 어깨에 들쳐메고 그대로 활공하듯이 날아, 상승했다.

낙하의 기세가 사라지고 상공에서 천천히 하강하며, 카미유는 지상으로 내려갔다. 츠토무는 호흡이 몹시 흐트러졌지만, 완만해진 풍경의 움직임에 안심했다.

"츠토무. 플라이를 걸 수 있겠느냐? 스스로 날아봐라."

바로 옆에 있는 카미유의 얼굴에 깜짝 놀란 츠토무는, 바로 자신에게 플라이를 걸었다. 바람이 츠토무의 몸에 들러붙고, 잠시 시간이 지나자 츠토무는 카미유의 어깨에서 벗어나 스스로 공중에 머물렀다.

"그래서 어땠느냐? 공중유영의 감상은?"

"…………."

츠토무는 말없이 카미유를 노려본 뒤, 공포로 눈꼬리에 맺힌 눈물을 훔치며 땅으로 향했다. 카미유는 뒤를 따라 츠토무의 머리를 툭툭 두드렸다.

"계곡에 처음 온 사람의 신고식이다. 무섭게 해서 미안하구나. 하지만 이것을 경험하지 않으면 날치기 새가 자꾸 노리게 된다."

"뭐, 그렇겠죠. 구해 주셔서 감사해요, 카미유 씨."

카미유 '씨'를 강조한 츠토무에게 카미유는 도전자라도 나타난 것처럼 재미있다는 듯한 표정을 지은 뒤, 츠토무의 귀로 얼굴을 가져갔다.

"내가 클랜 소속이었었을 때는 말이다, 건방진 신입이 들어왔을 때는 이 행사가 낙이었다. 건방진 신입은 구하지 않고 공중에서 발버둥 치는 모습을 한동안 관찰하는 것이지. 그리고 가까이 가면 그 건방졌던 신입이 울부짖으며 도움을 청하는 것이다. 그것을 있는 대로 애를 태운 뒤에 거절하는 것이 또 각별한 재미인데 말이다. 저도 모르게 신입의 건방진 태도도 용서하고 말아서 참으로 난처하구나."

"빠, 빨리 가름에게 돌아가죠, 카미유! 무슨 일이 있으면 큰일이니까요!"

"그렇지. 가름에게도 경험시켜줘야 하니 말이다."

심술궂은 웃음을 띤 카미유와 함께, 츠토무는 오싹함을 참으며 서둘러 가름이 있는 땅으로 향했다. 츠토무를 걱정하고 있던 가름은 꽤나 활기차게 돌아온 그를 보고 고개를 갸웃거렸다.

▷ ▷

그 뒤로 몇 번인가 츠토무와 가름은 날치기 새에게 납치되었다. 가름은 첫 번째에 볼품은 없어도 혼자 착지할 수가 있었지만, 다리를 다치고 말았다. 츠토무는 몇 번인가 카미유에게 안기게 되어, 그때마다 두 가지 의미로 두근거리게 되었다.

하지만 그 연습 덕분에 오래지 않아 츠토무는 날치기 새에게 납치되어도, 혼자서 착지할 수 있게 되었다. 눈에 띄게 능숙해진 플라이 조작에, 역시 목숨을 거는 편이 빨리 배우게 된다고 카미유에게 말을 들은 츠토무는 미묘한 표정을 지었다.

그리고 좁은 산길을 가름을 선두로 2열이 되어 오르고 있자, 세 사람의 뒤에서 큰 발소리 여럿이 접근해 왔다. 츠토무는 가름에게 눈짓해 가장 뒤로 이동하게 하고, 프로텍트를 우선해서 두 사람에게 걸었다.

녹색 피부의 오크 세 마리가 산길을 뛰어오르고 있다. 가름의 신장보다 조금 큰 오크는, 갈색 헝겊을 허리에 두르고 손에는 숏소드나 곤봉을 들고 있었다.

"컴뱃 크라이."

가름의 붉은 투기는 지금까지와는 달리, 창처럼 날카롭게 오크를 꿰뚫었다. 그 붉은 투기에 반응한 오크들은 누가 먼저랄 것도 없이 가름에게 다가갔다. 통나무처럼 두꺼운 팔에서 펼쳐지는 참격. 가름은 방패를 지면에 박고 받아냈다.

반신을 내밀고 휘두른 숏소드는 오크의 팔을 찔렀지만, 오크는 아랑곳하지 않고 어깨를 내밀어 방패에 대고 몸통을 부딪쳤다. 자세를 낮추고 견디는 가름. 그 뒤에서 두 마리 오크가 방패 뒤로 돌아가기 위해 움직였다.

"실드 배시."

가름은 앞의 오크를 방패로 때리듯이 밀어낸다. 균형을 잃고 뒤로 넘어가 경사가 진 비탈길을 굴러가는 오크. 좌우에서 접근하는 오크의 왼쪽 공격을, 가름은 다시금 큰 방패를 지면에 꽂고 막았다.

오른쪽 오크에는 이미 용화를 한 카미유가 대검을 내려치기 위해 치켜들고 있다.

"파워 슬래애애애시!"

카미유가 위에서 내려친 대검은 오크의 두개골을 버터처럼 가르고, 세로로 두 동강을 냈다. 금방 입자가 날리고, 사방으로 피가 튀는 죽음을 보여준 오크는 마석으로 변했다.

"하아압!! 간다!"

카미유는 용화에 의해 기분이 고양되며, 굴러간 오크를 마무리하러 간다. 가름은 방패와 숏소드를 사용한 견실한 움직임으로 오크를 몰아갔다. 통나무처럼 두꺼운 팔에서 펼쳐지는 공격에도 꿈쩍하지 않고, 다시 오크를 방패로 밀어 자빠뜨렸다.

"실드 스로."

속삭이는 듯한 작은 목소리로 스킬 이름을 내뱉은 가름은, 왼손의 방패를 굴러간 오크에게 투척했다. 방패의 날카로운 밑부분이 오크의 가슴에 꽂히고, 그 방패는 자동으로 가름에게 돌아와 왼손에 잡혔다.

"홀리 윙."

가슴에 상처가 난 오크에게 츠토무가 공격 스킬인 홀리 윙을 쏘았다. 성스러운 순백의 날개가 구현되고 펄럭이자 예리한 깃털이 쓰러진 오크에게 쏟아져 내렸다. 차례로 꽂히는 깃털에 오크는 신음을 터트리며 마석으로 변했다.

마석으로 변한 오크에게 츠토무가 다가가, 녹색 소마석을 회수했다. 카미유도 마무리한 모양인지, 언덕 아래에서 올라왔다.

"거기냐앗!"

그 옆에서 네 발로 달려온 레드 그리즐리를, 용화 중인 카미유가 곧바로 공격. 몸길이가 오크보다도 큰 레드 그리즐리를 카미유는 손쉽게 베어 날렸다.

그 레드 그리즐리의 뒤에서도 다수의 몬스터가 접근하고 있다. 츠토무가 고개를 끄덕이고 카미유의 앞에 있는 복수의 레드 그리즐리를 가리키자, 가름은 방패와 숏소드를 때려 소리를 울렸다.

레드 그리즐리는 그 소리에 호응하는 것처럼 머리에서 삐죽이 튀어나온 주둥이에서 아가리를 쩍 벌리고, 숲이 들썩일 정도로 크게 위협의 포효를 터트리며 다가온다. 하지만 가름은 그 포효를 개의치 않고 평소대로 움직여서 전투에 돌입한다.

레드 그리즐리의 돌진을 받아낼 수 없다고 느꼈는지 가름은 오른쪽으로 피하고, 옆구리를 방패로 때렸다. 비틀거린 레드 그리즐리에게 카미유가 일격을 먹이기 위해 다가갔지만, 옆으로 휘둘린 앞발을 피해 거리를 벌렸다.

저 강한 팔을 제대로 맞으면 카미유의 팔은 날아갔을 것이다. 그 강렬한 공격을 본 가름은 마음을 다잡고, 방패를 앞세워 조금씩 레드 그리즐리에게 다가갔다.

츠토무는 그사이 주변을 수색하려고 잠시 두 사람에게서 떨어졌다. 수풀로 둘러싸인 산길은 시야가 나빠, 상황을 파악하기 어렵다. 맞잡는 것처럼 휘둘린 앞발을 가름이 막고 있는 사이, 츠토무는 두 사람에게 프로텍트를 중첩하며 다른 몬스터가 있는지 자세히 살폈다.

"큭."

레드 그리즐리에게 몸통 박치기를 당하고 크게 후퇴하는 가름. 이어서 쑤셔 넣는 듯한 펀치가 날아온다. 가름은 바닥을 단단히 딛고 그것을 방패로 막지만, 자세가 무너지며 한쪽 무릎을 꿇었다.

그런 가름을 덮치듯이 덤벼드는 레드 그리즐리, 그 배에 대검이 파고든다.

"으랴아아아앗!!"

그대로 베어 올리듯이 대검이 휘둘리면서 레드 그리즐리가 날아간다. 허공에 뜬 레드 그리즐리의 배가 갈라져, 내장이 지면에 흩어졌다. 카미유가 바닥에 엎어진 레드 그리즐리의 머리를 대검으로 후려갈기자 입자가 피어오른 뒤 무색 중마석이 바닥에 툭 떨어졌다.

전투가 끝났다며, 긴장했던 자리에 안도의 침묵이 찾아온다. 그리고 그것을 예측했던 것처럼 의태 중이던 네 마리의 버든트 울프가 세 사람을 둘러쌌다.

"슬슬 점심이라도 먹고 싶네요."

"추가 오크도 왔다."

가름의 말에 츠토무가 돌아보니, 다시 비탈길 아래에서 달려온 세 마리의 오크가 시야에 들어온다. 츠토무는 질색하면서 지시를 내렸다.

"가름은 버든트 울프 절반과 오크에게 컴크. 카미유는 오크를 우선적으로 처리해요, 헤이스트를 걸겠어요. 버든트 울프는 몇 마리를 제가 담당하죠."

"간다아아아아!!"

"잠깐, 카미유?!"

용화 중인 카미유는 흥분하고 있었는지, 츠토무의 말을 듣지 않고 몬스터 무리로 돌격하고 말았다. 용화 중에는 의식이 흐려진다는 말을 사전에 들었던 츠토무는, 일단은 예상했던 사태에 바로 대응했다.

"가름! 부탁해요!"

"컴뱃 크라이."

가름은 곧바로 컴뱃 크라이를 발동했다. 그 앞에서 붉은 기운이 퍼지고 버든트 울프 네 마리와 오크 세 마리를 맞혔다. 가름은 컴뱃 크라이 스킬의 제어를 연습하고 있었는데, 그 성과가 지금 나오기 시작했다.

카미유는 용화로 빨라진 다리로 오크를 맞이해 공격했다. 오크 두 마리와 버든트 울프 네 마리를 상대하는 가름은 방패를 양손으로 들고, 오크들의 공격을 받아냈다. 실드 배시로 밀어내 시간을 끌고, 그사이 버든트 울프를 상대한다.

버든트 울프들은 슬금슬금 가름을 둘러싸며 서서히 거리를 좁히고 있다. 가름은 움직이지 않는다.

인내심이 바닥났는지 이빨을 드러내고 덤벼드는 버든트 울프를 방패로 정면에서 막아 밀쳐낸다. 그렇게 날아간 버든트 울프는 콧잔등이 뭉개져 수풀로 사라졌다. 이어서 세 방향에서 덤벼드는 버든트 울프들.

한 마리는 반응하고 방패로 밀쳐냈지만, 가름은 나머지 두 마리에게 공격받고 자세가 흐트러졌다. 한 마리는 갑옷으로 뒤덮인 다리를 깨물고, 다른 한 마리는 가름에게 올라탔다.

다리 쪽은 이빨이 들어가지 않아 문제없었지만, 올라탄 쪽은 가름의 목덜미를 깨물려고 했다. 가름은 침을 질질 흘리는 버든트 버든트 울프의 목덜미를 한쪽 팔로 밀어, 자기 몸을 비틀려고 했다.

"에어 블레이드."

누린내가 나는 침을 흘리며 이빨을 마주치던 버든트 울프가 옆구리에 바람의 칼날을 맞고 날아간다. 가름은 곧바로 일어나 다리를 물고 있던 버든트 울프를 걷어차 떼어냈다. 날카로운 비명을 터트리며 물러나는 버든트 울프.

추가된 오크를 상대로 카미유가 대검을 쳐들고 날뛰고 있다. 어그로 따위는 상관하지 않고 싸우고 있는지라 몬스터에게 둘러싸인 상태지만, 그래도 문제가 없을 만큼 강하다. 오크 다섯 마리를 무난하게 격파한 카미유는 바로 다음 사냥감을 포착했다.

카미유 쪽은 무시해도 상관없겠다고 느낀 가름은 오크가 양손으로 휘두른 곤봉을 방패로 막았다. 아무리 그래도 한 손으로는 완전히 막지 못했는지, 숙였던 무릎이 떠올랐다.

그 틈을 타고 옆에서 버든트 울프가 들러붙자 목구멍 안으로 숏소드를 쑤셔 넣었다. 자기 피에 질식한 듯한 울음소리를 낸 버든트 울프가 바닥에 풀썩 쓰러졌다.

측면에서 강한 충격. 오크의 곤봉이 가름을 노리고 날아들었다. 한 바퀴 두 바퀴 구르고 가름은 수풀에 빠지고 만다.

츠토무는 그것을 곁눈질로 보며 버든트 울프 세 마리를 향해 지팡이를 들었다. 덤벼드는 버든트 울프들.

'저기쯤이지? 프로텍트 20에 헤이스트 40. 어그로는 문제없어.'

하얀 지팡이로 견제하는 츠토무는 가름이 굴러간 수풀로 힐과 프로텍트를 쏘고, 달려드는 버든트 울프를 옆으로 피했다.

가름을 날린 오크는 이미 카미유에게 도살당했다. 가름은 삐걱대는 것처럼 아픈 옆구리를 회복하고 바로 일어났다.

가름을 계속 공격하려고 했던 버든트 울프도 카미유가 슥삭 베어버린다. 지원하러 온 가름에게 버든트 울프를 맡기고, 츠토무는 카미유에게 상처가 없는지를 확인한 뒤 헤이스트와 프로텍트를 같이 걸었다.

　그리고 마침내 마지막 늑대를 해치운 것을 확인한 츠토무는 주변을 둘러본 뒤 떨어져 있는 마석을 회수했다. 그리고 주변에 몬스터가 사라짐으로써 용화가 해제된 카미유에게 다가갔다.

　"카미유. 역시 용화 중에는 지시를 들을 수 있을 것 같지 않은가요?"

　"응? 아아, 지시를 내렸던 것인가. 미안하다, 용화 중에는 역시 어려운 모양이다."

　"음~…… 그러신가요. 카미유. 다시 한번 용화를 해보겠어요? 조금 시험해보고 싶은 것이 있거든요."

　"좋다. 용화."

　츠토무는 용화를 한 카미유에게 지팡이를 겨누고, 평소와는 다른 이미지를 머리에 그렸다.

　"메딕."

　츠토무는 상태이상을 회복하는 스킬인 메딕을, 카미유에게 탄환처럼 쏘았다. 그 작은 녹색 기운이 카미유에게 명중하자 등에 생긴 날개가 사라지고, 빛을 띠고 있던 붉은 머리와 비늘에서 빛이 사라져 간다.

　"응. 역시 메딕으로 해제는 가능한 모양이네요. 그럼 앞으로는 제가 용화 중인 카미유가 멈추길 바랄 때는 메딕을 걸게요."

용화 중인 카미유에게 날리는 스킬은 따라잡지를 못한다. 그 사실을 쉘 크랩과의 전투에서 배운 츠토무는 날리는 스킬이 아니라, 탄환처럼 쏘는 스킬을 개발했다.

쏘는 메딕으로 용화가 해제된 카미유는 조금 어리둥절한 기색으로 츠토무를 바라보고 있었다.

"메딕으로, 해제할 수 있었던 것인가. 몰랐었다. 츠토무는 어째서 알고 있는 것이냐?"

"아니, 그냥 짐작으로 풀 수 있으려나 싶었던 것뿐이에요."

츠토무는 우연으로 가장했지만, 사실 「라이브 던전!」에 광화(狂化)라는 상태이상이 있다는 것을 알고 있는 영향이 크다. 어쩌면 용화도 광화와 마찬가지로 해제할 수 있을지도 모른다고 시도해본 결과, 쉽게 해제할 수 있었던 것이다.

"이거라면 용화로 어그로를 너무 끌어도 제가 해제할 수 있으니까, 가름도 활용할 수 있겠네요. 좋아, 쭉쭉 가보죠!"

"그, 그래."

오랫동안 사용한 유니크 스킬에 대한 새로운 발견에 카미유는 당혹스러워하면서도, 그 뒤에도 셋이서 전투를 계속해 나갔다.

구원 요청

　그 뒤로 좁은 산길 등반을 마치고 54층으로 이어진 검은 문을 발견한 세 사람은 문을 지나 전이한 산속에서 잠시 휴식하기로 했다. 츠토무가 매직백에서 능숙하게 도구를 꺼내 준비하기 시작한다.

　우선은 접힌 매트를 펼쳐 바닥에 깔았다. 슬라임 소재로 만든 매트는 감촉이 좋고, 딱딱한 바닥에 앉는 것보다 피로가 풀리기 때문에 츠토무는 요긴하게 쓰고 있다. 카미유와 가름에게 쉬고 있으라고 전하자 두 사람은 신발을 벗고 매트에 앉았다.

　가름은 은 갑옷을 위만 벗고 땀으로 젖은 검은 내의를 파닥파닥 펄럭였다. 카미유는 매트의 감촉을 즐기는 것처럼 무릎을 끌어안고 앉아 몸을 흔들고 있다.

　츠토무는 풍로 같은 불을 일으키는 마도구를 바닥에 꽂아 고정. 위에 망을 올리고 아래에 마석을 투입한 뒤에 꼭지를 돌리자, 일렁이는 작은 빨간 불이 나타났다.

　손잡이가 달린 냄비를 망 위에 올리고 안에 담긴 수프를 데우며, 그릇과 접시를 매직백에서 꺼내 접시에 네모난 말린 과일이 박힌 둥근 빵을 올렸다.

재료가 들어가 탁한 흰색을 띤 수프가 데워지는 모습을 바라보면서, 츠토무는 무색 부스러기 마석을 풍로에 더 넣어 화력을 조절했다. 이전에는 여관에서 대금을 지불하고 다양한 국물 요리를 만들어 달라고 했었지만, 지금은 가름의 기숙사에서 머물고 있는지라 이 수프는 츠토무가 직접 만든 것이다.

그때 가름이 갑자기 의아한 표정을 짓고 주변을 둘러보고 시작했다.

"음, 발소리가 들리는군. 두 사람, 아니 세 사람인가."

"으엑, 오크인가요? 운이 없네요."

검은 문 등으로 전이한 곳은 기본적으로 몬스터가 근처에 없어서 안전하다. 하지만 매우 드물게 바로 몬스터와 마주치는 경우가 있다. 츠토무는 서둘러서 가장 비싼 마도 풍로의 불을 끄고 수납하려 하기 시작했다.

"아니, 아마도 탐색자겠지. 말하는 소리도 들린다."

머리 위의 개 귀를 전방으로 기울이고 움찔거리는 가름은, 갑옷을 입고 장비를 갖춰 일어났다. 츠토무는 가름의 말에 눈을 동그랗게 떴다.

"동업자인가요. 다가오고 있는 건가요?"

"그래."

"크크크. 어쩌면 전투가 벌어질지도 모른다. 몬스터라고 착각하거나 해서 말이다."

츠토무는 던전 안에서 몇 번인가 다른 파티를 발견한 적이 있었지만, 딱히 서로에게 간섭하는 일은 없었다. 교류가 있다고 해도 눈인사 정도로 심하게 간섭받은 적은 없다.

탐색자들은 던전 안에서 동업자를 발견해도 기본적으로 불간섭을 관철한다. 층을 넘어가기 위한 검은 문은 제일 처음 닿은 하나의 파티밖에 들어갈 수가 없고, 한 번 열린 검은 문은 사라지고 다른 장소에 재배치된다.

따라서 던전 안에서 다른 탐색자와 교류해도 서로에게 이득이 없고, 불간섭이 권장되고 있다. 하지만 서로 검은 문 출현 장소의 특징을 파악했고 진행 방향도 겹칠 경우, 먼저 간 사람이 임자이기 때문에 경쟁이 벌어지는 일은 있다.

낮은 층에서는 인원수가 줄어든 파티를 둘러싸고 공갈하거나, 마석을 훔치거나, 파티를 추적해 검은 문을 발견하면 경쟁으로 유도하는 일 등이 있지만, 30층을 넘어가면 신의 눈에 찍힐 확률이 올라가기 때문에 그런 행위는 볼 수 없다.

그럼 어떤 목적으로 다가온 것인가. 상정하는 것 중에서 가장 싫은 몬스터 떠넘기기를 가장 먼저 떠올린 츠토무는 하얀 지팡이를 들고 경계하며 수풀을 헤치는 소리가 들려온 쪽으로 시선을 보냈다.

"어~이. 당신 가름 씨지?"

얼빠진 목소리와 함께 나타난 것은 인간 남자였다. 다박수염을 기르고 가름처럼 은 갑옷을 입은 남자는, 조인(鳥人. 새 인간) 여성을 등에 업고 있다. 그 은 갑옷에서는 붉은 피가 타고 흘러 뚝뚝 떨어지고 있었다.

그 뒤로도 조인 여성이 따라왔는데, 그 팔은 산뜻한 파란색 깃털로 덮여 있다. 새처럼 다리 관절이 꺾인 그 여성은 풀이 달라붙은 짧은 파란 머리를 털며 가름을 보고 표정을 풀고 있다. 하지만 츠토무가 시야에 들어오자 노골적으로 놀란 표정을 지었다.

가름은 그 남자와 아는 사이가 아니었는지, 찌푸린 얼굴 그대로 팔짱을 끼고 응대했다.

"누구냐, 너는."

"나는, 실버 비스트의 클랜 리더를 맡고 있는 미실이야."

츠토무는 그 클랜 이름을 들어본 적이 있고, 10번대 부근에서 계곡 공략을 하는 모습을 몇 번인가 봤었다. 클랜 멤버 대부분이 아인(亞人)으로 구성된 중견 클랜이다. 계곡을 조인 중심의 파티로 공략하고 있다는 인상이 강하게 남아 있다.

그 클랜 이름을 가름도 알고 있었는지, 경계심을 풀고 팔짱을 풀고 팔을 내렸다.

"무슨 볼일이지. 그 모습을 보니 대략 짐작은 간다만."

"힐러와 짐꾼이 당해버리고, 이 녀석도 중상이야. 퇴각하고 싶지만 이래서는 시작의 문으로 돌아갈 수 있을 거 같질 않아. 우리가 번 마석을 전부 양도할 테니까, 도와주지 않겠어?"

마법진이나 검은 문으로 전이했을 때 남는 검은 문은 퇴각할 때 사용된다. 하지만 부상자를 낀 두 사람이 거기까지 돌아가는 것은 어렵다. 만약 몬스터에게 발견되면 십중팔구 죽고 장비를 상실할 것이다.

"그렇군. 잠시 기다려라. 파티 리더에게 허가를 받겠다. 츠토무, 가능하면 도움을 주고 싶은데, 어떻겠나?"

갈색 머리를 숙인 미실이라는 남자에게 구원 요청을 받은 가름이 뒤에 있는 츠토무를 돌아보고 지시를 청했다. 카미유도 츠토무에게 맡기겠다는 듯이 고개를 끄덕이고 매트에 주저앉았다.

미실은 머리를 숙이며 씁쓸한 표정을 짓고 있지만, 츠토무는 그런 점은 모른 채로 잠시 생각하는 척한 뒤에 구원 요청을 승낙했다.

"일단은 그 등에 있는 사람의 치료를 하도록 할까요. 죽어버리면 소생할 수 없으니까요."

"신세를 지겠어."

죽고 나서 3분 이내의 사람을 부활시킬 수 있는 레이즈는, 같은 파티 사람에게만 쓸 수 있다. 등에서 내려진 붉은 깃털의 조인 여성은, 짐승 몬스터가 옆구리를 물었는지 가죽 갑옷이 새빨갛게 물들고, 내장이 얼핏 보이고 있었다.

츠토무는 신대로 그런 광경은 자주 봐서 익숙해졌다고 생각했지만, 역시 실제로 보니 달랐다. 시큼한 것이 치밀어 오르는 것을 참고 미실에게 말을 걸었다.

"상처는 이것뿐인가요?"

"그리고 다리도 부러졌다. 그것 말고는 없어."

직각으로 부러져버린 노란색 새 다리를 본 츠토무는, 고쳐지는 이미지를 떠올리지 못하며 하얀 지팡이를 들었다.

"알겠어요. 그럼…… 그쪽의 조인분. 가죽 갑옷의 배 부분을 젖혀주시겠어요? 그리고 부러진 다리를 정상적인 방향으로 되돌려주세요."

츠토무의 지시에 위에서 들여다보고 있던 파란 조인은 허둥거리며 가죽 갑옷을 젖히고, 부러진 새 다리를 정상적인 방향으로 되돌렸다. 몸을 떨고 있는 붉은 조인에게서 작은 고통의 신음이 흘러나왔다. 상처를 전반적으로 파악한 츠토무는 그곳을 향해 회복 스킬을 날렸다.

"메딕. 하이 힐."

상태이상을 회복하는 메딕을 먼저 건 뒤, 상처를 하이 힐로 봉합했다. 부러진 새 다리도 하이 힐로 치료된 모양이라 츠토무는 안심했다. 이것으로 일단 목숨은 건졌지만, 아직 안색이 나빴던지라, 츠토무는 추가로 몸 전체에 뿌리듯이 힐을 걸었다. 그것으로 완전히 회복했는지 미실이 붉은 조인의 어깨를 두드리자 의식을 되찾고 몸을 일으켰다.

"어라? 길드가 아니네."

"이 사람이 구해줬어."

"아, 그렇구나. 정말 감사……해요."

츠토무의 얼굴을 보고 표정을 굳힌 붉은 조인을 보고 츠토무는 쓴웃음으로 답했다. 다른 두 사람도 부상자를 보여줄 때 츠토무를 사이에 두는 위치에 서서 경계하는 듯했다.

'어차피 그 기사 탓이겠지.'

그 뒤의 솔리트 신문에서도 여자를 밝힌다, 인간 쓰레기다 같은 소리를 다 써놨기 때문에 경계하는 것도 당연하다. 츠토무는 작은 한숨을 흘린 뒤에 미실을 돌아봤다.

"이제부터 휴식을 겸해서 점심을 먹을 예정인데, 이미 식사는 하셨나요? 만약 드시지 않았다면 함께 드시죠. 음식은 여유가 있으니까요."

마도구 풍로에 마석을 더 넣고 수프를 데우고 있는 카미유는, 그들에게 손을 흔들었다. 세 사람은 서로의 얼굴을 마주 본 뒤, 머리를 숙이고 점심에 동석하게 해 달라고 청했다.

▷ ▷

조금 쌀쌀한 바람이 부는 숲속에서 먹는 수프는 맛은 소박해도 몸을 속에서부터 따뜻하게 만들어준다. 평소 던전에서의 식사는 건빵이나 말린 고기로 때우는 미실은, 수프를 순식간에 다 먹고 말았다.

"이거 맛있군. 따뜻한 음식은 참 좋은걸."

"고마워요. 더 드시겠어요?"

"미안하군. 부탁해도 될까?"

"아니 괜찮아요, 그렇게 맛있게 먹어 주니까 저도 기뻐요. 저희 파티 멤버는 말없이 먹으니까요."

수프를 담은 그릇을 미실에게 넘겨주며 그렇게 말하자, 어깨를 움찔한 가름이 수프가 담긴 그릇을 매트에 살며시 놓았다.

"츠토무, 맛있다."

"무뚝뚝한 남편인가요."

"츠토무. 나도 더 주겠느냐."

나직이 중얼거린 가름에게 츠토무가 딴지를 걸면서도, 카미유

의 그릇을 받았다. 이어서 조인 두 사람도 머뭇거리며 추가를 요청하며, 말린 과일이 박힌 둥근 빵을 두 입에 날름 먹어 치웠다.

미실은 화기애애하게 이야기 나누는 세 사람을 보고, 가름과 카미유가 정말로 럭키 보이에게 약점을 잡힌 것인지 의문스럽게 생각했다.

에이미를 걷어차고 억지로 명령을 따르게 했다고 보도된 럭키 보이. 동료가 가름을 발견했다는 말에 기뻐서 바로 모습을 드러내고 말았지만, 그의 파티 리더가 럭키 보이라는 사실이 당시 미실의 머리에서는 완전히 누락되어 있었다.

그토록 정이 많은 가름이, 걷어차인 상대가 사이 나쁜 에이미라고는 해도 그런 횡포를 용납할 리가 없다. 아마 가름도 약점을 잡혔을 것이라고, 미실은 추측하고 있었다. 그것이라면 가름이 럭키 보이의 편을 들어주는 것도 설명이 된다.

하지만 이번에는 길드장이 어째선지 럭키 보이의 파티에 참가했다. 럭키 보이는 길드장마저도 따르게 만들 정보를 쥐고 있는 것이냐고, 탐색자들 사이에서는 음모론에 가까운 추측이 난무했었다. 미실은 아무리 그래도 그것은 아니라고 느끼고 있었지만, 그래도 수상한 것에는 차이가 없었다.

진심을 말하자면 여기서 진실이 어떤지를 묻고 싶은 마음은 있었지만, 이 상황에서 묻는 것은 좋지 않다고 생각해 일단은 그 의문을 삼켰다.

식기를 가볍게 물로 닦은 츠토무는 그것들을 전용 자루에 넣어 매직백에 수납하고, 가름이 접어서 넘겨준 매트도 집어넣었다.

"그럼 미실 씨의 검은 문이 있는 곳으로 가볼까요. 장소는 어디 인가요?"

"이 산을 내려가면 있어. 그렇게 멀지는 않아. 전투는 기본적으로 우리에게 맡겨도 상관없어. 하지만 수가 많을 때는 미안한데 지원을 부탁한다."

연계 같은 것을 처음 만나서 할 수 있을 리도 없다. 따로 싸우는 편이 낫다고 생각한 미실의 제안을, 츠토무는 웃는 얼굴로 받아들였다.

"알겠어요. 여유가 있을 때는 저도 지원할게요. 기본적으로는 프로텍트만 걸 테니까, 의식하지 않아도 괜찮을 거예요."

"알았어, 부탁한다."

그렇게 해서 중견 클랜, 실버 비스트 3인조와 츠토무가 이끄는 3인 파티는 하산을 시작했다.

조인이 흘린 피 냄새를 따라온 것인지 금방 몬스터가 모습을 드러냈다. 무기를 든 오크가 다섯. 미실이 허리춤에 찬 쿠크리 형태의 칼을 손에 들고, 조인 두 사람은 주변에 있는 나무로 뛰어올랐다.

츠토무는 뒤에서 세 사람에게 프로텍트를 날렸다. 황토색 기운을 등에 맞은 미실이 한순간 돌아볼 뻔했지만, 금방 눈앞의 오크에게 집중했다.

신장이 2미터가 넘고, 일반인이 그 펀치를 얼굴에 맞으면 두개골이 함몰될 정도의 힘을 지닌 오크지만, VIT가 높은 탐색자라면 타박상 정도로 끝난다. 미실이 곤봉을 든 오크를 칼로 공격하고,

오크가 그것을 곤봉으로 막으려고 한다.

"블레이즈 오브 슬레이."

스킬 이름이 들리자마자 쿠크리가 진동하며 떨린다. 그 순간에 쿠크리는 나무 곤봉을 손쉽게 가르고, 미실은 무기를 잃은 오크의 심장을 찔렀다. 그리고 쿠크리를 비틀어 상처를 넓혀 공기가 들어가도록 한 뒤에 이탈.

"페더 댄스."

나뭇가지를 발톱으로 잡고 대기하던 조인이 깃털이 달린 양팔을 휘두르자, 다트 같은 깃털이 대량으로 오크에게 쏟아졌다. 그것에 눈이 다치지 않도록 팔로 얼굴을 가린 오크에게, 미실은 쿠크리를 늘어트리고 달려간다.

그리고 지나치면서 양다리의 근육을 잘랐다. 무릎을 꿇은 오크의 목을 쿠크리의 칼날이 스치자 그 뒤로 파란 피가 바닥의 풀을 물들인다. 물 흐르는 듯한 움직임에 츠토무는 눈을 휘둥그레 떴다.

계속해서 쿠크리가 다리를 베고, 내려온 목을 벤다. 마치 해체라도 하는 것처럼 미실은 오크를 처리하고 다섯 마리는 마석으로 변했다.

"동쪽에 레드 그리즐리 둘. 북쪽에서 랜드 보어 하나. 이 상태라면 버든트 울프도 올 것 같아요."

잡식 몬스터가 피에 끌려서 온 것인지, 잔뜩 몰려왔다. 츠토무는 버든트 울프의 의태를 주의하며 몬스터의 위치 정보를 전했다. 고개를 끄덕인 미실은 숨을 깊이 내쉰 뒤에 랜드 보어가 있는 곳으로 향했다. 레드 그리즐리는 조인 두 사람이 날아다니며 발톱으로 견제해 잡아두고 있다.

랜드 보어는 코 옆에 있는 흙색 어금니 두 개를 미실에게 발사했다. 왼쪽 어금니를 피하고, 다른 하나의 어금니는 쿠크리로 때려 바닥으로 떨어트린 미실은, 어금니가 자라나기 시작한 랜드 보어에게 다가갔다.

랜드 보어의 어금니는 원거리만이 아니라 근거리에서도 경계할 필요가 있으므로, 다 자라기 전에 처리하는 것이 좋다. 미실은 쿠크리를 대각선으로 들었다.

"더블 어택."

경전사 계통에서도 초기에 배우는, 순식간에 두 차례 공격하는 더블 어택. 가장 익숙한 그 스킬을 날리자, 한 번의 공격으로 랜드 보어의 양쪽 뺨이 날아갔다. 거의 동시에 펼쳐진 두 개의 참격을 맞고 랜드 보어는 눈에 띄게 움츠러들었다.

마무리로 두개골을 깨주려고 한 찰나, 그 옆에서 녹색 그림자가 날아든다. 버든트 울프다.

뒤로 자빠진 미실. 딱딱한 가죽 장갑이 보호하는 손등을 버든트 울프의 이빨이 가볍게 관통하고, 그 손에 있던 쿠크리가 바닥에 떨어진다. 사냥감의 숨통을 끊게 된 것에 기뻐하는 것처럼 버든트 울프는 물고 있는 채로 목을 좌우로 흔들었다.

미실은 비명도 지르지 않고 그 손을 버든트 울프의 아가리 안으로 억지로 쑤셔 넣었다. 그리고 그대로 목젖까지 너덜너덜해진 손을 넣었다. 그것으로 버든트 울프가 구역질했을 때 왼쪽 주먹으로 관자놀이를 후려쳤다.

깨갱 울며 쓰러지는 버든트 울프. 이어서 미실은 이빨이 다 자란 랜드 보어가 날린 어금니를 굴러서 피했다. 풀을 베며 바닥에 어금니가 꽂힌다.

주로 쓰는 손은 망가졌다. 망가진 오른손을 슬쩍 보고, 미실은 바닥에 있는 쿠크리를 다리로 능숙하게 차서 왼손으로 들었다. 뇌가 흔들려 아직 일어나지 못하는 버든트 울프에게 다가간 그때, 녹색 기운이 미실의 오른손으로 날아왔다.

오른손의 아픔이 점점 잦아드는 바람에 놀라서 움직임을 멈출 뻔했지만, 바로 왼손의 쿠크리로 버든트 울프의 머리를 꿰뚫었다. 신음소리와 함께 빛의 입자가 날아오른다.

완전히 치유된 오른손으로 다시 쿠크리를 든 미실은 상처 입은 랜드 보어를 처리하기 위해 달려들었다. 레드 그리즐리와 싸우는 조인 두 사람 쪽으로도 버든트 울프가 간 모양이지만, 가름과 카미유가 지원해 주고 있다. 저쪽은 문제없을 거라며 눈앞에 있는 적에게 집중했다.

랜드 보어의 어금니가 다 자란 직후에 더블 어택으로 앞다리를 벤다. 바닥에 무릎을 꿇는 랜드 보어. 그리고 미실은 그것을 뛰어넘듯 도약하며 몸통 위에서 쿠크리를 찔러넣었다. 그것을 정확하게 심장에 맞히고 가른다. 그래도 랜드 보어는 돌진을 날렸지만, 금방 힘이 다해 소마석으로 모습을 바꿨다.

레드 그리즐리도 쓰러진 것을 확인하고, 미실은 오른손을 한 번 본 다음 하얀 지팡이를 들고 있는 츠토무 쪽으로 시선을 보냈다.

'힐을 날린 건가⋯⋯? 게다가 분명 프로젝트도 날렸었지.'

잘못 날렸을 때 몬스터가 회복, 강화된다는 리스크가 있지만, 미실은 츠토무의 날리는 지원, 회복 스킬을 유용하게 느꼈다. 실제로 그는 전투 중 주로 쓰는 오른팔이 회복되어 다행이라고 여겼다.

'몬스터에게 힐이 맞으면 심각하지만, 만약 실수가 없다면 실용성은 있겠는데. 그런데 왜 하는 녀석이 없지? 아무리 그래도 누군가는 시도하리라 생각하는데⋯⋯.'

원래 고아였던 아인들을 길러, 자립할 수 있도록 하는 것을 목적으로 만들어진 실버 비스트라는 클랜. 그 리더를 맡은 미실은, 겉으로는 변변찮게 보여도 일은 제대로 하는 남자다. 휴일의 대부분을 소비하는 츠토무만큼은 아니지만, 그도 던전의 신대 방송이나 신문에서 최신 정보를 수집하고 있다. 그래도 츠토무처럼 날리는 회복 스킬은 본 적이 없었다.

백마도사를 2인 파티에 넣고 있는 조금 유명한 중견 클랜에서도, 회복 스킬은 날리지 않았다. 그 사실에 고개를 갸웃거렸지만, 미실은 우선 생각하는 것을 멈췄다.

'일단, 돌아간 뒤에 좀 시켜볼까.'

길드에서 황갈색 옷을 입고 기다리고 있을 백마도사의 얼굴을 떠올리며, 미실은 마석을 회수해 다섯 명이 모여 있는 장소로 돌아왔다.

수많은 클랜

그 뒤로 세 번 정도 몬스터 무리와 마주쳤지만, 위험한 일 없이 해치우고 순조롭게 하산했다. 이 층이라면 공중의 강적도 날치기 새 정도밖에 없으니까 도중부터 플라이로 날아갈 것을 츠토무가 제안했지만, 마석을 벌기 위해 미실은 산길을 내려갈 것을 선택했던 모양이었다.

미실이 어이없어하자 츠토무는 자기 지식의 근거가 되어주고 있는 가름을 봤다. 나도 앞으로 배워야겠다고 의욕이 충만한 가름을 보고, 츠토무도 과장되게 분발하는 모습을 보여 얼버무리며 미실에게 계곡의 정보를 이것저것 물었다.

"미실 씨도 처음에는 날치기 새에게 납치당했었나요?"

이제 숲의 출구가 보이기 시작한 비탈길을 내려가며 질문한 츠토무는, 카미유를 슬쩍 노려봤다. 미실은 아~ 하고 그리운 듯이 눈을 가늘게 뜬 뒤, 장난스럽게 웃었다.

"계곡에 중견도 들어올 수 있게 되었을 때는 유행했었지~ 그거. 나도 자주 당했어. 츠토무도 당했나 보지?"

"미실 씨……."

서로 통한 무언가를 느끼고 단단히 서로 손을 맞잡는 츠토무와 미실. 잠시 뒤 손을 뗀 미실은 잽싸게 카미유의 옆으로 이동했다.

"뭐, 지금은 나도 하는 쪽이지만. 그건 건방진 꼬맹이들의 입을 다물게 하는데 효과적이라서 말이지."

"음, 마음이 통하는구나. 나도 요새는 뜸했었다. 조금 나눠주지 않겠느냐?"

"크하하! 당신이 하는 걸 보고 흉내 냈으니까! 길드장은 일시적으로 그만둔 모양이니까, 바쁘지 않으면 정말로 오겠어?"

"츠토무에게 한 주에 이틀은 휴일을 받았으니까 비어 있다. 다음 주 수요일이 어떻겠느냐?"

"오오! 오라고 와! 용인 꼬맹이들이 눈물 흘리며 기뻐하겠어!"

쭉 내민 주먹을 가볍게 부딪친 두 사람을 보고 츠토무는 황당해 자빠질 뻔했다. 조인 두 사람도 이상한 사람을 보는 듯한 눈길을 연장자 팀에게 보내고 있었다.

"그쪽은…… 뭐 괜찮겠네요. 이 지형이라면 조인은 굉장히 유리할 테니까요."

"아니거든~? 계곡부터는 나도 터무니없는 일만 당하고 있는걸? 단숨에 레벨을 올리게 하거나, 내가 상처 입은 것도 미실을 감싸줬기 때문인걸? 저 사람 너무 엉성하니까 말이야, 내가 돌봐줘야 해."

츠토무의 회복 스킬로 완전히 쾌유한 붉은 조인 여성은, 양팔을 방패처럼 펼치고 얼굴을 찌푸렸다. 한동안 미실에 대한 푸념을 응응 맞장구를 치며 듣고 있던 츠토무는, 푸념이 끝난 뒤에 신경 쓰였던 것을 입에 담았다.

"그러고 보니까 그 페더 댄스라는 스킬, 그건 깃털이 없어지거나 하지 않나요?"

"아니? 안 그래. 확실히 깃털을 날리는 것처럼 보이지만, 실제로 날리는 게 아니야. 그런 스킬이니까. 그렇게 빨리 자라나지 않는다고."

"그런 건가요. 게다가 그건 평범한 페더 댄스랑 다른 느낌이 들었는데요……."

"오, 넌 인간인데도 잘 알고 있네! 그거, 우리가 엄청 연습했다고~."

페더 댄스라는 스킬은 츠토무도 알고 있었지만, 게임에서는 깃털을 날려 적의 시야를 차단해 명중률을 낮추는 스킬이었다. 그것이 마치 공격 스킬처럼 사용되고 있기에, 츠토무는 그 뒤로도 조인의 정보를 끌어내며 이야기를 이어갔다.

"아, 가름 님. 제 친구들이 가름 님께 자주 도움을 받았다고 들었어요. 정말로 감사드려요."

"당연한 일을 한 것뿐이다. 감사할 필요는 없다."

"저기, 괜찮으시다면 악수해 주실 수 있나요?"

"지금은 아직 던전 안이다. 모두가 긴장을 풀고 있는 만큼, 나는 몬스터를 경계해야만 한다."

"아아, 죄……죄송해요."

가름의 말에 자신의 한심함을 부끄럽게 느끼고, 더욱이 말까지 꼬이고 만 파란 깃털을 지닌 소녀는 얼굴을 새빨갛게 물들이며 고개를 숙였다. 가름은 개 귀를 세우고 주위를 경계하며 말을 이어갔다.

"우리가 길드로 돌아갔을 때, 미실에게 이번 보수를 받게 되겠지. 악수 같은 것은, 그때 얼마든지 하도록 하지. 그러니까 지금은 경계를……."

"가가가가!! 감사합니다! 감사합니다! 그리고 괜찮으시다면 꼭 저희 클랜에도 들러 주세요!! 던전에서 만났는데 어째서 데리고 오지 않았느냐고, 제가 혼날 거예요! 모두 정말 기뻐할 거예요!!"

"선처하도록 하지."

양팔을 퍼덕이며 펄쩍 뛰는 파란 조인에게서 빠진 깃털이, 가름의 앞을 우수수 날아다닌다. 가름은 그런 상황에서도 주위의 경계를 게을리하지 않았다.

그리고는 몬스터와 마주치는 일도 없이, 미실이 지정했던 장소에 도달했다. 조인 두 명이 저공비행으로 주변을 날자, 갑자기 공간을 덧칠하듯이 검은 문이 나타났다.

그리고 검은 문을 밀어 연 미실은 안심한 것처럼 큰 숨을 내쉬고, 츠토무 일행을 돌아보고 깊숙이 머리를 숙였다.

"덕분에 장비를 잃지 않을 수 있었어, 고마워. 이번 사례는 실버 비스트의 이름을 걸고, 반드시 길드에서 주겠어."

"아니 괜찮아요. 어려울 때는 서로 돕는 거니까요."

"아니 아니지, 다른 파티라면 내치는 것이 보통이라고. 나는 저 가름이라면 도와줄 가능성이 있다고 생각해서 접근했지만, 어지간한 클랜은 다가가는 것만으로 인상을 써. 심한 곳은 추적당해서 장비만 빼앗긴다고. 절대로 하지 마!"

"구원 요청은 최대한 들어주라고 저는 배웠는데, 가르쳐 주는 사람을 잘못 골랐을까요? 어때요, 가름?"

"…………."

츠토무의 시선에 눈을 감고 입을 다문 가름. 귀는 옆으로 접히고 꼬리는 늘어져 있다. 그 모습을 본 미실은 어이없다는 듯이 하늘을 올려다봤다.

"가름 씨. 당신은 굉장한 녀석이지만, 너무 손을 벌리지 말라고. 그러다 놓치는 게 있기라도 하면 죽도 밥도 안 되니까 말이야."

양옆에 있는 조인 두 사람의 머리를 거칠게 쓰다듬는 미실. 그 두 사람은 바로 머리에 올려진 손을 걷어냈다.

"뭘 잘난 척하고 있어요. 가름 님께."

"우리가 없으면 아무것도 못 하는 주제에 잘난 척하지 말라고!"

"어이어이 얘들아, 그건 아니잖아……."

조인 두 사람이 쌀쌀맞은 태도를 보이자 어깨를 떨구는 미실. 가름은 그 말을 받아들이고 조용히 감사를 전했다. 미실은 기분을 바꾸고 츠토무에게 시선을 보냈다.

"너희는 아직 더 할 거야?"

"네. 일단 18시까지는 안에 있으려고요. 오늘 할당량은 달성했지만, 가능하면 56층을 봐두고 싶어서요."

"호~오. 계곡 돌파를 노리는 건가. 뭐, 저 사람이 있으면 가능은 하겠지만 말이야."

뒤에서 대검을 내려놓고 쉬고 있는 카미유를 본 미실은, 부럽다는 듯이 츠토무에게 시선을 되돌렸다.

"와이번이 가끔 대마석을 떨구는 모양이니까, 사냥할 수 있다면 돈이 된단 말이지. 우리 목표는 당분간 그거야."

"독만 조심하면 안정적으로 해치울 수 있을 것 같으니까요, 그건. 확실히 사냥 효율은 좋아 보여요."

"뭐, 우리는 먼저 레벨 올려야지. 따지 못하는 마석을 보면서 손가락만 빨아도 의미가 없어. 아아, 보수인 마석은 언제 줄까?"

"아, 19시로 부탁드려도 될까요?"

초침이 움직이는 회중시계로 시간을 확인한 츠토무는 미실에게 그렇게 전했다.

"19시라. 알았어. 그 무렵에 길드의 1번 카운터 부근에서 기다리고 있을게."

미실은 약속 장소를 전한 뒤, 허무한 웃음을 보였다.

"츠토무라고 했던가? 좋은 녀석이잖아. 그 기사를 보고 솔직히 경계했는데 말이야. 완전히 엉터리였어."

"아아……. 당하는 입장에선 정말 미치겠어요. 에이미 씨를 만나게 되면 제가 걷어차이게 될 거 같아요."

"크하하하! 이번에는 그 기사가 나오는 거 아니야? 기대하고 있겠어."

"좀 봐주세요……."

"음. 그 뭐냐. 우리 클랜은 별로 영향력이 없지만, 츠토무가 나쁜 녀석이 아니라는 건 동료들에게 퍼트려 두겠어."

의기소침한 츠토무를 위로하듯이 말한 미실은, 그럼 나중에 보자고 말하고는 조인 두 사람과 검은 문으로 들어가 사라졌다.

"그럼, 55층의 검은 문을 발견하러 가볼까요."

세 사람을 배웅한 츠토무는 카미유와 가름을 돌아보고 그렇게 말했다.

▷▷

그 뒤로 네 시간 반 정도 만에 츠토무 일행의 파티는 55층을 넘어, 56층으로 가는 문을 발견했다. 세 사람은 검은 문을 밀어 열고 안으로 들어가 바로 전이했다.

세 사람이 착지한 곳은 풀이 자란 바닥이 아니라, 메마른 대지였다. 가로막는 것이 없이 강한 햇빛에 노출된 츠토무는 팔로 빛을 가리며 주변을 둘러봤다.

각지게 잘린 듯한 연한 갈색 언덕이 복잡하게 엉키고, 당장에라도 무너질 것 같은 절벽도 보인다. 세 사람이 전이한 장소도 높은 절벽 가장자리에서 조금 떨어진 장소였다. 츠토무가 절벽을 내려다보고 질겁해서 바로 검은 문으로 돌아왔다.

약속 시간도 있으니까 이번에는 일단 길드로 돌아가기로 한 츠토무는, 두 사람과 함께 뒤에 있는 검은 문으로 들어가 귀환했다. 부유감 뒤에 길드의 검은 문에 도착했다.

현재 시각은 오후 6시. 노동자가 일을 마치기 시작해, 던전 방송을 구경하는 사람이 늘어날 시간대다. 혼잡한 카운터에 줄을 선 츠토무는, 가름과 카미유에게서 미사용 포션을 회수했다. 그것들을 매직백에 넣고 길드의 2번대를 봤다.

2번대에서는 협곡을 플라이로 날고 있는 대형 클랜의 파티가, 와이번을 상대하는 모습이 나오고 있었다. 조금 흙색이 섞인 녹색 피부에, 앞다리와 합쳐진 얇은 피막으로 이루어진 날개. 긴 꼬리 끝에는 날카로운 여러 개의 가시가 엿보인다.

 그 와이번에게 딜러 네 명이 덤벼들어, 어떻게든 접근해 날개를 집중적으로 노린다. 앞다리와 동화된 날개에 한 명이 맞고 추락해 지면에 머리부터 떨어졌다. 그 틈에 나머지 세 명은 와이번에게 쇄도하듯이 덮친다.

 딜러들은 공격하고, 공격하고, 또 공격한다. 방어 따위는 일절 생각하지도 않는다. 와이번의 새 같은 다리에 팔을 베여도, 과감하게 와이번의 날개에 칼을 박으려고 한다.

 한 명이 꼬리의 가시에 찔려 하늘에서 떨어졌지만, 그 틈에 두 사람의 필사적인 공격에 의해 박쥐 같은 날개에 구멍이 뚫렸다. 갑자기 공중에서 추락하는 와이번.

 지면에 내동댕이쳐지고 쇠약해진 와이번을, 두 딜러가 마구잡이로 찔러댄다. 그리고 입자로 변한 와이번에서 조금 작은 무색 대마석이 출현했다. 그사이 아래에서 대기하고 있던 힐러가 추락한 두 사람의 장비를 매직백에 수납해 검은 문으로 돌아오면서 영상은 바뀌었다.

 그것은 '알도렛 크로우'라는 대형 클랜의 전형적인 사냥 스타일이다. 그 클랜은 좌우지간 멤버가 많다. 인간에서부터 아인 전반. 연령층도 다양하다. 그 수는 협곡의 1군부터 늪의 20군까지 구분되어 있을 정도다.

그 클랜은 흑마단과의 옥션 경쟁에서 마지막에 졌던 클랜으로, 현재는 그 영향인지 무턱대고 자금을 모으고 있다. 그 자금 모으기를 위해 요새는 오로지 와이번을 사냥하고 있어, 관중들도 질렸는지 현재 좋지 못한 쪽으로 분위기가 흘러가고 있었다.

다음에 2번대에 나온 것은, 경장 딜러 네 사람과 힐러의 파티. 전투 중은 아닌지, 다섯 명은 플라이로 떠서 골짜기를 누비듯이 나아가고 있다.

그것은 흑마단 다음으로 화룡을 해치우는 것이 아닐까 기대받는, '금색의 선율'이라는 대형 클랜이다. 카미유와 마찬가지로 유니크 스킬을 보유한 금랑인(金狼人. 금색 늑대 인간)을 필두로, 그 리더를 둘러싼 하렘으로 형성된 클랜이다.

금랑인 이외의 클랜 멤버는 대부분이 여성이라 남성 관중에게서 불만이 집중할 것 같은 클랜이지만, 의외로 인기가 좋다. 적극적으로 화룡에 도전하다가 패배하기는 하지만, 도전하지 않는 대형 클랜보다는 평가가 좋고, 요새는 화룡의 한쪽 눈을 망가트리는 데 성공했다. 그런 사실도 더해져 관중들에게 기대받고 있어 인기가 상승 중이다.

'저기는 여러모로 아깝단 말이야~.'

휴일에 금색의 선율의 화룡 도전을 몇 번인가 봤던 츠토무는 2번대를 보고 눈을 가늘게 떴다. 그 클랜은 화룡의 체력을 깎을 화력도 있고, 날개를 봉쇄할 술법도 있다. 대책 장비도 나쁘지 않다. 순조롭게 가면 화룡을 해치울 실력은 갖추고 있었다.

하지만 리더인 금랑인에게 영향이 가기 시작하면, 단숨에 파티가 무너진다. 금랑인을 대신해 다른 파티 멤버가 쓸데없이 희생하거나, 포션을 리더에게 우선적으로 배급하는 경향이 츠토무에게는 보였다. 특히 금랑인이 죽었을 때는 최악으로 변해, 그 순간에 파티가 무너지고 만다. 좋게도 나쁘게도 금랑인의 원맨 클랜. 그것이 츠토무의 인상이다.

'보고 있을 때는 재미있지만 말이야.'

던전 탐색 중에 금랑인이 안 보는 곳에서 파티 멤버가 서로 방해하는 모습은 보고 있으면 실로 재미있다. 한동안 2번대를 보고 있자 순서가 돌아와, 츠토무는 카운터에서 스테이터스 카드를 갱신했다.

달려라 에이미

솔리트 신문사에서 취재를 받은 다음 날. 에이미는 오랜만에 신문에 자기 기사가 실릴 것을 기대하며, 드물게 빨리 일어나 솔리트 신문사의 조간을 200G(골드)를 내고 샀다.

콧노래를 부르며 신문의 표제를 보고 파티 세 사람이 찍혀 있는 것을 확인하고는, 글자에 눈길을 주었다. 하지만 그 기사를 읽어 내려갈수록, 에이미의 눈빛은 점점 가라앉았다.

에이미는 격노했다. 이 솔리트 신문사의 폭거를 용서해서는 안 된다고, 그 발걸음은 어느샌가 솔리트 본사로 향하고 있었다.

"에, 에이미 님~?! 대체 무슨 일이신가요~?!"

"네가 그 기사를 썼지! 당장 정정해!"

솔리트 본사는 3층짜리 큰 건물이다. 1층의 경비를 오다가 주운 두 개의 막대기로 순식간에 기절시킨 에이미는, 2층에서 새로운 기사를 쓰고 있는 미루루의 가슴팍을 붙잡고 흔들었다. 주변의 사원은 거미새끼가 흩어지듯이 도망쳤다.

"아아, 그 럭키 보이에게 또 협박당한 거군요. 걱정하지 마세요. 제가 에이미 님을 구하겠어요!"

"뭐어어?! 뭔 소리야! 누가 말한 거야, 그딴 소리를!"

"에이미 님은 그렇게 말씀하실 수밖에 없는 거죠! 하지만 제가 진실을 공표했으니까, 이제 안심하셔도 돼요~! 이걸로 그 럭키 보이는 다시는 에이미 님께 손을 댈 수 없으니까요~!"

자기 눈으로 본 에이미와 츠토무의 일그러진 관계. 탐색자들에게 한 탐문조사에서도 느낌을 받고, 무언가 감춰진 것이 있다고 확신했던 미루루는 곧바로 기사를 썼다. 그리고 기사 내용에 난색을 보인 편집장을 몸을 이용해 억지로 고개를 끄덕이게 만들어, 기사를 싣게 했다.

편집장의 가슴골을 바라보는 천박한 시선도, 그 에이미를 마수에서 구해낼 수 있다면 두렵지 않았다. 마수에서 에이미를 구해낸다는 고양감에 지배된 미루루는, 정의는 자신에게 있다는 듯한 표정을 짓고 있었다. 에이미는 그 얼굴을 보고 말이 통하지 않는다고 생각했는지, 그녀를 내던지고 솔리트 본사의 계단을 뛰어 올라갔다.

"아래가 소란스럽다 싶었는데, 원흉이 당신이었을 줄이야."

3층으로 올라가자 검은색이 주체인 제복을 입은 경비단 사람 셋이, 에이미를 기다리고 있었다. 그중에서 에이미와 안면이 있던 경비단 소속의 여성이 한 걸음 앞으로 나섰다.

미궁도시를 다스리고 있는 귀족에게 치안 유지를 일임받은 경비단은 입단 시험의 최소 조건으로 던전 30층 공략을 요구한다. 탐색자가 범죄를 저지를 위험도 있다는 것을 상정하고 있어서, 경비단의 대장 정도 되면 40, 50층에 진입한 사람이 다수다.

게다가 몬스터와 싸우는 탐색자와 달리, 경비단은 대인전의 프로다. 미궁도시 최고층 기록을 경신 중인 흑마단이 만에 하나 범죄를 저지른다고 해도, 경비단은 여유롭게 흑마단을 진압할 수 있는 실력을 지니고 있다.

"이미 본부에 지원요청을 해두었어. 얌전히 투항해."

"솔리트 신문사의 최고 책임자에게 따질 수 있게 해준다면, 투항해도 상관없는데?"

"가능할 리가 없잖아. 당신, 온건한 분위기가 아닌걸."

"교섭 결렬이네. 부스트."

에이미는 그녀의 말을 듣자마자 막대기를 양손에 들고 돌격. 스킬로 AGI를 높인 에이미를, 경비단의 세 사람은 경봉을 들어 맞이한다.

그 경봉은 희귀한 번개 마석이 박힌 마도구로, 평범한 사람이 전류를 맞으면 움직일 수가 없게 된다. 날아오는 경봉을 에이미는 유연한 움직임으로 피하고, 경봉을 든 상대의 손목을 재빨리 막대기로 때렸다. 신음을 흘리는 경비단의 남자.

좌우에서 포위하듯이 다가오는 경봉. 에이미는 막대기를 던져 견제하며, 몸을 낮춰 피했다. 이어서 그 자세 그대로 채찍처럼 다리를 걸어 여성을 넘어트렸다.

"더블 어택."

작은 목소리로 중얼거린 스킬 이름과 함께 맨손 연타. 양쪽 귀를 손바닥으로 감싸듯이 얻어맞은 남성은 비틀거린다. 귀를 붙잡은 남성의 뒤로 돌아들어 간 에이미가 목에 수도를 날려, 의식을 잃게 했다.

이어서 떨어진 경봉을 주우려 하는 남성의 턱을 밀치듯이 차 날린다. 벽에 머리를 부딪친 남성은 혼절했다. 남은 것은 경비단의 여성뿐.

"어째서……."

그 여성은 거리에서 이것저것 소란을 일으키는 에이미를 몇 번이나 붙잡아 유치장으로 보낸 전력이 있다. 실제로 맨손의 에이미와 전투를 했던 적도 있다. 에이미와 마찬가지로 해변층 경험자이고, 대인전 훈련도 받았다. 에이미에게 질 리가 없다. 그런 여유가 지금은 무너졌다.

나른하게 여성 쪽을 돌아본 에이미는, 남성 두 명이 떨어트린 경봉을 허리에 끼웠다. 그리고 시시하다는 듯이 아몬드형 눈을 가늘게 떴다.

"그게 진심일 리가 없잖아. 훈련이니까."

"후, 훈련?"

"아, 미안. 지금 건 잊어줘."

에이미는 맨손으로 여성에게 접근했다. 휘둘린 경봉을 경쾌한 발놀림으로 피하고, 그 팔을 포박하듯이 붙잡는다. 그대로 여성의 등으로 돌아가, 팔을 뒤로 돌려 움직일 수 없게 했다.

"이거 놔!"

"알았어, 알았어."

뒤로 돌린 팔을 무릎으로 누르고, 에이미는 여성의 목에 팔을 둘렀다. 정확하게 경동맥을 조여 여성을 기절시킨 에이미는, 막대기를 주우며 안쪽으로 나아가려 했다.

"새끼 고양이야~. 뭘 하고 있는 걸까~?"

"으헤."

에이미가 그 간드러진 목소리를 듣고 돌아보자, 2미터를 가볍게 넘는 오크 같은 남자가 있었다. 그 단련된 육체는 검은 제복 위로 봐도 알 수 있을 정도로 빵빵했다.

"아침 런닝 중에 솔리트 신문사에서 지원 요청이 와서 무슨 일인가 싶었더니, 에이미~ 짱이잖아~! 여전히 귀엽네~! 다음에 옷을 보러 가자!"

"최악이야."

에이미는 허리의 쌍검을 뽑아, 근육 덩어리 같은 남자에게 가차없이 휘둘렀다. 안면을 노린 공격을 막은 팔의 제복을 쇠로 된 칼날이 갈랐지만, 몸에 꽂히는 일은 없었다.

"앙!"

신음하는 듯한 덩치가 큰 남자의 목소리에 에이미는 징그러워하면서도 손을 멈추지 않는다. 난무라는 이름이 부끄럽지 않은 검술로 덩치 큰 남자의 제복을 벗겨 간다. 하지만 마치 모래주머니를 베고 있는 듯한 감각만이 에이미의 손에 전해진다.

어째서, 하필이면 이 남자가. 에이미는 서두르지 않고 장비를 갖추고 왔어야 했다고 혀를 찼다. 머슬 보디(육체 갑옷)라는 유니크 스킬을 지닌 경비단을 책임지는 덩치 큰 남자. 그는 턱에 손을 대고 귀엽게 고개를 까닥였다.

"상황은 잘 모르겠지만, 솔리트 신문사에 쳐들어와서 이런 짓을 하다니…… 아무리 그래도 유치장으로는 끝나지 않을 텐데?"

"알고 있어."

"그래…… 너의 그런 눈. 오랜만에 보네."

팔에 감겨 있는 마도구를 기동해 본부에 지원을 요청한 덩치 큰 남자는, 힘을 모으듯이 두 주먹을 쥐었다.

"그럼 덤벼. 전부 받아내 줄 테니까."

흥! 포즈를 취하며 안면으로 휘둘린 참격을 받아낸 남자. 온 힘을 다한 공격으로 피부밖에 베지 못했다는 것에 이를 간 에이미는, 허리에 있는 경비단 사람이 사용했던 경봉을 남자의 팔에 내려쳤다. 그리고 투명한 마석을 떨어트리는 스위치를 눌렀다. 경봉에서 흐르는 전류.

"아아~. 아침 트레이닝으로 달아오른 근육에, 스며들어 와~!"

몸을 꼬며 황홀한 표정을 짓는 덩치 큰 남자에게서 에이미는 거리를 벌렸다. 최선의 장비라도 이 남자를 해치울 수는 없다. 그런데 장비는 고만고만한 쌍검에 방어구도 없다. 지원을 불렀기 때문에 시간을 갈수록 불리해진다. 절망적인 상황이었다.

지금부터 도주하는 것도 생각한 에이미. 창문으로 뛰어내려 전력으로 도망치면 성공할 가능성은 있다. 어떡해야 하나. 집중하기 위해 감은 두 눈을, 살며시 뜬다.

에이미가 선택한 것은 전투였다. 시간도 들이지 않는다. 노리는 것은 눈. 시야를 빼앗으면 승산은 있다.

하지만 덩치 큰 남자도 그것을 알고 있는지 얼굴만은 반드시 지키고 있다. 팔, 다리에 쌍검이 막힌다.

"부스트. 더블 어택. 락브레이크 슬래시."

스킬을 연속으로 연결해 덩치 큰 남자를 공격하지만, 역시 칼날은 박히지 않는다. 그렇다면 관절기라도 먹이고 싶었지만, 체술을 이용한 접근전은 덩치 큰 남자가 유리하다. 한동안 서로에게 유효타가 없는 채로 시간이 흘러갔다.

에이미의 호흡이 거칠어지기 시작했지만, 덩치 큰 남자는 아직 멀쩡하다. 아무리 공격해도 전혀 통하지 않는 남자. 그래도 에이미는 산소결핍을 일으키기 직전인 몸을 움직였다.

"무기만 멀쩡했다면, 조금 더 즐길 수 있었겠지만 말이야!"

즐기듯이 말하며 움직임이 둔해지기 시작한 에이미를 붙잡으려 하는 오른손. 그 오른손에 에이미는 뱀처럼 매달려 그대로 바닥에 자빠뜨린다. 하지만 발목을 잡힐 뻔해 곧바로 뛰어 물러났다.

일어나는 남자. 에이미는 달려 접근하면서 경봉을 안면에 집어 던졌다. 그것을 걷어낸 남자에게 이어서 왼손에 든 쌍검 중 한 자루를 던졌다.

쇠로 된 검을 마치 장난감 나이프처럼 손으로 걷어내는 남자. 하지만 그사이에 접근한 에이미는 그 남자의 사타구니를 차올렸다. 남자의 최대 급소를 노린 것이다.

"아아아아아아아아아아아아아아앙!!"

굵직한 목소리를 터트린 남자의 눈을 노리려 했던 에이미는 자신의 오른쪽 다리가 움직이지 않는다는 사실을 깨달았다. 남자의 양다리에 조여져, 에이미의 오른쪽 다리가 바이스에 고정된 것처럼 잡혔다.

"흐흥~. 붙, 잡, 았, 다! 노리는 게 너무 노골적이야. 에이미짱."

약점 공격을 예측했던 것인지 남자는 개의치 않는 기색으로, 에이미의 머리를 붙잡으려고 양손을 치켜든다. 하지만 에이미는 상체를 크게 젖혀서 피하고, 그 팔을 왼손으로 잡아당기며 잡혀 있는 오른쪽 다리를 들었다. 남자는 에이미의 뒤쪽으로 내던져졌다.

하지만 에이미의 오른쪽 다리를 잡고 있던 남자의 다리는 풀리지 않고, 에이미도 함께 날아간다. 에이미는 공중을 헤매며, 오른손에 있는 쌍검을 남자의 눈에 던졌다.

그 검은 남자의 눈을 맞혔다. 하지만 에이미의 오른쪽 다리를 조르고 있는 다리는 풀리지 않는다. 남자와 함께 바닥에 떨어진 에이미는 바로 다리를 빼려고 했다.

"블라인드."

바로 그때. 두 사람에게 검은 기체가 부딪혔다. 이어서 노란색과 보라색의 상태이상을 일으키는 마법 스킬이 이어진다. 에이미의 시야는 암흑으로 뒤덮이고 목소리도 나오지 않게 되었다. 몸은 마비되고 답답함이 그녀를 덮쳤다.

솔리트 신문사가 보낸 지원 요청에 더해, 경비단의 대장격인 남자의 요청도 받은 경비단 본부 인원 대부분이 이곳에 집결했다.

상태이상에 걸린 에이미를 바로 밧줄로 구속한 본부의 경비단. 덩치 큰 남자에게 백마도사가 메딕을 겹쳐 걸자, 그는 벌떡 몸을 일으켰다.

"어머머, 도움을 받아버렸네. 고마워~! 하지만 나까지 함께 걸진 마!"

"긴급요청이 있어서 서둘러 와봤더니…… 난무의 에이미가 아 닙니까. 이것 말고는 없습니까?"

"글쎄~? 아마 없을 거 같은데에?"

"아마도 기사 때문에 온 거겠죠. 그렇다면 럭키 보이와 가름도 침입할 가능성이 있습니다."

"어머~! 가름짱도 오는 거야~!"

인체의 약점인 눈에 단검이 꽂혔던 덩치 큰 남자는, 그것을 뽑고 백마도사에게 힐을 받았다. 그리고 덩치 큰 남자는 안경 낀 남자 의 말에 환희했다.

"현재 수색을 지시했습니다. 럭키 보이는 백마도사. 실력은 불 명. 게다가 가름이라니 골치 아프군요."

"요새는 제대로 일도 없었으니까, 긴장도 되고 좋잖아~!"

"백마도사와 가름이 함께 행동한다면 귀찮아집니다. 이 건물 전역은 수사하겠지만, 가름이라면 이쪽의 전력도 파악하고 있을 터. 어쩌면 돌파할지도 모릅니다. 인해전술로 이 건물을 계속해 서 조사하겠습니다."

그 말 다음에 에이미의 의식이 끊겼다. 그리고 몸을 일으키고 의 식을 찾았을 때는 유치장에 수용되어 있었다. 그 뒤 카미유에게 츠토무의 억울함을 눈물로 호소한 에이미는, 지금도 유치장에 수 감 중이다.

스킬의 이미지

츠토무 일행이 스테이터스 갱신을 마치고 1번 카운터 부근에서 기다리고 있자, 미실이 이끄는 실버 비스트의 파티가 모습을 보였다. 그리고 두 계층분의 마석을 받은 츠토무 일행은 미실의 제안으로, 저녁을 함께하게 되었다.

"아니, 저와 있으면 미실 씨도 안 좋은 소리를 듣는데요……."

"그딴 건 멋대로 지껄이게 냅둬. 게다가 가름과 길드장과 연줄을 만드는 이점도 있고 말이지."

미실은 그렇게 말하고 츠토무를 억지로 납득시키고는, 주위의 싸늘한 시선도 신경 쓰지 않고 술통 모자 식당이라는 가게로 들어갔다. 커다란 술통과 마도구 오븐에서 구워지는 고기 요리가 유명한 그 가게의 점주는, 미실과 오래전부터 아는 사이였다.

"너 말이야……. 하필이면 이딴 걸 데리고 온 거야……."

"괜찮다니까! 우리는 오늘 던전에서 도움을 받았다고. 게다가 츠토무는 적어도 그 기사에서 떠든 것하곤 달라. 길드장과 가름에게도 물어보라고!"

나쁜 의미로 유명한 츠토무의 얼굴을 보고 떫은 표정을 지은 점주를 미실이 설득하고, 마지못해서였지만 자리가 제공되었다. 그리고 커다란 테이블에 앉자 금 동전이 테이블에 놓였다.

"오늘은 구해준 보답이야. 내가 살 테니까 마음껏 시켜도 돼!"

"말 잘했다. 그럼 나는……."

츠토무는 벌써 이 자리에 순응하고 주문하는 카미유를 황당하게 봤지만, 미실이 재촉하는 바람에 적당히 주문했다. 그렇게 실버 비스트와의 회식이 시작되었다.

악수해 준 가름에게 실버 비스트의 1군 파티 네 사람은 대흥분하고, 미실은 미남으로 태어나고 싶었다고 투덜거리며 쓸쓸하게 홧술을 들이키고 있다. 그리고 미실과 카미유, 연장자에게 붙잡힌 츠토무는 술 냄새가 나는 두 사람에게 들들 볶였다.

최근 조인들이 자신을 무시한다든지, 클랜 리더의 위엄을 원한다든지. 최근에 딸이 무뚝뚝하다, 역시 아버지가 곁에 없으니까 그런 것인가 등등 꽤 심각한 상담을 두 사람에게 받는 츠토무. 가름의 주변에 있는 비교적 젊은 사람들에게, 츠토무는 눈빛으로 동정받고 있었다.

그 상담을 츠토무가 설렁설렁 넘기고 끝내자, 미실이 들고 있던 손잡이 달린 맥주잔을 힘차게 테이블에 내려놓았다.

"야, 츠토무우! 네 그 날아가는 힐은 어떻게 하는 거냐앗! 이 아저씨한테도 요령을 가르쳐 주라아!"

"어? 요령 말인가요? 으~음. 날리는 건 익숙해지면 아무나 될 텐데요."

"이놈 츠토무! 수법을 밝히다니 탐색자의 기본이 안 됐구나! 나에게 술을 따라라!"

"아니, 카미유는 그만 마셔요. 여기서 잠들면 옮기기 싫어요."

"내 파티의 장기는 쟤한테 알아낸 주제에 치사하네! 정보를 교환하는 거야!"

붉은 조인을 가리키며 그렇게 큰 소리로 말하는 미실에게, 츠토무는 얼버무리는 웃음을 지었다. 확실히 츠토무는 아까 구원 요청을 받았을 때, 붉은 조인과 상당을 나누며 이것저것 정보를 캐냈다.

"딱히 가르쳐 주는 건 상관없어요. 어떤 식으로 실패하나요?"

"어라, 정말 가르쳐 주는 거야? 그게 말이지, 멀리 날리는 건 아마도 가능할 거야. 하지만 회복이 전혀 되지를 않아. 그거라면 초원의 약초를 씹는 쪽이 나을 정도야."

"어? 그런가요?"

츠토무는 틀림없이 실패 원인은, 힐을 멀리 날리지 못하는 것으로 생각했다. 츠토무도 스킬의 제어를 연습한 5일 중, 이틀 정도는 거리가 멀어지면 사라지는 힐에 고민했었다. 멀리 날리기 위해 힐을 공처럼 던지거나, 부메랑처럼 해보거나 하며 시행착오를 거듭했었다.

그리고 마지막에는 기를 뭉쳐서 발사하는 듯한 이미지가 가장 들어맞고, 도중의 기동 변화에도 대응할 수 있어서 현재는 그 방식을 채용하고 있다. 하지만 회복량에 대해서는 딱히 의식한 적이 없었다. 확실히 날리는 것보다 가까이서 회복하는 편이 회복량은 더 좋지만, 날린다고 해도 그렇게까지 현저하게 떨어지는 일도 없었던지라 신경 쓰지 않았다.

"죄송해요. 잘 모르겠네요. 조금 검증해 봐야겠어요. 알게 되면 가르쳐드릴게요."

"어, 어어. 상당히 친절하잖아. 이 아저씨는 왠지 걱정되기 시작했어."

츠토무의 고민하는 표정에 반응한 미실이 목소리를 낮췄다. 그런 그에게 츠토무는 검지로 뺨을 긁적이며 헛웃음을 보였다.

"어차피 신대가 있어서 수법은 언젠가 들키니까요. 게다가 현재 상태의 백마도사 취급에는 불만을 품고 있거든요."

"아, 확실히 지금은 살기가 참 팍팍하지, 백마도사. 옛날에는 어느 파티라도 한 명은 넣었는데 말이야. 포션 개발이 진척되고 나서는, 미묘해."

"소생하면 넌 필요 없어! 꺼져! 같은 취급은 엄청나게 화가 나요. 정말!"

술이 들어간 츠토무는 조금 노기를 머금은 목소리로 그렇게 입에 담았다. 달래주면서 카미유가 술을 따라주자 츠토무는 그것을 홀짝홀짝 마시기 시작했다.

초원과 숲에서 발견되는 약초를 베이스로 만들어진 초기 포션은 회복력이 별로 좋지 않고, 힐러가 사용하는 회복 스킬이 회복량은 더 많았다. 팔이 잘려도 떨어진 팔이 있으면 완전히 치유할 수 있는 하이 힐, 상태이상을 치유할 수 있는 메딕을 지닌 백마도사는 귀중하게 여겨졌다.

하지만 상태이상, 주로 21층의 늪에서 당하는 일이 많은 독 상태를 치료하는 포션은 개발이 착착 이루어지고, 소재도 간단히 얻을 수 있어서 생산이 빨라져 싼 가격에 해독 포션이 발매되었다. 그 뒤로는 일부러 힐러가 있는 장소로 돌아와 회복을 받는 것보다 그 포션을 마시는 편이 회복이 빨라져, 늪에서 백마도사의 가치가 조금 내려갔다.

하지만 31층 황야에서는 언데드 계열의 몬스터가 많고, 그 몬스터의 약점인 성 속성 공격 스킬을 사용할 수 있는 백마도사는 다시 평가가 올라갔다.

그러나 50층, 해변 계층주인 쉘 크랩. 일정 체력을 깎아내면 둥지로 도망쳐, 잠시 지나면 거의 완전히 회복한 상태로 모습을 드러내는 골치 아픈 몬스터. 거기서 일단 공략 경신이 멈췄다.

운 좋게 쉘 크랩을 발견한 클랜, 알도렛 크로우는 금방 돌파했지만, 다른 클랜은 쉘 크랩 공략에 애를 먹었다. 운을 제외하고 쉘 크랩을 돌파할 방법의 모색이 시작된다.

탐색자들도 쉘 크랩이 파괴된 장갑 등을 토해내는 하얀 점액으로 고친다고 눈치챘지만, 공격을 가한 상처가 전부 사라진 것은 확연하게 이해가 되지 않았다. 그 상처를 어떻게 회복하는지를 대형 클랜이 총출동해서 조사한 결과, 해변에서 드물게 잡히는 얼룩무늬 물고기, 포션 피시가 원인인 것이 아닌가 하고 생각되었다.

그리고 그 포션 피시의 발견 덕분에, 포션 회복량은 극적으로 상승했다. 숲에서 채집할 수 있는 약초와 포션 피시를 조합해 마도구로 가공한 결과, 하이 힐보다도 회복량이 뛰어난 포션이 만들어졌다.

그 포션이 탄생하고, 회복 스킬 대부분이 포션으로 대용할 수 있게 되었다. 그리고 쉘 크랩은 힐러를 뺀 5딜 파티로 단숨에 체력을 깎아낸다는 전법이 확립되었다. 참고로 이 전법은 카미유가 고안한 것이다.

초기에는 비쌌던 포션도 공급이 따라잡기 시작해, 맛을 무시하면 하이 힐과 동등한 효과를 발휘하는 포션이 중견 클랜에서도 구입할 수 있는 가격으로 팔리기 시작했다.

중견 클랜에서는 포션을 사용한다고 해도 수익이 흑자가 나기 시작해, 해변층에서 백마도사의 가치가 떨어졌다. 회복 스킬의 존재의의를 포션에 빼앗긴 백마도사에게 남은 것은, 사망한 사람을 되살릴 수 있는 유일한 방법인 레이즈와 지원 스킬 정도였다.

그 뒤로 백마도사는 추락만이 있었다. 31층 황야에서는 아직 현역이지만, 다른 곳에서는 채용되는 일이 줄어들었다. 하지만 다행히도 51층 계곡은 바람을 부여해 하늘을 날 수 있게 되는 스킬, 플라이 덕분에 하늘을 날 수 없는 종족에게는 수요가 있었다.

그러나 하늘을 날 수 있게끔 개발이 이루어지고 있는 마도구에 다시 역할을 빼앗기게 될 것을 예감하고, 백마도사가 할 수 있는 일을 각자 생각했다. 백마도사의 공격 특화, 회복 특화 등 여러 가지가 시도되었지만, 가장 결과를 남긴 것은 지원과 소생 특화였다.

회복 스킬은 거의 사용하지 않고 지원 스킬로 파티 전원을 강화. 그리고 가장 화력이 강한 딜러가 죽었을 경우 레이즈와 지원 스킬을 최대한 사용해 몬스터의 시선을 끌어, 그사이 되살아난 사람을 최고의 상태로 만드는 역할.

그 역할을 맡게 되는 과정은 츠토무도 어느 정도 알고 있었지만, 그래도 현재 백마도사의 전법이 최선이라고는 생각하지 않았다. 그래서는 계층주를 토벌해도 방송에는 딜러만 나온다. 백마도사는 그 광경을 황갈색 옷을 입고, 길드에서 바라보게 된다.

그들은 그 역할을 납득하고 수행하는 것일까. 아마도 내심으로는 못마땅하지 않을까. 츠토무는 그렇게 생각하고 있다. 지금도 츠토무는 럭키 보이라고 야유받고, 던전 공략이 가능한 것은 운 좋게 가름과 에이미에게 기생해서 그렇다는 평가를 받고 있다.

그런 츠토무만큼 지독한 평가는 받지 않겠지만, 그래도 백마도사들의 평가는 현재 높지 않다. 그대로 괜찮은지. 그렇게 버리는 패 같은 역할을 소화해서 즐거운지 츠토무는 의문이었다.

"절대로 재미없겠죠?! 잘도 그런 시시한 일을 하네요?!"

"뭐, 그게, 그만큼 대형 클랜이라면 골드는 잔뜩 받는다는 모양인데?"

"대형이라면 차라리 낫지만, 다른 데는 완전히 자원봉사잖아요! 어째서 아무도 불만이 없는지 신기할 정도예요!!"

"괜찮아. 그건 츠토무가 증명하면 되잖아."

"당연하죠!! 어서 빨리 화룡을 돌파해 백마도사가 얼마나 쓸만한지, 뼈저리게 깨닫게 해 줄 거예요!"

츠토무가 백마도사에 대해 불만을 흘리기 시작하고 시간이 흘러, 곤드레만드레 취한 세 사람은 다른 사람들에게 신세를 지며 가게를 나왔다.

▷ ▷

　다음 날. 숙취약을 마신 츠토무는 태연한 기색으로 56층에 서 있었다. 참고로 카미유는 자비로 포션을 사 숙취를 치료했다.

　수풀이 우거진 계곡과는 완전히 달라져, 56층부터 시작되는 협곡은 녹색 초목을 거의 발견할 수 없는 풍경이 되고, 대신에 연갈색 식물이 자라 있거나 무너질 것 같은 절벽 등을 많이 발견할 수 있게 된다. 이번에 세 사람이 전이된 장소는 가장 아래로, 바로 앞에는 정신이 아찔해질 것만 같은 험난한 절벽이 우뚝 솟아 있다.

　"플라이."

　카미유에게 플라이를 걸어 주변을 탐색시키고, 츠토무는 포션옮기기 작업을 시작했다. 어제부터 포션을 담았던 시험관 병을 가름에게 주고, 자신이 쓸 파란 포션을 옮겼다. 그러고 나서 돌아온카미유에게 지형 정보를 듣고, 츠토무는 자신과 가름에게 플라이를 걸었다.

　"이쪽이다."

　공중으로 훅 나아가는 카미유를 가름과 츠토무가 따라간다. 날치기 새를 이용한 실전훈련이 효과가 있었는지, 츠토무의 플라이조작은 상당히 향상되어 있었다. 공중을 빠르게 이동해도 중심은안정되고, 만약에 균형을 잃어도 패닉을 일으키지 않고 복귀할 수있게 되었다.

　깎아지른 듯한 거대한 절벽을 통과하는 카미유를 두 사람이 뒤따른다. 지면을 3~5마리의 집단으로 걷고 있는 황토색 오크에게 발견되면, 공중으로 활을 쏘아댄다. 따라서 카미유는 오크에게 발견되지 않도록, 암석 등을 이용해 숨으며 나아가고, 두 사람도 그것을 따라갔다.

59층까지는 우선 검은 문을 최우선으로 진행하고, 거기까지 진행하면 츠토무는 레벨링을 겸한 화룡 대책 준비를 진행할 예정이다. 화룡이 있는 60층은 반년 정도 공략이 정체되어 있었고, 현재도 흑마단밖에 돌파에 성공하지 못했다. 그 때문에 화룡에 대비하는 장비, 도구 등은 여러모로 개발되어 있다.

게임에서 자주 이용했던 것부터, 츠토무가 모르는 대책 도구나 장비도 다수 있다. 1번대 부근의 시장이나 점포를 돌아다녀 이것저것 눈도장을 찍어두었던 츠토무는 59층까지 도달하면 그것들을 사서 시험해 볼 예정이다.

그대로 카미유의 지시대로 움직여 오크에게서 몸을 숨겨 이동하고, 가끔 나타나는 날치기 새는 격퇴하며 절벽을 따라 공중을 이동한다. 그러는 중에 절벽의 모퉁이를 돈 카미유가 뒤쪽의 두 사람에 멈추라고 손을 들었다.

"이 앞에 차지 쉽(전류양)의 무리가 있다. 운이 좋구나."

"오, 레어몬이잖아요."

"레어몬? 아아, 레어 몬스터말이구나. 그렇지."

"그러고 보니까, 그 이후로 보물 상자를 본 적이 없어요. 슬슬 나와도 좋지 않을까요?"

"그걸로 평생의 행운을 쓴 것이겠지. 크크크."

큭큭 웃는 카미유에게 웃음으로 답한 뒤, 츠토무는 절벽 모퉁이로 얼굴을 내밀어 땅바닥에 자란 갈색 풀을 먹고 있는 차지 쉽 무리의 모습을 살폈다.

검은 몸에 하얀 양털. 머리의 뿔은 나선을 그리듯이 하늘을 향해 솟았다. 그런 생김새는 양과 차이가 없는 몬스터 수십 마리가 무리를 이루고 있었다. 하지만 그 양털은 전기를 띠고 있는지, 때때로 하얀빛을 뿌리고 있었다.

신의 던전에서 번개 마석을 주는 몬스터는 지극히 적다. 레어 몬스터인 일렉트릭 슬라임과 마찬가지로 레어 몬스터인 차지 쉽뿐이다. 바깥의 던전이라면 채취할 수 있는 장소도 있지만, 그다지 공급되지 않아 역시 고가다.

하지만 차지 쉽 무리는, 서로의 몸을 지키듯이 달라붙어 전기를 흘려대고 있다. 가름과 카미유가 사냥하려고 다가가면, 차지 쉽은 일제히 번개를 뿌려대며 도망칠 것이다.

이럴 때 광범위 공격 수단을 지닌 흑마도사나 원거리 공격을 할 수 있는 궁사 등이 있다면 안정적으로 사냥할 수 있지만, 지금 파티에서 원거리 공격을 쏠 수 있는 것은 츠토무밖에 없다.

"다가가면 안 좋겠죠?"

"한 마리 정도라면 사냥할 수 있겠지만, 확실하게 죽겠지. 경험이 있다."

기억을 떠올리고 웃음이 나오는지, 붉은 비늘이 붙어 있는 손으로 입을 가리고 있는 카미유. 츠토무는 팔짱을 끼고 조금 생각을 한 뒤에 답했다.

"그럼 제가 해볼게요. 실패하면 죄송해요."

"괜찮다. 대체로 광범위 마법을 쏠 수 없을 때 꼭, 저 녀석들은 자주 나타나니 말이다."

"물욕센서라는 거네요."

"물욕센서?"

"죄송해요. 아무것도 아니에요."

고개를 갸웃거린 카미유에게 츠토무는 그렇게 말하고 소리를 내지 않고 절벽에서 몸을 내밀어, 멀리 보이는 차지 쉽을 향해 하얀 지팡이를 들었다.

"홀리 윙."

붉은 조인에게 들었던 정보를 토대로 츠토무는 이미지를 고정했다. 자신에게 날개라는 부위가 생겨나, 그것을 스스로 휘둘러 깃털을 쏘게 한다. 발사한 깃털 하나하나에 의식을 보내 날카롭게 가다듬는다. 또한 바람을 탄 깃털이 되도록 염원한다.

조인의 이야기는 거의 감각적이었지만, 츠토무는 말한 대로 이미지를 굳히며 최대의 정신력을 담아 그것을 쏘았다.

이전 오크에게 쏘았을 때는 확연하게 다른 기세로, 성스러운 깃털은 바람을 가르고 쏘아졌다. 차지 쉽은 하늘에서 쏟아진 화살 같은 깃털에 차례로 관통되어 간다. 주변이 벼락이 쏟아지는 것처럼 진동하고 날카로운 굉음이 휘몰아친다.

홀리 윙을 다 쏘았을 무렵에는 십여 마리의 차지 쉽이 마석으로 변하고, 나머지는 벼락을 주변에 뿌려대며 도주했다.

"츠토무! 아주 잘했지 않느냐!"

"감사합니다!"

모퉁이에서 뛰쳐나온 카미유에게 양손으로 머리를 거칠게 주물러진 츠토무는, 예상을 넘어서는 위력에 감동하고 있었다. 그 뒤에서 가름은 끼어들려고 하다가 포기하기를 반복하고 있다.

　보물 상자는 나오지 않았지만, 번개 소마석 일곱 개, 번개 중마석 여덟 개를 차지 쉽이 떨어뜨렸다. 츠토무는 기뻐서 어쩔 줄 모르는 얼굴로 그것들을 매직백에 넣었다.

　그리고 57층으로 가는 검은 문도 그 뒤에 바로 발견되어, 츠토무는 오늘 중에 59층에 가자고 마음을 먹으며 검은 문으로 들어갔다.

용화의 대가

"힐, 헤이스트."

가름의 옆구리로 힐을 날려 오크의 구타로 생긴 타박상을 치유하고, 대검을 쳐든 카미유에게 헤이스트 효과 시간이 끊기기 직전에 중첩한다. 지면에 굴러다니는 수십 개의 무색 마석을 바라보며, 츠토무는 플라이로 떠올라 공중에서 상황을 지켜보고 있었다.

게임에서는 내려다보는 듯한 제3자 시점이었기 때문에, 플라이를 제어할 수 있게 된 지금, 츠토무는 이쪽이 정확하게 지시를 내리기 쉽다. 와이번 등의 비행 몬스터가 있는 경우에는 쓸 수 없지만, 없는 경우에는 하늘에서 지원하는 편이 좋다고 생각해 실행하고 있었다.

회중시계를 보고 2시간 가까이 연속으로 싸우고 있다는 사실에 츠토무는 징그러워했지만, 간신히 잦아들기 시작한 몬스터 무리를 보고 무거운 한숨을 쉬었다.

차지 쉽을 사냥해 가치가 높은 번개 마석을 손에 넣고, 검은 문도 바로 발견할 수 있었다. 운이 트이기 시작했다고 생각한 츠토무가 검은 문에 들어가 나온 곳은 절벽 가장자리이고, 더욱이 오크 집단이 바로 근처에 있었다. 활, 만도 등의 장비를 알 수 있을 정도로 가까운 거리. 금방 전투가 시작되었다.

오크 여섯 마리와 싸우고 있는 사이에, 접근전이 주특기에 캥거루처럼 생긴 쿵푸거루, 와이번 등도 나타나 난입. 절벽 가장자리는 위험했기에 장소를 바꿔 전투를 속행, 그 뒤에 또 오크 집단이 난입해 세 사람은 정신이 없었다.

가름은 공격을 많이 당해 은 갑옷의 상반신이 반파. 방패도 우그러지고 와이번이 날린 가시가 여럿 꽂혀 있다. 카미유는 장비 손상이 별로 없지만, 용화 중이라도 피로가 보이기 시작해 대검의 기세가 상당히 떨어져 있었다.

마침내 마지막 오크가 쓰러지고 마석이 된 것을 확인하고는, 가름과 카미유는 바닥에 주저앉았다. 츠토무도 슬금슬금 그들의 머리 위에서 내려왔다.

역시 대량의 몬스터를 상대로 세 사람은 힘들다고, 츠토무는 파티의 인원 부족을 실감했다. 이렇게까지 많으면 가름 혼자서는 절대로 처리할 수 없으니, 츠토무와 카미유도 어느 정도 몬스터를 담당할 수밖에 없게 된다.

하다못해 앞으로 탱커나 딜러가 한 명 더 있으면 좋겠다고, 츠토무는 에이미를 떠올리며 이를 악물었다. 한 명 더 있다면, 이것보다 많은 몬스터를 상대로도 능숙하게 상황을 굴릴 자신감이 있었다. 그렇다고 해도 에이미가 파티에 있었다면 카미유가 없다는 소리이기 때문에, 그다지 차이가 없었지만.

'에이미 씨, 괜찮으려나.'

에이미는 그 기사가 나온 아침에 단신으로 솔리트 본사에 쳐들어가, 경비단에 붙잡혔다고 들었다. 그리고 그다음 날에는 에이미의 침입이 츠토무의 지시라고 솔리트 신문사에서 보도되어, 츠토무는 어이없어 웃음도 나오지 않았다.

석방될 때까지는 면회도 할 수 없다고 이야기를 들어 츠토무는 걱정되었지만, 솔리트 신문사의 기사로 봐서 본사는 에이미를 고소하지는 않은 모양이었다. 경비단에서도 처벌이 없어 에이미는 슬슬 석방될 것이라고, 솔리트 신문사와 기사 정정을 교섭하고 있는 부길드장이 이야기했었다.

'그 사람도 큰일이네.'

바닥에 엎어져 있는 두 사람에게 수건을 걸쳐준 뒤에 마석을 회수하고 다니는 츠토무는, 지난번에 만났던 부길드장을 떠올리고 있었다. 부길드장은 지친 회사원을 떠올리게 하는 풍모로, 매우 저자세인 중년 남자다. 지금은 갑자기 길드장 업무를 위임받아, 원래의 부길드장 사무작업도 더해져 바빠 죽을 것 같은 기세로 뛰어다니고 있다.

통통하게 부푼 뺨이 요새는 어딘가 야윈 것처럼 보여, 츠토무는 부길드장이 언제 쓰러질지 조마조마했다. 사무 쪽은 후임자에게 맡기고 있으니까 여유가 생기기 시작했지만, 솔리트 신문사와의 기사 정정 건에 대해서는 그다지 진전이 없다.

미궁도시를 다스리는 귀족에게 던전에 관한 신문을 발행할 수 있는 권리를 얻은 신문사는 세 곳이다. 그중에서도 솔리트 신문사는 가장 처음 그 권리를 취득했고, 다른 신문사도 따라잡지 못하고 있는 까닭에 현재로서는 과점 상태였다.

그 까닭에 신문 발행은 물론 인쇄 대행, 도시의 행사 등도 주최하고 있어 민중에 대한 영향력도 크고, 대형 클랜의 탐색자나 인기 탐색자들과의 관계도 돈독하다. 처음에는 대등했던 길드와도 지금은 이름뿐이고, 솔리트 신문사의 위치가 높아지고 있다.

따라서 기사 정정 교섭에서도 솔리트 신문사는 강경한 태도로, 에이미에 관한 기사라면 몰라도 럭키 보이에 관한 정정에 관해서는 받아들이지 않고 있다. 솔리트 신문사는 지금까지 기사 내용의 오자 수정 등으로 정정한 적이 몇 번인가 있었지만, 기사 내용을 수정하고 사과까지 했던 적은 거의 없었다.

게다가 에이미 같은 인기 탐색자라면 몰라도, 솔리트 신문사로서는 운이 좋아서 어쩌다 쉘 크랩을 돌파한 럭키 보이에게 사과와 보상을 할 수 없다. 그 사과는 다른 신문사가 파고들 빈틈을 만들게 될 것은 물론이고, 일등 신문사의 자존심도 있었다.

게다가 지금은 에이미의 습격 사건에 대해 반대로 추궁당하고 있다고, 츠토무는 부길드장에게 보고를 받았다. 이래서는 너무 불쌍해지기 시작해 츠토무가 카미유를 돌려드릴지를 묻자, 부길드장은 오히려 맡아 달라고 머리를 숙였다. 아무래도 카미유도 이전에 무언가를 저질렀는지, 그 탓에 솔리트 신문사에서 압력을 받아 길드장의 지위가 위태로워졌다는 모양이다. 카미유가 길드장을 일시적으로 은퇴해 츠토무의 파티에 들어간 것은, 그런 이유도 있었다.

'뭐, 화룡을 사냥하면 교섭도 조금은 진전이 있겠지. 셋이서 화

룡을 돌파한 파티의 정보를 다른 신문사에 독점당하고 싶지 않을 테니까.'

셋이서 화룡을 첫 시도에 돌파하면 자신의 평가도 올라가리라고 예측하고 있다. 따라서 화룡 사냥은 가능하면 한 번에 성공하고 싶다. 그리고 그것을 실현하기 위해 지금은 반성회를 해야 한다고, 츠토무는 줍는 것도 지긋지긋해질 정도로 많은 마석을 전부회수한 뒤에 두 사람에게 말을 걸었다.

"고생하셨어요. 괜찮아요?"

"그래……."

머리에 올려진 수건을 그대로 두고 고개를 숙인 카미유. 긴 머리카락이 땀 때문에 몇 가닥인가가 용린이 보이는 목덜미에 들러붙은 채로, 아직 거친 숨을 몰아쉬고 있었다. 이렇게까지 피폐한 카미유를 츠토무는 처음 본지라 걱정하면서도 이야기를 이어갔다.

"주변 몬스터는 거진 처리했을 거예요. 오늘은 이만 물러나고 싶은데, 저는 시작의 검은 문이 있는 장소를 이미 잊어버렸거든요……."

검은 문에서 나와 바로 전투가 시작되어 상당히 이동해버렸기 때문에, 츠토무는 귀환을 위한 검은 문의 위치를 잊어버렸다.

"일단은 세이브 포인트를 찾는 편이 좋겠죠?"

"그래…… 그렇겠지……."

"잠깐 제가 찾고 올게요. 가름! 저는 세이브 포인트를 찾으러 가겠어요! 가방을 두고 갈 테니까, 몬스터가 오면 포션을 사용해 주세요!"

"나도……."

"괜찮아요. 혼자서 찾고 올게요. 이전 미팅과 방송으로 세이브 포인트의 특징은 확인했으니까요."

등에서 매직백을 내린 츠토무의 손을 잡고 카미유도 일어나려 했지만, 츠토무는 그것을 말렸다. 그 손은 상당히 뜨겁고 땀에 젖어 있었다.

츠토무는 비교적 활력이 있는 가름에게 이 자리를 맡기고, 허공에 떠 빠른 속도로 날아갔다. 그리고 불행 중 다행으로 바로 근처에 세이브 포인트의 특징과 매우 흡사한, 절벽 도중에 비어 있는 동굴을 발견했다. 깊지 않은 동굴에는 아무것도 없어서 바로 돌아왔다.

가름은 말없이 팔짱을 끼고 츠토무의 매직백을 등에 짊어지고 서 있고, 바닥에는 아직 카미유가 엎드려 누워 있었다. 츠토무가 세이브 포인트를 발견했다고 빠르게 말하자, 가름은 고개를 끄덕인 뒤에 입을 열었다.

"카미유 씨의 의식이 이미 없다."

"네?!"

담담하게 입에 담는 가름의 말에, 츠토무는 놀라며 쓰러져 있는 카미유를 봤다. 조금 전보다도 상당히 숨이 거칠고, 뺨도 이상할 정도로 새빨갰다.

"서둘러 세이브 포인트로 옮기죠!"

"알았다……."

조금 모호하게 대답을 한 가름에게 츠토무는 살짝 위화감을 느껐지만, 이상할 정도로 열기를 띤 카미유를 바로 등에 업었다. 서둘러 몬스터가 다가오지 않는 세이브 포인트 동굴로 이동하고, 도착해서는 카미유를 바닥에 내려놓았다. 그리고 츠토무는 슬라임 매트를 바닥에 깔고 그 위로 카미유를 눕혔다. 머리 쪽의 매트를 말아 베개로 삼고 그 얼굴을 들여다봤다.

카미유는 초췌해서 이미 의식마저 잃었다. 그 몸에서 나오는 이상한 열과 발한은 용화가 원인일까? 하지만 지금까지 몇 번이나 용화를 봤지만, 일어나지 못할 정도의 이상은 이제까지 없었다.

츠토무는 우선 힐과 메딕을 걸었다. 너무 심하게 뜨거운 몸을 식히기 위해 수건과 나무통, 음료수를 만들어내는 마도구를 매직백에서 꺼냈다.

무색 마석을 마도구에 넣고 통에 물을 담았다. 그리고 차가운 음료를 마시고 싶다는 이유로 샀던, 바깥의 던전에서밖에 채취할 수 없다는 고가의 얼음 마석을 사용한 봉 형태의 마도구. 츠토무는 그것으로 물을 휘저어 식히고, 붉은 가죽 갑옷을 조금 느슨하게 풀어 물을 짜낸 수건으로 이마와 목, 겨드랑이와 넓적다리 등을 식혀갔다.

"가름. 이걸 써주세요."

"알았다."

얼굴을 조금 찌푸리고 그 모습을 지켜보고 있던 가름에게, 츠토무는 부채를 넘겨 카미유를 부치게 했다. 츠토무는 무릎을 꿇고 옆에 앉아 카미유의 체온을 잰 뒤, 수건을 물에 담가 짜서 바꾸고 힐과 메딕을 걸었다.

츠토무가 파란 포션을 마시며 15분 정도 그 일을 계속하자 카미유의 체온이 정상으로 돌아오고 호흡도 안정되기 시작했다. 그 사실에 우선 안심한 츠토무는, 땀으로 흠뻑 젖은 카미유를 마른 수건으로 닦았다.

"일단 진정된 모양이네요. 다행이에요."

"그렇군……."

츠토무가 사용한 마도구와 포션을 보고 가름은 무언가 말하고 싶은 표정을 짓고 있었지만, 츠토무의 안심한 듯이 웃는 얼굴을 보고 그 표정을 풀었다. 그리고 잠시 시간이 지나자 카미유가 몸을 조금씩 움직이며 의식을 되찾기 시작했다.

"아…………."

"아, 일어났군요. 물 마실 수 있나요?"

살짝 눈을 뜬 카미유에게 츠토무는 말을 걸고, 차가운 물을 컵에 따라 그 입술에 살짝 가져다 댔다. 조금씩 기울이자 카미유는 그것을 꿀꺽꿀꺽 마시기 시작했다.

점점 의식이 분명해진 것인지 카미유의 눈은 서서히 뜨이고, 몸에도 힘이 돌아온 것처럼 보였다. 츠토무는 컵에 다시 물을 따르고 카미유에게 내밀었다.

"이제 직접 마실 수 있으신가요?"

"마시지 못할 것 같구나. 미안하지만 먹여다오."

"예, 여기 있어요."

컵을 입가로 천천히 가져가자, 카미유는 희미하게 웃으며 고개를 저었다.

"이럴 때는 입으로 해줘야지?"

"…………."

"매정하구나."

괜한 걱정을 했다는 듯한 눈을 하고 있는 츠토무에게 컵을 받아 든 카미유는, 몸을 일으켜 그것을 천천히 마시기 시작했다.

"잠깐, 앞을 가려요, 앞을!"

"응? 아아. 하지만 츠토무가 벗긴 것이 아니더냐?"

카미유가 몸을 일으키자 느슨하게 풀었던 붉은 가죽 갑옷이 벗겨지고, 완만한 언덕의 형태를 분명하게 드러낸 검정 내의가 드러났다. 가죽 갑옷을 다시 입은 카미유는 뒤를 돌아 있던 츠토무에게 장난스러운 웃음을 보냈다.

"평소에는 내 등에 정열적인 시선을 보냈지 않았더냐. 응?"

"아아. 용화로 생겨난 날개가 사라진 뒤는 어떻게 되어 있나 싶어서요."

"그것은 비밀이다."

후우~ 하고 물을 전부 마신 카미유에게 츠토무는 소금 사탕과 추가 물을 넘겨주었다. 소금 사탕을 입에 넣고 맛있게 입안에서 굴리는 카미유. 가름에게도 그것들을 넘겨주자 그는 남색 꼬리를 좌우로 흔들었다.

"일단, 몸 상태는 괜찮아요?"

"그래. 하마터면 죽는 줄……."

카미유는 소금 사탕을 깨물며 주변을 둘러보고 매트 위에 있는 몇 개의 빈 병과 지금도 가동하고 있는 얼음 마석이 들어 있는 봉 형태의 마도구를 보고 말을 멈췄다.

"얼음 마석의 마도구……. 게다가 포션까지……. 대체 무슨 짓을 하는 것이냐."

"네?"

눈을 흘기고 츠토무를 응시한 카미유는 조금 노기를 띤 투로 말했다. 츠토무는 매직백을 정리하며 어리둥절한 기색을 보였다.

"그대로 죽게 해서 장비만 회수해 주면 되었다. 아깝지 않으냐."

"아아. 그런 뜻인가요."

카미유가 하는 말의 의미가 이해가 되지 않던 츠토무는, 조금 생각한 뒤에 납득했다. 말하자면 그 상태 그대로 죽게 놔두고 장비를 회수해 귀환하면, 얼음 마석과 포션을 소비할 필요는 없었다는 것이다.

"가름도 그렇게 생각해요?"

"그렇다……."

츠토무의 행동을 보고 있던 가름은 조용히 고개를 끄덕였다. 만약 자신이 카미유라고 가정했을 때, 자신도 똑같이 생각했으리라고 가름은 느끼고 있었다. 어차피 죽어도 되살아나니까 쓸데없이 물자를 사용할 필요는 없다.

"하지만, 츠토무는 그것이 싫겠지? 정말 곤란한 일이다."

"잘 아네요, 가름은."

츠토무가 만족스럽게 씩 웃자, 가름도 입꼬리를 살짝 올렸다. 츠토무는 가름과 손을 마주치려고 했지만, 전혀 뜻이 통하지 않아 어색한 분위기가 되었다.

"어쨌든, 그런 느낌이에요."

"아니, 어떤 느낌이냐."

얼버무리듯이 말한 츠토무에게 카미유는 냉정하게 반응했다. 츠토무는 과장되게 한숨을 쉰 뒤에, 이야기할 내용을 정리하기 위해 대각선 위쪽을 바라보며 머리를 굴렸다. 그리고 생각이 정리되었는지, 카미유의 눈을 빤히 바라봤다.

"아~ 저는 아픈 것이 싫어요. 제가 카드 갱신 때, 바늘을 찌르지 않는다는 건 이미 알죠?"

"응? 알고 있다."

"그러니까 물론 죽는 것도 싫어요. 두 분은 아무렇지 않게 죽을 수 있을지도 모르지만, 저는 싫어요. 가능하면 앞으로 한 번도 죽고 싶지 않아요."

문드러진 고룡의 부식 브레스를 맞고 죽었던 경험은, 츠토무에게 지금까지도 떠올리는 것만으로 등줄기가 얼어붙는 듯한 기억이다. 거대한 생물에게 잡아먹혀 위산에 녹는 듯한 아픔 따위는, 츠토무는 두 번 다시 맛보고 싶지 않았다.

"그러니까 죽음을 피할 수 있는 일에 돈을 아끼지 않을 거예요. 카미유가 죽으면 제가 죽을 가능성이 커져요. 그러니까 카미유는 돈이 들더라도 최대한 생존해서, 제 방패가 되어 주어야만 해요."

"방패는 내가 아니었나."

"아~ 응. 미안해요. 카미유는 창이 되어주어야만 해요."

도중에 딴지를 건 가름에게 츠토무는 무뚝뚝하게 사과하고 이야기를 이어갔다.

"그러니까 카미유가 쓰러지면, 돌고 돌아 제가 곤란하다는 거예요. 그러니까 돈을 들이는 것도 당연해요."

"탐색자가 맞지 않는 것이 아니냐?"

"아하하, 확실히 그래요. 하지만 그것이 가능하면 검은 지팡이를 팔았을 때 이미 포기했었어요. 게다가 이러니저러니 해도 재미있으니까요."

원래 세계로 돌아갈 가능성이 있는데 그것을 무시할 수는 없었다. 게다가 던전에 들어가는 것도 싫지는 않았다. 만에 하나 죽더라도 다시 살아난다는 보장이 있기 때문이다.

"아무튼, 그런 느낌이에요."

"죽고 싶지 않다, 인가. 그런 마음은, 진작에 버렸었다."

지금의 58층이라는 층에 도달할 때까지 몇 번을 죽었을까. 백 번 죽은 날부터 세는 것을 그만두었던 카미유는 자조하듯이 웃었다.

"네가 괴로워하는 모습은 보고 싶지 않았어! 너를 위해서라면 돈은 아깝지 않아! 라고 말해 주었다면 기뻤을 텐데 말이다."

"아니, 그럴 일은 없어요. 확실히 돈은 아끼지 않겠지만, 그건 가름에게도 마찬가지예요. 파티 멤버를 평등하게 대하는 것이 원칙이니까요."

자신이 클랜을 설립했을 때 특정 누군가를 우선해 회복하는 정신 나간 폭탄 힐러나, 넷카마에게 미친 듯이 선물을 보내는 발정충을 봐왔던 츠토무는 아득한 눈빛으로 그렇게 답했다.

"크크크. 그렇구나."

"아, 이제 움직일 수 있을 거 같나요?"

"그래, 문제없다. 오히려 던전에 오기 전보다 팔팔할 정도다."

"그건 다행이에요. 그럼 장비도 부서졌으니까, 서둘러 후퇴하도록 하죠."

"츠토무."

무릎 꿇었던 것을 풀고 일어나려 했던 츠토무를, 카미유가 정면에서 껴안았다. 츠토무가 어, 하고 놀랄 무렵에는 카미유는 몸을 떨어트렸다.

"고맙다. 덕분에 살았다."

정면에서 카미유가 보내는 최고의 미소를 본 츠토무는, 잠시 멍한 뒤에 상기된 목소리로 대답했다.

사이좋게 반성회

57층에서 탐색을 멈추고 귀환한 세 사람이 길드에 도착했을 무렵에는 주변이 컴컴했다. 그 뒤에 반성회를 하기 위해 일단 기숙사로 돌아가, 평상복으로 갈아입은 뒤에 가름의 방에 모였다.

"배가 고프다, 츠토무."

"노점에서 적당히 사 올까요?"

"아니, 츠토무는 여기서 기다려라. 내가 사 가지고 오마."

방에 들어오자마자 배가 고프다는 카미유의 말을 듣고 츠토무가 일어났지만, 가름이 그것을 막았다.

"뭔가 사 왔으면 하는 게 있나?"

"그럼 꼬치구이로 부탁해요."

밖에서 츠토무가 나오는 것을 감시하는 수상한 인물이 있는 관계로, 츠토무는 어쩔 수 없이 그렇게 말하고 사러 나간 두 사람이 돌아오는 것을 기다렸다.

잠시 뒤에 츠토무는 소스가 묻은 조금 긴 꼬치구이를 받고, 가름은 호두를 반죽에 넣은 과자빵, 카미유는 뭔지 알 수 없는 무언가를 잔뜩 섞은 날것을 사 왔다.

그것들을 테이블에 놓고 집어 먹으며, 츠토무는 커다란 종이를 거기에 펼쳤다.

"자, 그럼 이번 반성회인데, 우선은 문제인 카미유부터예요. 오늘의 그건 대체 어떻게 된 건가요?"

"아아, 용화에 한계시간이 있다는 것을 완전히 잊고 있었다."

"그런 중요한 일을 잊지 말아 주세요……. 그걸 알고 있었다면 저도 좀 더 메딕을 쏴서 용화의 시간을 조절할 테니까요. 부작용 같은 건 없나요?"

"어디 보자. 용화 상태를 유지하고 있으면 언젠가 신체가 견디지 못하게 되든가, 한계까지 가면 그렇게 된다. 용화 유지는…… 대체로 한 시간 정도라면 할 수 있다."

츠토무는 종이에 카미유의 문제점과 개선점을 적기 시작하면서 그 말을 듣고 머리를 부여잡았다.

"무진장 중요한 일이잖아요, 그거."

"오랜만이라 잊고 있었다. 아니, 그래도 말이다? 그건 어쩔 수 없지 않으냐?"

츠토무가 카미유에게 싸늘한 시선을 보내자, 그녀는 봐달라며 양손을 들었다.

"협곡에서 몬스터에게 발견되면 대체로 연전이 된다. 게다가 그때는 쿵푸거루의 무리에 오크, 와이번까지 왔었다. 아무리 그래도 죽음을 각오했으니까, 나도 마지막 한 방울까지 힘을 쥐어짜 싸웠던 것이다."

협곡은 계곡보다도 전망이 훨씬 좋아서, 그만큼 몬스터와 마주

칠 확률이 높다. 그래서 전투가 계속 이어지고, 연전에 견딜 수 있을지 없을지가 지금의 중견과 대형을 가르는 벽이 되어 있다.

"뭐 확실히, 카미유는 이 전법을 알고 얼마 되지 않았으니까요. 그런 것치고는 잘 대응하고 있다고 봐요. 게다가 용화가 엄청났으니까요. 와이번은 일도양단했었고."

"그렇다. 나는 열심히 했다."

"하지만 역시 어그로 끌기…… 너무 함부로 몬스터를 공격하고 있어요. 일단은 용화를 하지 않을 때는, 공격 대상을 반드시 한 마리로 좁힌다. 최대한 피격을 피한다. 이 두 가지는 철저히 지켜주세요. 그리고 에이미 씨도 그랬었지만, 제가 공격을 멈추라고 지시하면 반드시 따르도록 하세요. 공격하지 않고 대기하는 것은 나쁜 일이라는 인식을 버려주세요. 카미유가 공격하지 않는 동안에 가름이 몬스터를 유인하니까, 잠시 방어전을 해 주면 몬스터도 어느 정도 물러나요."

"그렇구나. 알았다."

점점 더해지는 글자를 보고, 카미유는 묵묵히 죄를 받아들이는 것처럼 답했다. 그 모습을 보고 츠토무는 입꼬리를 올렸다.

"그래도, 이걸로 다소 자신감이 생기지 않았나요? 이 전법에."

"그렇구나. 보통 10연전, 게다가 와이번의 무리까지 와버리면 5인 파티라도 전멸할 것이다. 그것을 셋이서 돌파할 수 있었으니 말이다."

"이 전법은 전투의 안정된 계속성이 장점이니까요."

꼬치구이를 먹는 카미유에게서 시선을 돌려, 츠토무는 문제점과 개선점을 나열해 나간다. 그리고 긴 내용을 전부 쓰고 가름을 돌아봤다.

지금 과자빵 업계에서 인기라는 호두빵을 깨물고 있던 가름은, 입에 문 빵을 삼키고 츠토무의 말을 기다렸다.

"가름은 그렇게 눈에 띄는 실수가 없었네요. 그만한 숫자를 상대로 용케 혼자서 버텼고, 어그로 관리도 문제없어요. 요새는 컴크 제어도 향상되어서, 여러 몬스터를 전부 끌어들이고 마는 일도 없어졌으니까요."

츠토무는 가름이라고 쓰인 종이 위에서, 무료하게 팬을 톡톡 움직였다.

"피격은 상당히 있었지만, 그 정도라면 여유롭게 재정비가 가능하고, 와이번의 독을 한 번도 당하지 않았던 것은 훌륭해요. 안정감이 있었네요."

"가름에게는 상냥하구나."

"삐치지 마세요."

종이 그릇에 들어 있는 수수께끼의 날것을 단번에 삼킨 카미유는 토라져서 고개를 돌렸다. 츠토무는 잘도 저런 걸 먹고 속이 괜찮구나 싶어 하며, 팬을 움직이기 시작했다.

"조금 자잘한 일이지만, 문제점은 두 가지 정도 있어요. 한 가지는 도구의 사용법이에요. 가름, 한 번 포션을 마시는 걸 주저해서 피격당했죠?"

"그렇다……."

하늘에서 전황을 보고 있던 츠토무는 가름이 실드 배시로 적을 날린 뒤에 포션으로 손을 뻗으려다가, 주저하고 손을 빼는 사이에 쿵푸거루의 하이킥을 맞는 장면을 봤다.

"전부 마셔버리면 제 어그로 관리가 어긋나니까 좋지 않지만, 일단은 세 개까지는 자기 판단으로 사용해도 문제없어요. 아니 그보다 돈에는 상당히 여유가 있으니까 좀 써요."

"그래. 알았다."

지금까지 던전에서의 벌이와 솔리트 신문사가 길드에 준 돈이 츠토무에게 전부 들어와서 지갑 사정에는 여유가 있다. 따라서 가름이 도구를 아까워하다가 쓰러지고 마는 일은 피하고 싶었다.

"그리고 이건 가름도 아마 무의식중에 그러는 것 같은데, 탱커의 위치 선정을 스스로 생각해 보면 좋을지도 몰라요."

"위치 선정……?"

"아~ 그렇네요. 그림으로 설명하는 게 좋으려나."

츠토무는 머리에 '가' 와 '카' 라고 쓰인 인형과 간략화한 와이번의 그림을 슥슥 그렸다. 그리고 와이번의 꼬리 가시를 인형 쪽으로 날리듯이 그렸다.

"이게 가름. 이게 카미유예요. 그래서 와이번의 꼬리 가시가 가름 쪽을 향해 날아오는 상황이에요. 가름은 당연히 이 가시를 피하거나, 방패로 막거나 하죠?"

"그래."

"하지만 가름의 뒤에 카미유가 있는 경우, 피한다는 선택지를 취할 수 없게 되죠?"

"흠, 그렇지."

"즉, 카미유나 제 위치와 겹치지 않도록 위치를 잡을 수 있다면, 가름에게 가시를 피한다는 선택지가 늘어난다는 말이에요. 뭐 그래도, 이것에 관해서는 한 번밖에 그런 상황을 보지 못했고, 아마 이 파티 이전부터 다소 의식하고 있으리라 생각하지만요."

가름과 에이미는 쉘 크랩의 물 폭탄을 피할 때 아군과 겹치지 않도록 배려했었다. 따라서 탱커를 노린 범위 공격에 딜러나 힐러를 휘말리는 것도 감각적으로 피하는 것이라고. 츠토무는 생각했다.

"다음부터는 조금 위치 선정에 신경을 써 보세요. 아마 당연한 것처럼 한 일이겠지만, 스스로 이해하고 실행하는 것과 차이가 느껴질 테니까요."

"알겠다."

종이에 글자를 적으며 이야기하는 츠토무에게 가름은 고개를 끄덕였다. 쓰는 것을 끝내고 종이 한가운데에 남은 츠토무의 공간에서 펜을 움직였다.

"저는 일단은 플라이로 날면서 하는 지원과 회복의 숙련도를 올리는 것이네요. 그리고 카미유의 용화 상태에서의 지원 스킬이 어중간한 것도 좋지 않아요. 그 방법으로는 안 될 거 같네요."

쓱쓱 펜을 움직이며 츠토무는 문제점을 나열했다. 플라이로 위에서 전황을 관찰하며 지원과 회복을 하는 스타일은 이전과 비교해 확연하게 쉬운 데다가 효율적이었다. 위에서 뿌리듯이 스킬을 쓰는 것이라 몬스터를 피해 힐이나 프로텍트를 맞추는 수고가 줄고, 전황 파악도 게임처럼 가능했다.

하지만 플라이 중에 스킬을 사용하는 것은 츠토무가 아직 익숙하지 않은 탓인지, 이동에서 조금 어색한 부분이 있었다. 게다가 프로텍트와 헤이스트에 담는 정신력이 안정되지 않아, 효과 시간이 애매해지거나 해서 혼란스러웠던 장면도 있었다.

그리고 용화 상태인 카미유에 대한 지원과 회복 스킬에도 문제가 있다. 지금 츠토무가 회복과 지원 스킬을 쓸 때 사용하고 있는 기탄을 날려 조작하는 종래의 방법으로는, 카미유의 속도를 따라잡지 못하기 때문이다.

그래서 츠토무는 지금까지의 구슬 조작 이미지가 아니라, 총에서 탄환을 쏘는 이미지로 스킬을 사용하는 것을 연습해서 실현했다. 이것이라면 눈으로 간신히 쫓는 것이 가능한 카미유의 속도에도 대응할 수 있다.

하지만 그 탄환을 쏘는 스킬을 이용한 회복과 지원 스킬은 문제점이 많다. 우선 몬스터에게 잘못 맞힐 가능성이 있다. 날리는 스킬과 달리 쏘는 스킬은 순간적으로 흩어지게 할 수 없어서 조금이라도 조준이 흐트러지면 몬스터를 회복시키고 말 위험이 있다.

게다가 탄환이 작은 탓인지, 총이라는 무기의 이미지 탓인지는 불명확하지만, 힐 등의 회복효과가 종래의 2~30% 정도밖에 되지 않는다. 그리고 프로텍트와 헤이스트 등의 효과 시간도 몇 초밖에 버티지 못한다. 회복 스킬에 대해서는 그다지 공격을 맞지 않는 딜러니까 그렇다 치더라도, 지원 스킬이 끊기고 마는 것은 치명적이었다.

프로텍트는 피부를 단단하게 해서 통증 등을 경감하는 스킬이라 아직 문제는 없지만, 헤이스트는 부여된 사람의 운동감각이 변하는 스킬이다. 따라서 빈번하게 끊기거나 부여되거나 하면 반대로 딜러의 발목을 붙잡게 된다.

더욱이 경화 상태인 카미유에게 헤이스트를 넣으면 속도가 더욱 빨라지기 때문에 쏘는 스킬로도 계속해서 맞히는 것이 어렵다. 아마도 지금 자신의 기량으로는 확실하게 빗나가고 말 것이라고, 츠토무는 직감하고 있었다.

"일단 저는 그 정도일까요. 가름과 카미유는 뭔가 제게 바라는 게 있으신가요?"

"흠……."

과자빵을 다 먹은 가름은 국물을 홀짝이며 생각에 빠졌다. 그러자 꼬치를 양손에 든 카미유가 입을 열었다.

"츠토무 네가 한 말이다만, 용화 상태에서의 지원 스킬, 특히 헤이스트는 몸을 움직이는 감각이 변하기 때문에 하지 않으면 좋겠구나. 애초에 용화하는 것만으로도 충분히 강화된다. 딱히 나에게 지원 스킬은 없어도 괜찮다만?"

"그러신가요. 으~음, 하지만 가능하면 헤이스트를 주고 싶단 말이죠~. 아, 참고로 헤이스트가 만약 도중에 끊기거나 하지 않는다면, 몸의 감각 같은 건 괜찮으실 것 같나요?"

"그건, 있으면 도움이 되긴 한다. 하지만 할 수 없는 일은 어쩔 수 없겠지. 게다가 용화 이외라면 현 상태로도 상당히 안정적이지 않느냐. 그것만으로 츠토무는 충분히 잘 일하고 있다고 생각하는데 말이다."

그렇게 츠토무를 칭찬한 뒤, 호쾌하게 딱딱한 힘줄이 들어간 꼬치고기를 물어뜯는 카미유. 가름도 고개를 연신 끄덕이며 긍정하고 있다. 하지만 츠토무의 안색은 좋아지지 않았다. 카미유의 용화를 제대로 살리지 못하는 자기 자신에게 화를 내는 것처럼 보인다.

그런 츠토무를 배려하듯이 카미유가 제안했다.

"그렇지. 용화 전에 있는 대로 헤이스트를 걸면 어떻겠느냐?"

"으~음. 헤이스트에 담을 수 있는 최대 정신력을 사용해도, 효과 시간은 5분 전후. 게다가 몬스터의 어그로가 상당히 단숨에 끌려버린단 말이죠."

"으윽. 그렇구나. 미안하다. 그런 단순한 일을, 츠토무가 생각하지 못할 리가 없지."

"아니 아니에요. 다른 사람의 의견이라는 건 여러모로 참고할 수 있으니까 사양하지 말고 말해 주세요. 저로서는 보이지 않는 것이나 생각할 수 없는 것도 있으니까요. 한꺼번에 지원을 걸어버린다는 수단도 나쁘지는 않아요."

카미유는 츠토무의 말에 처져 있던 눈썹을 끌어올렸다. 그리고 생각에 잠겨 있던 가름도 의견을 말하기 시작했다.

"날아가는 힐에 관해서인데, 가능하면 방패를 든 왼손을 중심으로 회복해 주면 좋을······지도 모르겠다."

"아하. 참고로 이유는요?"

"이전의 작은 방패라면 공격을 흘리는 일이 많았지만, 큰 방패로는 받아내는 일이 많다. 따라서 특히 왼팔이 저리거나, 힘줄이 상하거나 하는 일이 있다."

"아~ 그렇군요. 알겠어요. 그 부분은 개선할게요."

게임에서는 부위 회복이라는 개념 같은 것은 없어서, 츠토무는 그 이유를 납득하고 메모를 적었다.

"아, 그럼 가름. 만약 회복해 주기를 바랄 때는 힐이라고 외쳐주면 날릴게요. 아마 눈에 보이지 않는 상처라면, 저는 괜찮다고 판단해버리는 일도 있을지도 모르니까요."

"그래. 알겠다."

"또 다른 게 있나요?"

그러자 카미유가 번쩍 손을 들었다.

"다시 수프를 먹고 싶다. 오늘의 국물도 상당히 맛있었지만, 맛이 너무 진했다. 그 수프처럼 맛이 연한 쪽이 내 취향이다."

"…………."

"알겠습니다. 검토할게요."

몸을 내밀고 제안한 카미유에 말없이 츠토무를 바라보는 가름. 츠토무는 노점의 국물로는 안 되는 건가 하고 한숨을 쉬며, 아침 일찍 재료를 사 오자고 메모했다.

취재진

그 뒤로 에이미가 해방되는 날까지, 츠토무 일행은 던전을 탐색하거나 장비의 대용품과 화룡 대책의 도구 등을 사 모았다.

그 사이에 솔리트 신문사의 신문에는 딱히 정정이나 사과 기사 같은 것은 보이지 않았다. 그리고 에이미가 유치장에서 석방되었을 때, 솔리트 신문사의 기자가 일제히 취재하기 시작했다.

"에이미 씨, 고생하셨습니다. 잠시 말씀을 부탁합니다."

"…………."

솔리트 신문사의 기자를 무시하고 에이미는 곧바로 길드로 향했다. 마중을 나왔던 건장한 길드 직원들은, 둘러싸는 기자를 치우기 시작했다. 하지만 기자들은 주변에 들리도록 커다란 목소리로 질문을 던지며, 에이미의 뒤를 쫓아왔다.

"럭키 보이와의 관계는 어떻게 된 겁니까?! 혹시 입막음을 당하고 있는 것이 아닙니까?"

"…………."

"말하지 않는다는 것은, 그런 뜻이죠?! 불쌍하게도, 협박당하고 있는 것이지요?"

"아닙니다."

하지만 에이미는 이런 대응에는 익숙했기에 말꼬리를 잡으려는 기자의 질문을 전부 흘려넘겼다. 그리고 경호 속에 길드에 도착해 카운터 안쪽으로 들어간 에이미는, 간신히 안심한 것처럼 어깨를 떨궜다.

"에이미."

그런 에이미에게 엄한 음색으로 말을 건 것은, 최근에 탈모가 신경 쓰이기 시작한 부길드장이었다. 그 눈 아래에는 희미하게 다크서클이 보여, 지친 기색이었다.

에이미는 카미유가 지금, 츠토무의 파티에서 활동하고 있다는 것을 이미 알고 있다. 그리고 부길드장이 현재 길드장의 자리에 올라가 있다는 것도 알고 있었다.

"안쪽에서 이야기할까요."

부길드장은 입구의 소란을 보고 장소를 옮겼다. 하지만 그 얼굴은 평소의 인자한 웃는 얼굴이 아니라, 엄격한 표정이었다. 그리고 안쪽으로 들어가자 부길드장은 허리에 양손을 올렸다.

"당신은 자신이 저지른 짓이, 얼마만큼의 사태를 일으켰는지 알고 있습니까?"

"네."

"반성은, 합니까?"

"네."

평소에는 실수해도 대충 얼버무리려고 하지만, 이번의 에이미는 정말로 반성하는 기색이었다. 부길드장은 매서운 눈빛으로 한동안 응시한 뒤, 갑자기 인상을 풀고 난처한 듯한 표정을 지었다.

완전히 바뀐 그 표정에는 애처로움이 느껴졌다.

"너무, 걱정을 끼치지 마세요. 솔리트 신문사에 쳐들어갔다고 들었을 때는, 심장이 멎는 줄 알았습니다."

"죄송해요."

"너무 대놓고 기뻐할 수 없지만, 무사히 돌아와서 다행이에요. 잘 왔어요, 에이미."

화를 잘 낼 줄 모르는 부길드장은, 울 것 같은 얼굴로 에이미를 다시금 맞이했다. 그런 그를 본 에이미는 죄송스러운 듯이 시선을 낮춘 뒤에, 표정을 바꾸어 앞을 바라봤다.

"다녀왔어. 출세했네!"

"그만두세요. 어차피 금방 돌아갈 거예요."

에이미의 말에 부길드장은 겸손하듯이 손을 저었다. 에이미는 바로 부길드장에게 질문했다.

"츠토무는 지금, 어떻게 되었어? 그리고, 기사 정정은?"

"츠토무 씨는, 지금 순조롭게 57층을 공략 중입니다. 하지만 기사 수정 쪽은, 난항을 겪고 있어요. 이런 말은 별로 하고 싶지 않지만……."

"나 때문이지? 미안해."

현재 상태는 솔리트 신문사 쪽이 위치가 높고, 더욱이 교섭 때 에이미가 본사에 쳐들어왔던 것을 구실로 공격하고 있다. 그 때문에 교섭이 진척되지 않고 상당히 난항을 겪고 있었다.

"솔직히 말해, 현재 상황을 타파할 수 있는 무언가가 필요해요. 이대로는 교섭이 제대로 진척되지 못해요. 지금은 그 세 사람을 믿을 수밖에 없는 상황이에요."

"화룡 토벌."

"거기까지는 기대하지 않지만, 츠토무 씨가 민중에게 인정받을 정도로 이름을 떨쳐준다면, 교섭은 다소 편해지겠죠."

솔리트 신문사는 던전 관련의 정보를 취급하기 때문에, 유명 탐색자에게는 이래저래 약하다. 에이미의 기사도 에이미가 피해자라고 쓸 뿐, 가름과 카미유에 관해서는 간단하게 다루기만 했다. 그리고 무명의 츠토무만이 형편없이 쓰인 것을 봐서, 그것은 사실이라는 것을 알 수 있다.

하지만 화룡을 토벌하지 않고 민중에게 인기를 끄는 것도 그다지 현실적이지 못하다. 57층까지는 아직 한 자릿수 시대에는 나오지 않아, 지금의 츠토무에 대한 민중의 평가는 솔리트 신문사의 기사 탓에 최악이다. 따라서 틀림없이 가름과 카미유에게 기생하고 있을 뿐이라고 생각하고 있을 것이다.

"괜찮아, 그 세 사람이라면…… 화룡도 토벌할 수 있어!"

"그러네요."

에이미의 말에 부길드장은 웃음을 지으며 고개를 끄덕였다. 하지만 실제로 솔리트 신문사의 사람과 교섭하고 있는 그는 그다지 헛된 희망을 품고 싶지 않은 것인지, 내심으로는 그렇게까지 기대하지 않았다.

그러자 에이미가 살피듯이 눈을 위로 올려 뜨며 부길드장을 올려다봤다.

"파티 사람들과, 만날 수 있을까?"

"어렵겠죠. 어디에 눈이 있는지 몰라요. 길드에서는 탐색자가 보고 있고, 기숙사에서도 직원의 눈이 있어요. 직원 중에서도 취재에 응했던 사람이 있었으니까요."

"그렇구나……. 그러면 이번에야말로 얌전히 있을게. 하지만 대신 사과해 줄 수 있을까?"

"알겠어요. 전달하도록 하죠."

"응……."

직접 만나 사과하지 못하는 것은 마음 아프지만, 또 쓸데없이 움직여서 폐를 끼치고 만다면, 더는 어쩔 수도 없다. 에이미는 이번에야말로 피해를 주지 않게끔 가만히 있기로 결심했다.

"만나고 싶어지네……."

에이미는 지금 당장에라도 만나러 가고 싶은 충동을 억누르듯이, 눈을 감고 고개를 숙였다.

▷▷

에이미가 유치장에서 해방된 저녁. 57층에서 길드 안에 설치되어 있는 검은 문으로 돌아온 츠토무는, 나오기를 기다리고 있던 기자들에게 무례한 질문을 받았다.

"에이미 씨가 오늘 아침에 석방되었는데, 뭔가 할 말은 없으신가요?"

"이렇게까지 소란을 일으키고 입을 다무시는 겁니까! 당신은 지금 당장 사과해야 합니다!"

"에이미 님을 빨리 자유롭게 해줘요~."

"…………."

기자들 중에는 너구리 꼬리가 특징적인 미루루도 있다. 날조 기사를 썼을 장본인을 보고 츠토무가 저도 모르게 눈썹을 찌푸리자, 기자들은 바로 반응해 트집을 잡으려고 언성을 높였다.

"비켜라."

하지만 위협하는 듯한 표정으로 가름이 기자를 노려보자, 모두가 기가 죽어 입을 다물었다. 기자들만이 아니라 주변의 탐색자나 길드 직원도 저도 모르게 입을 다물어, 술렁이던 분위기가 단번에 조용해졌다.

"들리지 않았나? 두 번은 없다."

다음 말에 기자들은 살기를 받은 초식동물처럼 흩어졌다. 가름은 돌아간 자들을 보고 크게 한숨을 내쉰 뒤, 검은 문의 문지기를 서고 있던 사람에게 어째서 기자를 풀어두었는지를 질책하기 시작했다. 그리고 카미유가 말리자, 언짢은 듯이 콧소리를 내고 카운터 쪽으로 걸음을 옮겼다.

그런 가름을 보고 츠토무는 한기를 떨치듯이 손을 비볐다.

"가름, 의외로 무섭네요."

"그러냐?"

"네. 저라면 울며 도망쳤어요."

벌레 탐색자들이 노려보는 것과는 비교할 수가 없다. 몸을 부르르 떨며 그렇게 말하는 츠토무에게 카미유는 우습다는 듯이 웃었다.

"저래 봬도 조금은 둥글둥글해진 것이다. 현역 시절에는 훨씬 무서웠지."

"어, 그런가요?"

장난치는 듯한 카미유의 말에 츠토무는 의외라고 답하며, 가름을 따라가 카운터에 줄을 섰다. 그러자 그녀는 옛날을 떠올리듯이 팔짱을 끼었다.

"STR(완력)이 낮은 직업으로, 유일하게 최전선에 있었던 남자니 말이다. 지금도 그렇지만, 탐색자는 언젠가 죽음에 익숙해진다. 그래서 죽어서 편해지는 쪽을 선택하는 녀석이 많지."

신의 던전에서 죽음에 직면했을 때, 처음에는 어느 탐색자라도 그 공포에 떨며 필사적으로 싸운다. 하지만 몇십 번씩 죽음을 경험하면, 그 현상에도 익숙해진다.

그 때문에 던전 안에서 큰 상처를 입게 된 경우는, 빨리 죽어버리자고 몬스터에게 일부러 죽는 탐색자가 많다. 그게 아픔을 오래 느끼지 않을 수 있기 때문이다.

"하지만 가름은 포기하지 않는다. 팔을 잃든, 다리를 잃든 말이지."

"아……."

"정말이다. 실제로 팔과 다리를 하나씩 잃고도 동료의 장비를 업고, 기어서 검은 문으로 귀환하는 것을 몇 번이나 봤으니 말이다."

"그만두십시오. 저보다 카미유 씨가 더 굉장합니다. 그 쉘 크랩을 처음으로 쓰러트렸을 때는 정말로 감동했습니다."

도중부터 개 귀를 세우고 그 이야기를 듣고 있던 가름은 카미유의 말에 그렇게 답했다. 그리고 츠토무에게 카미유의 무용담을 들려주려 했을 때, 카운터 안쪽에서 중년 남성이 아주 급하게 뛰어왔다.

　"츠토무 씨. 잠시 시간 괜찮으십니까?"

　눈 아래에 다크서클이 만든 중년의 남자, 부길드장이 츠토무에게 말을 걸었다. 사람이 좋아 보이는 얼굴에는 극도의 피로가 역력히 드러나 있다.

　"네. 비어는 있는데…… 괜찮아요?"

　"아아, 죄송합니다. 방금 잠깐 눈을 붙여서 얼굴이 조금 이상했나 보네요. 이야기하고 싶은 일이 있으니까, 이쪽으로 오시죠."

　"네. 아, 가름과 카미유도 데리고 가는 편이 좋을까요?"

　"가능하면 츠토무 씨 혼자만 부탁드리고 싶군요."

　슬쩍 가름에게 시선을 보낸 뒤에, 난처한 듯한 표정을 짓는 부길드장. 그럼 다시 나중에 보자고 가름과 카미유에게 작별을 고한 츠토무는, 부길드장과 함께 카운터 안쪽으로 들어갔다.

　응접실로 들어온 츠토무에게, 부길드장이 소파에 앉으라고 권했다. 츠토무는 희미하게 빛을 내는 관엽식물을 바라본 뒤에 푹신한 소파에 앉았다.

　부길드장도 조용히 앉고는 진지한 얼굴로 츠토무를 바라봤다.

　"이야기라는 것은, 에이미에 관해서입니다."

　"에이미 씨 일이었나요, 무슨 움직임이라도? 아, 감사해요."

　미인 접수원 아가씨가 노크한 뒤에 응접실로 들어와, 두 사람에게 차가운 찻잔을 내밀었다. 츠토무는 감사인사를 하며 찻잔을 테이블 오른쪽으로 움직였다.

"에이미는 오늘 낮에 경비단에서 석방되어, 조금 전 길드로 돌아왔습니다."

"아, 그런가요. 빨랐네요."

마음이 시원해지는 웃음을 남기고 나간 접수원 아가씨를 배웅한 츠토무는, 부길드장의 말에 답했다. 그러자 부길드장은 심장을 움켜쥐어진 것 같은 얼굴로 머리를 숙였다.

"이번 솔리트 신문사 습격 사건으로, 다시 당신의 이름을 더럽힌 형국이 되고 말았습니다. 에이미에게는 경솔한 행동을 자제하라고 말해두었습니다. 거듭 사죄드립니다."

"아니 괜찮아요, 이미 몇 번이나 사과를 하셨으니까, 이제 그만 됐어요. 게다가 조간이 나온 아침에 에이미 씨는 습격을 감행한 거죠? 그런 건 막을 방법이 없잖아요."

"길드 직원이 벌인 불상사의 책임은 저에게 있습니다. 제 지도가 부족했습니다."

다시금 머리를 숙이는 부길드장을 츠토무는 말렸다.

"뭐, 그 건은 다음에 에이미 씨와 이야기를 나눌 때 따질게요. 아아, 그리고 피해라고 해도 대단한 건 아니에요. 이미 원래부터 심했으니까, 더 나빠질 수가 없으니까요."

솔리트 신문사는 에이미의 습격사건 이후, 더욱 기사를 내보내 있는 소리 없는 소리를 퍼트리고 있다. 하지만 원래부터 럭키 보이라고 불리고 에이미의 일로도 날조 기사를 쓰였던 츠토무는, 그 뒤의 기사에 대해서는 솔직히 아무래도 좋았다.

차를 입에 댄 츠토무는, 침통한 표정으로 머리를 든 부길드장에게 싱긋 웃어 보였다.

"당신이 몸을 혹사하며 여러모로 대응해 준다는 건, 보면 잘 알 수 있어요. 오히려 저야말로 죄송해요. 애초에 에이미 씨를 길드 안에서 사과하게 하거나 하지 않았다면, 이런 사태는 벌어지지 않았을 거니까요."

"아니 아닙니다! 이번 소동은 전부 길드의 부주의 탓입니다. 우수한 스킬이 있다는 이유로 에이미를 우대하고, 제가 강하게 지도하지 않은 것이 근본적인 원인입니다. 게다가 럭키 보이 소동에 대해서도, 검은 지팡이의 출처를 선전한 잘못이 있습니다. 츠토무 씨에게는 정말로 막대한 피해를 끼치고 말아, 죄송하기 그지없습니다."

꾸뻑꾸뻑 몇 번이고 머리를 숙이는 부길드장. 츠토무는 오랜만에 원래 세계 사람과 이야기하는 느낌이 들어 조금 안심했다. 참고로 부길드장이 자신과 같은 처지인 것이 아닌가 하고 츠토무는 생각해서 원래 세계 특유의 단어 등을 몇 번인가 말해봤지만, 그 단어에 반응하는 일은 없었다.

확실히 부길드장이 말한 것처럼 현재 상황은 좋지 않다. 솔리트 신문사에 기사를 정정하게 하기는커녕, 상황이 더 나빠지고 말았다. 하지만 지도 부족은 몰라도 기사 정정에 대해서는 에이미가 저지른 일도 있어서, 츠토무로선 부길드장에게 큰 잘못은 없는 것처럼 느끼고 있었다.

"괜찮아요. 솔리트 신문사에 관해서는 저에게도 생각이 있어요. 앞으로 일주일 정도만 견뎌주시면, 교섭도 조금은 편해질 거예요."

"그것은, 감사합니다. 아니 하지만, 에이미의 건이 정리가 된다면 반드시 당신의 오명은 불식시켜 보이겠습니다. 믿을 수 없으시겠지만……."

"기대하고 있어요. 카미유에게 당신의 교섭이 훌륭하다고 들었으니까요."

"배려해 주셔서, 정말로 감사합니다."

츠토무의 마지막 말은 믿지 않지만, 부길드장은 조금 톤을 낮추고 감사를 전했다. 그리고 이야기가 끝나, 츠토무는 응접실에서 나왔다.

설치형 스킬

 부길드장과 이야기를 나누고 다음 날, 세 사람은 반성점을 고려한 뒤에 57층 탐색을 시작했다.

 기본적으로 몬스터에게 발견되지 않고 검은 문을 발견하는 것이 제일 목표인지라, 카미유의 지시에 따르며 골짜기를 누비듯이 나아간다. 카미유는 협곡 지형을 숙지해서 검은 문 발견도 매우 빠르다.

 때때로 오크가 화살을 날리거나 했지만, 그것 이외는 딱히 문제도 없이 검은 문을 발견. 계속해서 58층도 와이번과 한 번 싸운 것만으로 어려움 없이 진행해, 59층으로.

 "왔나……."

 59층에 도착한 카미유는 진지한 얼굴로 중얼거렸다. 화룡에게 도전해버리면 길드장을 남편에게서 물려받았을 때 후회가 남는다는 이유로, 일부러 멈추었던 59층으로 가는 검은 문을 열고 이곳에 왔다.

 카미유가 병으로 남편을 먼저 보내고 벌써 3년 정도 시간이 흘렀다. 남편에게 길드장 자리를 물려받은 것은 좋았지만, 카미유는 요령이 좋은 여자가 아니었다. 탐색자의 실력과 남의 위에 설 인

격은 있지만, 교섭이나 복잡한 사무처리 등은 잘하지 못해 문제를 일으키고는 부길드장이 뒤처리하는 형태가 되었다.

따라서 신문사 중에서 가장 강대한 힘을 지닌 솔리트 신문사나, 상업조합 등에서 이래저래 압력이 들어오는 일이 많았다. 카미유가 정말로 길드장에 어울리는가, 부길드장 쪽이 길드장에 어울리는 것이 아닌가 하고 몇 번이나 공석에서 추궁받았다.

그런 압력을 받고 카미유도, 실제로 부길드장 쪽이 길드장에 어울리는 것이 아닌가 하고 생각이 들고 있었다. 조금 연약한 부분은 있지만, 일은 제대로 처리하고 사람들과 교제나 교섭도 능숙하다. 따라서 이번 일을 좋은 기회라고 생각해, 카미유는 부길드장에게 길드장의 자리를 일시적으로 넘겨주었다. 그것으로 잘 굴러간다면 좋고, 굴러가지 않는다면 되돌리고 끝이다.

카미유는 남편이 맡긴 길드를 지킬 수 있다면, 지위 따위는 아무래도 좋았다. 길드를 위해 목숨을 바칠 수 있다면, 접수원이라도 할 것이다.

'화룡인가, 기대되는구나.'

하지만 역시 지금의 위치를 내던지고 탐색자로 돌아가고 싶다는 욕심도, 카미유의 가슴속에는 있었다. 부길드장도 그것을 어렴풋이 알고 있기에, 바람이라도 쐬어주기 위해 카미유를 츠토무의 파티에 넣어준 부분도 있다.

"좋아, 일단은 목표 달성이네요."

저녁까지 걸리리라 생각했지만, 시간은 오후 3시 전후. 츠토무는 카미유 덕분에 예정보다 빨리 59층에 도착할 수 있었던 것을 기뻐했다.

"카미유, 신속한 수색 감사해요."

"신경 쓰지 마라."

마침내 화룡에게 도전하는 바로 앞 단계에 와 있다는 것 때문에, 카미유는 매우 흥분한 눈으로 츠토무를 바라봤다. 마치 꽃다운 처녀처럼 순진한 눈을 한 카미유를 보고, 츠토무는 쓴웃음을 지으며 등에 짊어진 매직백을 내렸다.

"그럼 이 층에서는 화룡 대책 도구 사용법을 연습해 볼까요. 그렇다고 해도 별로 없지만요."

매직백을 뒤적이고 츠토무가 꺼낸 것은 투명한 통 형태의 병, 쇠망치, 그리고 붉은 천으로 만들어진 화염 내성 장비였다.

투명한 통 형태의 병에는 회색을 띤 둥근 갑각 벌레가 수십 마리 들어 있다. 섬광충. 도시 바깥 던전에 서식하는, 죽음의 위험을 느끼면 빛을 발하며 폭발하는 몬스터. 병에 있는 것은 그 유충이다.

그 섬광충 병은 벌레가 뭉개질 정도로 있는 힘껏 흔들면 강렬한 빛을 발하고, 폭발한다. 빛으로 적의 시야를 빼앗는 섬광탄 같은 이 도구는 화룡 토벌 때 사용되는 대중적인 것이다. 화룡의 눈을 일시적으로 망가트리는 이 섬광병이 가장 사용하기 쉽다.

그리고 화룡의 눈이 망가져 있는 사이에, 쇠망치로 화룡의 이마에 있는 주먹 하나만 한 녹색 수정을 깨는 것이다. 그렇게 하면 화룡은 하늘을 자유롭게 날 수 없게 된다.

사람을 밟아 죽일 수 있을 정도의 덩치를 자랑하는 붉은 화룡. 그 강대한 몸으로 하늘을 나는 것은 날개의 양력만으로는 불가능하다. 반드시 다른 힘이 필요하다. 그 힘의 근원이 화룡의 이마에 있는 수정이다.

화룡은 그 수정에서 츠토무가 사용하는 플라이 같은 바람의 힘을 끌어내고 있다. 화룡의 등에 있는 강대한 날개는 그 힘을 제어하고 있는 것에 지나지 않는다. 그 동력을 잃으면 비행 능력을 잃는다. 잘해야 그 날개로 활공하는 정도일 것이다.

"자, 여기 있어요. 사이즈는 아마 맞을 거예요."

츠토무는 붉은 천으로 만들어진 후드가 달린 로브를 두 사람에게 넘겨주었다. 표면이 까끌까끌하고 딱딱한 장비를 두 사람이 넘겨받았다.

"불옷인가. 돈이 얼마 들었느냐?"

"대마석 다섯 개 정도네요. 수요가 많은 모양이라 상당히 비쌌어요."

"현재 시가는 세 개라고 들었는데."

"괜찮아요. 여유가 있으니까."

화룡의 브레스. 광범위를 쓸어버리는 불타는 숨결은 예비 동작도 짧고, 그 횟수도 많다. 예비 동작을 예측해도 장소에 따라서 피하지 못할 것이 예상되어, 츠토무는 돈을 아끼지 않고 불옷을 샀다.

압도적 열량과 범위를 지닌 화룡의 브레스는 VIT가 B− 이상이 아닌 경우, 평범한 장비로 직격당하면 즉사한다. 하지만 홍화견(紅火犬)의 가죽과 붉은 거미의 실로 만든 불옷이라면 VIT가 D+인 츠토무라도 브레스를 견딜 수 있다.

사지 않을 거라고 생각했는지 가게 카운터를 보고 있던 수습생 소년이 바가지 가격을 불렀다. 그 앞에 고품질 대마석 열다섯 개 떡 내놓고 사이즈를 지정했을 때의 놀란 얼굴을, 츠토무는 지금도 기억하고 있다. 그래도 대금에 어울리게 일했는지, 중고라고는 해도 사이즈는 거의 맞았다.

"화룡의 브레스가 오고 피할 수 없는 경우에는 후드를 쓰고 몸을 웅크려서 등을 돌려 주세요. 그렇게 하면 기본적으로는 견딜 수 있을 거예요. 하지만 발톱 등에 걸리거나 하면 금방 찢어지니까 주의해 주세요."

츠토무는 그 동작을 실천해 보이며 두 사람에게 말하고, 동작을 흉내 내게 했다. 단순한 동작이지만 몸에 익게 하려고 몇 번인가 셋이서 그 동작을 반복했다.

"브레스의 예비 동작은 화룡의 목이 희미하게 빛난 뒤에 숨을 들이마시는 동작. 기본은 이거예요. 그 밖에도 주의해야 할 공격은 있지만, 그것은 돌아간 뒤에 이야기할게요. 일단은 브레스를 가장 경계해야 하니까, 앞으로의 전투에서도 제가 브레스라고 외치면 그 동작을 실행해 주세요."

"알았다."

"브레스!"

세 사람은 후드를 뒤집어쓰고 그 자리에 웅크렸다. 츠토무는 두 사람의 반응속도에 놀라며 고개를 들었다.

"아, 찢어지면 곤란하니까 장비는 제가 챙길게요."

불옷은 참격에 약하다. 따라서 츠토무는 화룡에게 도전할 때 나

뉘우기로 하고 그 장비를 회수해 매직백에 넣었다. 그리고 다음에 섬광병을 손에 들었다.

"섬광병에 대해서는 제가 '섬광 갑니다!'라고 외칠 테니까, 그 목소리가 들리면 눈을 감아주세요. 그 3초 뒤에 섬광병을 폭발시킬 예정이에요."

게임에서는 화룡을 섬광병으로 몇 번이나 움츠러들게 해 그 사이에 딜러가 체력을 깎는, 섬광 꼼수라는 것이 존재했다. 따라서 당연히 츠토무도 그것을 실천하려 했었지만, 이 세계에서 그것이 통하지 않는다는 것을 2번대에서 확인했다.

화룡에게는 약간의 지성이 있어, 섬광병을 한 번 사용하면 두 번째는 거의 걸리지 않는다. 그 때문에 게임의 섬광 꼼수는 쓸 수가 없다. 허를 찌르면 쓸 기회가 있을지도 모르니까 일단 10여 개를 샀지만, 몇 개는 연습용이다.

"섬광병도 통상의 전투 때 사용할 예정이에요. 좀 전에 말했다시피, 섬광 갑니다! 라는 목소리가 들리면 눈을 감아주세요."

"아깝지 않나?"

"한 발에 20만 골드니까요. 뭐, 저한테는 이것이 있잖아요."

"졸부 같은 표정을 짓지 마라."

엄지와 검지로 동그라미를 그린 츠토무를 보고, 가름은 떨떠름한 표정으로 딴지를 걸었다. 카미유도 조금 어이없다는 듯한 눈빛이다.

"이제 어제의 반성도 살려서, 화룡 대책을 겸한 레벨 올리기를 할까요. 아, 카미유. 용화 상태일 때 조금 시험해보고 싶은 것이 있으니까, 헤이스트에 걸릴 마음의 준비만은 해두세요."

"어이어이, 아직 포기하지 않았던 것이냐?"

"이걸로 안 되면 포기할 거예요! 부탁드려요!"

"그래, 좋다. 마음대로 해라."

양손을 맞붙인 츠토무를 보고 카미유는 어깨를 으쓱인 뒤, 땅에 꽂아두고 있던 대검을 뽑아 등에 짊어졌다.

▷ ▷

현재 하늘에는 와이번이 진을 치고 있어, 츠토무는 땅에 발을 붙이고 상황을 지켜보고 있었다. 오크 다섯 마리에 와이번 두 마리를 붙잡고 있는 가름. 그 위치는 츠토무와 카미유에게 가시가 날아가지 않도록 배려한 곳으로 잡았다.

카미유는 용화 상태로 체공해, 와이번의 날개를 대검으로 잘라내기 위해 분투하고 있다. 하지만 와이번도 순순히 당할 리가 없어서, 위협하는 듯한 소리를 지르며 종횡무진으로 하늘을 돌아다녀 대검을 피하고 있다.

와이번은 화룡처럼 브레스를 토하지는 못하지만, 박쥐처럼 유연한 날개로 하늘을 자유롭게 날아, 틈이 보이면 마비독이 있는 꼬리의 가시로 찌른다. 공중전에 익숙하지 않은 사람이라면 그 가시에 맞아, 움직일 수 없게 된 참에 통째로 삼켜지고 말 것이다.

와이번은 뱀 같은 꼬리를 휘둘러 가시를 사출하고, 사전에 카미유의 좌우로 쏘아 도망칠 자리를 막는다. 그리고 정면에서 새 같은 발톱으로 얼굴을 찢어발기려 한다. 카미유는 그 다리를 대검으로 정면에서 막아내고, 옆으로 쳐낸다.

자세가 흐트러진 와이번의 옆구리에 이어지는 대검이 꽂힌다. 붉은 피가 터져 나와서 카미유의 오른팔로 쏟아졌다.

"인챈트 플레임."

몸 안으로 대검을 찔러넣고 내용물을 태워버리는, 카미유의 주특기 공격. 몸부림치며 괴로워하는 와이번에게 꽂혀 있는 대검에서 손을 떼고, 카미유는 등의 날개를 퍼덕여 그 자리에서 이탈한다. 그러자 날아든 꼬리 가시가 대검이 꽂힌 와이번의 날개에 박혔다.

가시를 날린 다른 와이번은 활동해서 카미유에게 다가간다. 그것을 확인한 카미유가 숨을 크게 들이켰다가 불어내듯이 하자 강대한 불꽃이 뿜어져 나왔다. 전신이 불에 휩싸인 와이번은 힘없는 울음소리를 터트리며 땅으로 떨어진다.

"메딕."

쏘는 메딕에 의해 용화 상태가 해제된 카미유는 배에 불타는 대검이 박혀서 입자로 변하기 시작한 와이번에게서 **빼앗듯이** 대검을 회수. 그대로 저공비행을 유지해 가름을 노리고 있는 오크를 뒤에서 비스듬하게 갈라버렸다. 그대로 회전해서 세 마리 정도의 오크를 대검의 옆면으로 날려 버린다. 입자로 변한 한 마리와 땅바닥을 구르는 오크를 보고, 대검의 움직임을 한순간 멈추는 카미유. 어제 츠토무에게 들었던, 한 마리씩 잡으라는 말을 떠올렸기 때문이다.

"오, 스스로 깨달은 건가? 좋은 경향이네요. 힐."

가름의 왼팔에 핀포인트로 힐을 날린 츠토무는 오크에게 추가타를 날리러 간 카미유를 힐끗 보고 플라이로 스르륵 허공으로 올라가 상공에서 지원을 개시했다.

"용화."

여전히 용화한 카미유의 움직임은 빠르다. 가름의 체력 관리. 몬스터의 어그로 관리. 스킬에 일정 정신력을 담은 제어. 지원 스킬의 효과 시간 확인. 그것에 더해 저 움직임의 카미유에게 쏘는 지원 스킬을 몇 초마다 맞춘다는 것은, 지금의 츠토무에게는 불가능했다.

'쏘는 것이 안 된다면…….'

지팡이를 휘두르자 카미유의 진행 방향 아래에, 푸른색 기운이 생기는 것처럼 솟았다.

'설치하면 돼.'

츠토무는 어제 밤중에 떠올린 지원 스킬을 실행했다. 이것이라면 쏘는 스킬과 달리 날아가는 스킬과 기의 크기는 차이가 없어, 효과 시간은 짧아지지 않으리라고 추측하고 있다.

푸른색 기운을 밟은 카미유의 속도가 더욱 상승한다. 이제는 눈으로나 간신히 쫓을 수 있는 속도가 된다. 그런 카미유에게 오크가 상대가 될 리도 없어서, 일격에 팔, 다음 일격에는 다리 같은 식으로 몸이 뜯긴 오크의 숨이 끊기고, 마석으로 모습을 바꾼다.

그 뒤에 오크가 섬멸될 때까지 헤이스트가 끊기는 일은 없었다. 날리는 스킬보다 조금 짧은 정도. 40초 전후 정도라고 츠토무는 설치형 헤이스트의 효과 시간을 계측했다.

설치형 스킬. 이것이라면 상당히 쓸만하지 않을까 하고 츠토무는 웃음을 띠었다. 효과 시간도 나쁘지 않다. 이것을 계속해서 쓰면 카미유의 화력이 더욱 올라가고, 피격도 줄어들 것이다.

츠토무가 싱글거리고 있자, 쿵푸거루가 이어서 깡충깡충 뛰면서 다가왔다. 캥거루처럼 생긴 몬스터는 귀여운 얼굴과는 반대로, 사람의 목을 쉽게 부러트릴 정도의 힘으로 탐색자를 덮친다.

배에 있는 주머니 속에 새끼가 있는 것은 확인되지 않았지만, 드물게 주머니 속에 순도가 높은 마석이 있을 때가 있다. 하지만 바깥 던전과 달리 전투 중에 주머니 속으로 손을 찔러넣어 확인해야만 하기 때문에, 마석이 있다고 해도 접근전이 특기인 쿵푸거루의 배 주머니를 뒤지는 것은 극히 어려운 일이다.

아홉 마리 중 가름이 일곱 마리의 어그로를 끌고, 카미유는 두 마리를 상대한다. 카미유가 움직이기 시작해 츠토무는 조금 전과 마찬가지로 헤이스트를 진행 방향에 놓았다.

"앗."

하지만 카미유는 쿵푸거루의 돌진을 피해 진로를 바꿨다. 그리고 쿵푸거루가 설치된 헤이스트를 밟았다. 갑자기 움직임이 기민해진 쿵푸거루.

원래부터 날카로운 격투 기술을 날리는 쿵푸거루의 움직임이 더욱 빨라져, 날카로운 스트레이트를 가슴에 맞고 카미유는 기침하며 물러났다. 그 얼굴로 다른 한 마리의 쿵푸거루가 하이킥. 잽싸게 얼굴을 빼자, 꽂히는 듯한 쿵푸거루의 다리가 코끝을 스쳤다.

"프로텍트. 힐. 카미유, 미안해요!"

가름의 프로텍트를 유지시키고 힐로 왼팔을 중점적으로 치료한 뒤, 츠토무는 열심히 카미유에게 사과했다.

그 뒤 헤이스트가 끊긴 쿵푸거루를 해치운 카미유. 용화에 의해 투쟁본능을 자극받는 카미유는 헤이스트를 쿵푸거루에게 맞힌 츠토무를 번뜩 노려봤다. 파충류처럼 조금 가늘고 긴 동공이 보이는 눈에, 츠토무는 뱀이 노려보는 개구리처럼 몸이 움츠러들었다.

하지만 츠토무는 움츠러들면서도, 그 뒤에도 실패를 두려워하지 않고 과감하게 설치형 헤이스트를 시도했다. 이번에는 실패도 없이 설치된 헤이스트는 제대로 카미유에게 접촉한다. 헤이스트를 받은 카미유는 순식간에 나머지 한 마리 쿵푸거루를 쓰러트렸다.

그리고 가름에게 모여 있는 쿵푸거루를 한 마리씩, 확실하게 카미유가 처치해 간다. 쿵푸거루를 전부 처치하자 연전은 끝났다. 이번에는 실패도 없이 끝나 다행이라고 츠토무는 한숨 돌리며, 가름의 상처를 하이 힐로 완치시켰다.

몬스터가 전멸해서 용화가 해제된 카미유는, 대검을 지면에 꽂고 곧바로 츠토무에게 다가왔다. 성큼성큼 빠른 걸음으로 접근하는 모습을 본 츠토무가 뒷걸음질 치고, 결국에는 등을 돌려 필사적으로 도망쳤다.

"뭣이?! 츠토무! 어째서 도망치느냐!"

"아니! 왠지 무서운걸요! 실수해서 정말로 죄송했어요오오!"

"조, 조금 전에 노려봤던 것은 사고다! 용화하고 있을 때는 투쟁 본능이 자극된다고 설명했지 않느냐?! 그것은 무의식중에 저지른 것이었다!"

"안 그래요! 잠깐, 정말 무서워요! 무리 무리예요 무리! 오지 마요~!"

스테이터스가 뒤처지니, 츠토무가 전력으로 도망쳐도 카미유는 쭉쭉 달려 다가온다. 그리고 뒤에서 옷자락을 덥석 붙잡은 카미유가 그대로 츠토무를 바닥에 자빠뜨렸다.

설치형 스킬을 보지 않았던 가름은 떨어진 마석을 회수하며, 등에 올라탄 카미유에게 붙잡힌 츠토무를 사이가 좋다며 바라보고 있었다.

카미유의 자신감

그 뒤로 이틀 정도는 연습하며 59층 탐색을 계속했다. 츠토무는 탐색 중이나 전투 중에 갑자기 '브레스!' 라고 말해 동작을 확인했다.

"브레스!"

플라이로 비행하며 탐색 중에 갑자기 그 단어를 외치는 츠토무. 츠토무와 거의 같은 속도로 방어태세를 취하는 두 사람. 츠토무는 반응속도가 정상이 아닌 두 사람에게 건조한 웃음을 짓고, 공중에서 자세를 되돌렸다.

"이제 상당히 익숙해졌네요. 좋은 느낌이에요."

"전투 중에 할 필요는 없다고 생각한다만."

"까놓고 말하면 재미있어서 할 때도 있어요."

"…………."

"아니, 아무리 그래도 이건 농담이에요."

정색하고 츠토무의 얼굴을 뚫어지라 바라본 가름에게 황급히 그렇게 말했다. 카미유는 그런 두 사람을 뒤에서 보고 히죽거리고 있다.

"아, 오크 있네요. 여섯 마리. 활 하나. 곤봉 셋. 검 둘이려나."

멀리서 보이는 오크를 쌍안경으로 들여다보고 무기 구성을 확인. 세 사람은 하늘에서 여섯 마리의 오크에게 다가갔다. 오크들은 가까이 온 세 사람을 보고 돼지코를 떨어서 굵직한 소리를 지르며 무기를 치켜들었다.

"섬광 갑니다!"

그 목소리와 동시에 가름과 카미유는 눈을 감았다. 그리고 츠토무는 한쪽 눈을 감으며 병을 있는 힘껏 흔든 뒤에 오크 근처로 내던졌다.

던져진 도중에 병 안이 희미하게 빛나기 시작하자마자, 빛이 점점 부풀어 올라 주변은 순식간에 하얗게 물들었다. 츠토무가 눈을 감고 있어도 눈부시다고 느껴지는 광량. 그것을 무방비하게 눈에 맞은 오크들은 곤혹스러워하는 소리를 지르며 얼굴을 한 손으로 붙잡았다.

그 틈에 가름과 카미유가 여섯 마리의 오크에게 무기를 휘둘렀다. 일시적으로 시력을 잃은 오크들이 두 사람을 상대할 수 있을 리도 없어, 금방 마석으로 변했다.

츠토무는 그 마석을 주워 담았다. 투명한 소마석 두 개에 중마석 네 개. 품질도 별로 좋지 않아 합계로 3만 골드쯤 될 것이다. 섬광병은 한 개에 20만 골드니까 약 17만 골드의 적자였다. 하지만 츠토무는 필수 경비라고 결론을 내려서 아무렇지 않은 표정으로 깨진 병을 내려다봤다.

'응. 폭발할 때까지 시간적으로 여유가 있네. 조급해하지 않아도 될 거 같아.'

어느 정도의 자극으로 섬광충이 폭발하는가, 흔들고 어느 정도의 시간이 지나 폭발하는가를 확인한 츠토무는 마석을 매직백에 넣으며 그 감각을 기억에 새겼다.

그리고 섬광병의 빛에 이끌려 몬스터들이 오기 전에 세 사람은 그 자리에서 이탈했다. 한동안 플라이로 저공비행을 하며 그 자리를 벗어난 뒤, 츠토무는 회중시계를 확인했다. 슬슬 저녁이 될 무렵이어서, 세 사람은 시작의 검은 문으로 돌아와 길드로 귀환했다.

길드의 검은 문으로 나온 세 사람은 바로 카운터에 줄을 서 침을 묻히고 카드의 스테이터스를 갱신했다. 가름은 레벨 63으로. 카미유는 69. 츠토무는 35까지 올랐다. 가름의 VIT는 B+에서 A-로 변화했고, 츠토무는 LUK을 제외하고 한 단계씩 올라간 상태였다.

그리고 츠토무는 새로운 스킬인 에어 블레이즈와 배리어를 습득했다. 공격 스킬인 에어 블레이즈는 에어 블레이드의 상위호환이다. 바람의 칼날의 위력, 범위의 최대치가 에어 블레이드보다도 올라갔다.

배리어는 그 이름대로, 눈에 보이지 않는 장벽을 칠 수 있는 스킬이다. 게임에서는 백마도사에게 거의 필수인 스킬로, 배리어를 탱커에게 쓰는 것이 정석이었다.

하지만 이 세계의 배리어 운용은 사람에게 부여하는 것이 아니라, 벽처럼 사용하는 일이 많다. 신대에서 츠토무가 배리어를 사용하는 장면을 봤을 때, 돔 형태로 장벽을 쳐 휴식하기 위해 사용하는 일이 많았다.

츠토무는 게임처럼 가름의 신체 전체를 가리듯 쓰려고 생각했지만, 그렇게 하는 사람은 아무도 없었다.

'레벨도 이걸로 문제없으니까, 내일 최종 조정 때 조금 시험해 볼까.'

츠토무는 의욕을 품으며, 오늘은 해산해 가름과 함께 기숙사로 돌아갔다.

▷ ▷

세 사람은 59층에서, 화룡 공략에 대한 최종 조정을 오전 중부터 시행하고 있었다. 그런 중에 츠토무는 새롭게 습득한 지원 스킬, 배리어를 다루는 데 상당히 고생하고 있었다.

게임 시절처럼 배리어를 운용하려면 가름의 신체 라인에 딱 맞추도록 의식해 배리어를 전개해야만 한다. 하지만 그 배리어를 날려 가름에게 부여하는 것을, 츠토무는 성공하지 못하고 있었다.

'이건, 무리네.'

직접 몸을 건드려 신체 라인에 맞추도록 배리어를 쳤다고 해도, 3분 정도 시간이 걸린다. 그것을 날려서 부여하는 것은, 지금의 츠토무에게는 불가능에 가까웠다.

몸을 건드리고 가만히 있어 주면 3분 만에 배리어를 게임처럼 부여할 수 있다. 하지만 화룡 공략 때는 쓸모가 없다고 츠토무는 생각했다. 검은 문에 들어가기 전에 부여할 수 있다면 모르겠지만,

검은 문에 들어가면 모든 스킬은 해제되고 만다. 따라서 반드시 검은 문에 들어간 뒤에 부여할 필요가 있다.

하지만 화룡 출현까지 1분 정도밖에 여유가 없으니까 시간이 부족하다. 따라서 츠토무는 배리어를 다른 백마도사와 마찬가지로 휴식을 취할 때만 사용하기로 했다. 배리어도 작전에 살짝 넣어두고 있었기 때문에, 츠토무는 큰 한숨을 쉬었다.

하지만 그 대신 지원회복에 대해서는 한계까지 가다듬었다. 오크 집단 앞에서 카미유가 용화를 발동하고, 가름이 전체 어그로를 잡는다. 츠토무는 눈을 부릅뜨고 용화 중인 카미유를 하얀 지팡이로 조준했다.

"헤이스트."

츠토무의 설치형 헤이스트가 카미유의 진행 방향에 정확하게 설치되고, 이를 그다지 의식하지 않는 카미유가 그것을 밟고 AGI가 상승한다.

설치형 헤이스트는 시행을 거듭할수록 실패율이 점점 떨어져, 지금에 와서는 거의 실수가 없다. 그것은 카미유의 움직임을 일방적으로 예상하고 정확하게 설치할 수가 있는, 츠토무의 기술 덕분이었다.

용화의 스테이터스 상승에 더해 민첩성을 한 단계 높이는 헤이스트. 그 상태의 카미유는 80층 계층주와도 싸울 수 있는 스테이터스를 자랑하고 있었다. 오크 집단은 차례로 카미유의 대검에 쓸려나간다. 이어서 와이번과 쿵푸거루 무리를 본 카미유가, 파충류 같은 눈동자를 빛내며 다가가려 했을 때.

"메딕. 카미유, 일단 물러나요!"

하얀 지팡이에서 쏘아진 탄환 같은 메딕을 맞히자 카미유의 용화가 해제되어 제정신을 되찾았다. 그리고 츠토무의 지시를 듣고 지시대로 물러났다.

용화 중인 카미유는 전투 말고는 의식하기 어려워서 츠토무의 지시도 들리지 않는다. 그 때문에 용화 중에는 눈에 들어온 몬스터를 멋대로 공격해, 가름이 유인하기 전에 어그로를 끌고 만다. 하지만 원래는 몬스터가 없어질 때까지 이어지고 마는 용화를 쏘는 메딕으로 해제함으로써 카미유를 운용하기 쉬워졌다.

"용화해도 돼요~."

"용화."

그리고 가름이 충분히 어그로를 끌었을 때 다시 카미유는 용화하고, 츠토무는 설치형 헤이스트로 지원했다. 아직 파티를 짜고 얼마 되지 않아 더 최적화할 부분은 있지만, 그래도 연계에서는 충분히 모양새가 나오고 있었다.

"고생하셨어요."

몬스터의 무리를 어려움 없이 토벌을 마친 카미유는, 왠지 잘 되어가는 파티가 기쁜 것인지 웃는 얼굴로 손을 들었다. 가름도 손맛을 느낀 것인지 나쁘지 않은 표정을 짓고 있다.

"원래라면 여기에 배리어도 운용할 예정이었지만, 어렵네요. 죄송해요."

"멈출 줄을 모르는구나, 츠토무는. 대형 클랜도 보고 배웠으면 좋겠다."

"아니, 뭐 대형 클랜에서 함부로 시도하지 못하는 것도 이해는 가지만요. 인원이 많아지면 귀찮은 일도 늘어나고요⋯⋯."

「라이브 던전!」에서 클랜 리더를 했었던 츠토무는 눈빛을 흐리고 그 시절을 떠올렸다. 인원이 적을 때는 이것저것 관리도 됐고, 자신도 클랜의 일원으로 즐길 수 있었다. 하지만 인원이 늘어나면 한 명쯤 문제아가 끼어든다.

일반 파티에서 폭탄 행동이나 매너가 없는 짓을 하는 사람을 필두로, 집안일을 해야 한다느니 화장품이 어쨌다는 둥 여자 어필로 클랜 채팅을 가득 채우는 사람. 클랜 내에서 잘하니 못하니로 파벌을 만드는 사람. 그런 사람들을 클랜 리더로서 징계해 달라고 부탁받는다.

게임에서도 힘들었던 대규모 클랜의 운영관리. 현실이 되면 엄청날 것이라고, 츠토무는 인원을 많이 거느린 대형 클랜을 동정하고 있었다.

카미유는 눈에서 생기가 사라져 가는 츠토무를 알아채고 화제를 바꿨다.

"그런데 용화 중에 헤이스트까지 있으면 엄청나구나. 그다지 의식하진 않지만, 자신의 속도에 푹 빠져 있다는 느낌이 있다. 이것이라면 화룡도 사냥할 수 있지 않겠느냐?"

"아아, 확실히 터무니없이 빠르니까요. 실제로 이걸로 화룡 공략은 상당히 편해졌다고 생각해요."

"그 에이미가 함께하며 움직임을 맞출 만하구나. 이것은 상당히 즐겁다."

"네? 아아, 뭐 확실히 처음에는 제멋대로 움직였지만, 그 사람 그렇게나 자유인인가요?"

"자유라기보다는, 혼자를 즐긴다고 하는 편이 올바르겠구나. 항상 감정실 업무를 희망하고, 던전 내부 탐색도 전부 혼자 담당하고 있으니 말이다."

"네? 에이미 씨가요?"

"그렇지. 뭐, 너와 파티를 짜고 나서 변한 것 같지만 말이다."

카미유는 윙크를 한 뒤, 장난치듯이 웃었다.

"뭐, 화룡전은 기대해 주어라. 상응하는 일을 해 보이마."

"든든하네요."

지금까지 힘겹게 싸웠던 와이번도 용화와 헤이스트가 익숙해지고 나서는 마치 날벌레처럼 때려서 떨어트리는 카미유. 그것은 그만한 자신감이 생기게 하고, 나아가 약간의 자만심마저 생겨나게 했다.

그런 카미유에게서 시선을 돌린 츠토무는, 가름이 등에 지고 있는 큰 방패로 시선을 옮겼다.

"가름도 큰 방패는 문제없어 보이네요."

"음. 실력이 많이 무뎌지기는 했지만, 조금은 되찾은 것 같다."

신의 던전이 출현한 초기 무렵에는 큰 방패를 자주 사용했던 가름. 하지만 화력 지상주의가 되고 나서는 작은 방패와 롱소드로 장비를 바꾸었다. 몬스터의 공격은 기본적으로 피하고, 어쩔 수 없는 공격만은 작은 방패로 막는 스타일이다.

하지만 탱커라는 역할을 알고 나서는 큰 방패를 장비하는 편이 좋지 않을까 생각해, 51층부터는 큰 방패를 장비해 적응했다. 결과적으로, 큰 방패로 바꾸고 나서 탱커로서 안정감이 더욱 늘어났다.

작은 방패 때보다 기동력은 떨어지지만, 역시 큰 방패가 있으면 A-를 자랑하는 VIT도 어우러져 지금까지 피할 수밖에 없었던 강력한 공격도 어느 정도는 받아낼 수 있다. 게다가 VIT를 한 단계 올려주는 프로텍트가 항상 있고, 상처를 입어도 금방 힐이 날아와 주니까 안심하고 몬스터의 공격을 받아낼 수 있다.

가름 본인도 탱커라는 역할은 어떻게 하면 좋을까, 이런 식으로 하면 좀 더 잘 적의 공격을 잡아둘 수 있지 않을까 하고, 다양한 시행착오를 훈련장과 던전에서 실전으로 시험해보고 있다. 몬스터의 적대심을 부추기는 컴뱃 크라이의 제어는 점점 발전하고, 스킬 운용에서도 불필요한 소비를 줄여 나갔다.

게다가 힐러를 담당하는 츠토무에 대한 신뢰도 크다. 정상인이라면 겁을 낼 몬스터 무리. 이전의 파티에서는 생각할 수 없는 양의 몬스터에게 둘러싸여 공격당하는 것은, 다른 사람이라도 상당한 담력이 있는 자밖에 할 수 없다. 하지만 가름은 담담하게 그것을 소화하고, 전혀 겁먹지 않는다.

지금까지 거의 끊긴 적이 없는 프로텍트와 지원을 위해 날아오는 힐. 전부 상대할 수 없는 몬스터도 츠토무가 에어 블레이드로 엄호하거나, 고액의 포션을 주저하지 않고 자신에게 맡겨 사용을 허가해 주고 있다.

가름은 파티 멤버가 받게 될 공격을 대신에 받아내는 탱커라는 역할에 긍지를 느끼기 시작하고, 자신에게 지원과 회복을 끊임없이 보내주는 츠토무를 절대적으로 신뢰하고 있다. 그에게라면 자신의 등을 안심하고 맡길 수 있다고, 가름은 느끼고 있었다.

그리고 츠토무도 플라이로 날면서 하는 상황 판단에, 날리는 메딕, 설치형 헤이스트가 한층 더 능숙해졌다. 카미유의 용화에 대한 과제였던 스킬을 맞히는 방법도 개선하고, 화룡 대책 도구도 연습했다.

용화와 헤이스트로 절대적인 화력을 지닌 카미유에, 프로텍트 상태로 VIT가 A가 되어 더욱 안정감이 늘어난 가름. 이 두 사람이 있으면 화룡을 안정적으로 해치울 수가 있다고 츠토무는 확신하고 있었다.

그때 카미유는 몬스터와의 연전 뒤에도 아무렇지도 않은 얼굴을 하는 가름을 보고, 졌다는 듯이 고개를 저었다.

"가름도 상당히 좋아졌구나. 나는 더 이길 수가 없을 것 같다."

"무슨 말씀을 하시는 겁니까. 카미유 씨께 제가 이길 수 있을 리가 없습니다."

"7년 전이라면 아직 모르겠지만, 지금은 이제 무리다. 이 파티로 던전을 들어와 보고 알았다. 전선에서 멀어져, 나이를 먹고 몸도 둔해졌다. 나에게 너무 기대하지 말아라."

쓴웃음을 지으며 말한 카미유에게, 가름은 복종하듯이 개 귀를 접었다.

"물론, 나도 쉽게 질 마음은 없다. 서로 전력을 다하자."

"네……."

가름은 그다지 납득이 되지 않았는지 어쩔 수 없다는 기색으로 고개를 끄덕이고, 그 뒤에 츠토무에게 이전에 이야기하지 않았던 카미유의 무용담을 들려주었다. 의외로 긴 이야기에 츠토무는 간신히 이야기 도중에 끼어들었다.

"그럼, 오늘은 일찌감치 돌아가서 작전 회의를 하죠. 내일 아침, 화룡에 도전하겠어요."

"알았다. 그래서 말이다, 당시는……."

흥분한 표정의 카미유에, 대답을 하고 바로 이야기를 이어가기 시작한 가름. 츠토무는 가름의 말에 쓴웃음을 지으며, 낮 중에 59층에서 철수했다.

정보원의 눈

　그 3인 파티의 이변을 먼저 알아챈 것은, 압도적인 인원을 지닌 대형 클랜, 알도렛 크로우의 정보수집반이었다.

　알도렛 크로우는 다른 클랜과 다르게 탐색자가 아닌 사람도 많이 있다. 비품 관리와 구입, 손익 계산서류를 작성하는 사무원. 신대나 신문을 보고 정보를 수집하는 사람이나, 물가나 도시에서의 유익한 정보를 정리하는 정보원. 전속 장비 정비점에 창부까지 두고 있는 대규모 클랜은, 알도렛 크로우뿐이다.

　하지만 요새는 골드만 모으고 화룡에 도전하지 않아, 사람들 사이에서 인기가 떨어지기 시작했다. 몇 년 전에는 처음으로 쉘 크랩을 돌파했던 클랜으로 이름을 떨쳤지만, 그 뒤에는 딱히 눈에 띄는 성적을 남기지 못하고 이제는 인원만 많은 클랜이라고 야유받는 일도 있었다.

　하지만 수많은 종족과 직업을 지닌 탐색자를 두고, 중견 클랜 등이 만들어낸 유익한 정보와 전법을 흡수하고 있는 알도렛 크로우는, 지금은 남모르게 이빨을 갈고 있다. 그리고 그 유익한 정보 중에 츠토무의 날아가는 힐과 전법 등도 포함되어 있었다.

　21층 늪에 들어가고 나서 츠토무의 3인 파티는 때때로 50번 신대에 나오는 일이 있었다. 처음에는 가름과 에이미만이 주목받았다. 난무의 에이미와 광견 가름은 길드 직원이 되고도 아직 현역이다. 두 사람의 장비부터 검술, 스킬의 사용법 등을 정보원 남자는 상세하게 기입했다.

하지만 츠토무가 날리는 힐을 보고 나서는, 그 남자는 츠토무에게도 주목하기 시작했다. 회복과 공격에 특화된 백마도사 두 명을 파티에 넣고 있는, 백격(白擊)의 날개라는 중견 클랜이 있다. 그 클랜이 한때 백마도사의 가능성을 모색하기 위해 힐을 날렸던 것을 기억했다.

그 당시 날아가는 힐은 회복력이 거의 없었기 때문에, 실용성이 없다며 폐기되었다. 하지만 남자가 목격한 츠토무의 날아가는 힐은, 실용성의 결정으로 보였다. 퀸 스파이더의 이빨에 물린 에이미의 팔뚝은 날아가는 힐을 맞자마자 순식간에 치료되었다.

날아가는 힐. 그 유용성을 깨달은 남자는 곧바로 츠토무를 마크하게 되었다. 그리고 날아가는 힐을 조속히 알도렛 크로우의 탐색자, 10군 이하의 백마도사에게 시험하게 했다.

하지만 날리는 것까지는 좋았지만, 그 회복력은 미미해서 전혀 실용적이지 않았다. 그 이유를 조사하기 위해 남자는 츠토무가 던전에 들어갈 시기를 노리고, 더욱더 츠토무의 거동이나 사용하고 있는 도구에 주목했다.

츠토무가 사용하는 하얀 지팡이는 흑마단이 손에 넣었던 검은 지팡이 같은 터무니없는 성능을 지니지 않고, 조금 비싸지만 누구라도 살 만한 물건이다. 스테이터스 정보도 럭키 보이라는 이름이 퍼졌을 때 돌았지만, 유니크 스킬도 확인되지 않았다. 날아가는 스킬의 회복력은 유니크 스킬도, 도구 덕분인 것도 아니다.

그 뒤로도 정보원은 츠토무의 거동을 주목했지만, 날아가는 힐이 회복력을 유지하는 이유는 알아내지 못하고 있었다. 딱히 진전도 없어 남자가 머리를 떨굴 때, 날아가는 힐을 연습시키고 있던 파티에 변화가 생겼다.

날아가는 힐에 관해서는 여전히 차이가 없었지만, 지원 스킬인 프로텍트나 헤이스트는 10군 이하의 백마도사도 터득할 수가 있었다. 아직 연습을 거듭하지 않아 츠토무만큼 정확하게는 날리지 못하고, 효과 시간도 더 짧다. 게다가 부여술사라는 직업의 하위 호환이기는 했지만, 힐보다는 쓸만해질 것 같다고 보고를 받고 남자는 정보가 쓸모없지 않았다고 안심했다.

하지만 힐, 하이 힐 등은 연습을 거듭해도 회복량이 올라가지를 않는다. 정신력을 최대한 담아도 간신히 초원의 약초와 비슷한 회복력으로, 그랬다간 당장에 몬스터가 집중적으로 노려서 어지간한 백마도사는 죽고 말 것이다.

'대체 무엇이 다른 거지?'

정보원 남자는 고개를 갸웃거리며, 에이미가 빠지고 카미유가 들어간 파티를 계속해서 관찰했다. 그리고 가름이 주로 컴뱃 크라이 등 어그로를 끄는 스킬을 사용해 몬스터의 공격을 거의 다 받아내고, 카미유가 자유롭게 공격을 행하는 전법에도 주목하기 시작했다.

'그렇군. VIT가 높은 가름에게 몬스터의 공격을 받게 하는 건

가. 그리고 날아가는 프로젝트로 가름을 상시 강화하고, 그사이 길드장이 단숨에 섬멸한다.'

신대를 보는 관중들에게는 가름이 많은 몬스터를 상대로도 전혀 개의치 않는 것처럼 보여, 그 인기가 점점 확산되었다. 게다가 카미유의 대검에 차차 줄어드는 몬스터에도 높은 환성이 터져 나온다. 하지만 그 남자는 완전히 냉정한 마음을 유지한 채 그 영상을 관찰했다.

'저런 수의 몬스터를 상대하면, 아무리 가름이라도 포션을 마실 새도 없이 죽어. 하지만 그것을 날아가는 힐과 프로젝트로 끊임없이 지원해 버티게 해 주고 있다는 건가. VIT가 높은 사람에게 몬스터의 공격을 집중시켜도, 날아가는 힐이 없으면 채용하기 어렵겠군.'

가름처럼 홀로 저렇게까지 다수의 몬스터를 유인하고 있어서는, 포션 같은 것을 마실 틈도 없다. 저것을 흉내 내더라도 날아가는 힐을 쓸 수 없는 이상, 몬스터를 유인한 사람이 금방 죽을 것이 뻔히 보였다.

'하지만 VIT가 높은 사람을 둘 붙이고, 교대로 몬스터의 공격을 받게 하면 부담은 줄어든다. 거기에 한 명씩 교대로 힐러에게 회복시키면, 포션 소비도 줄어들겠군. 일단은 하위 파티로 시도할 가치는 있겠어.'

남자는 서둘러 미약하나마 날아가는 지원 스킬을 습득한 백마도사가 있는 파티에, 그 전법을 가르쳤다. 그리고 츠토무 일행이 59층에 도달할 무렵까지 시켜봤지만, 그다지 좋은 결과는 나오지 않았다. 원인은 그 파티 멤버들의 어그로에 대한 지식 부족이었다.

그 파티 사람들은 몬스터가 어그로 수치를 근거로 공격 우선순위를 정하고 있다는 것을, 그리고 힐 어그로라는 존재를 몰랐다.

몬스터는 공격을 가한 사람을 노린다. 강한 사람을 노린다. 그들의 상식에는 그 정도의 지식밖에 없다. 그리고 힐 어그로라는 것도 애매하게 받아들이고 있다. 그 파티에는 츠토무처럼 어그로 수치를 대략적으로 계산해서 힐러와 딜러에게 몬스터가 가지 않도록 관리하는 사람이 한 명도 없었다.

따라서 츠토무 일행처럼 탱커, 힐러, 딜러의 역할을 균형 잡히게 담당하는 것이 금방 가능할 리가 없었다.

하지만 백마도사의 날아가는 지원 스킬에, 기사나 권투사의 어그로를 끄는 컴뱃 크라이, 힐러와 탱커의 밑바탕은 남자의 지도 덕분에 배양되고 있었다. 정보원 남자는 어그로를 끄는 스킬, 그리고 힐 어그로에 대한 것도 파악하고 있었기 때문에, 그것들을 파티에 가르쳤다.

하지만 딜러는 그렇게 간단히 풀리지 않았다. 그도 그럴 것이 딜러인 그들은 지금까지 대로 제멋대로 공격했다. 아무튼 공격해서 신속하게 몬스터를 해치운다는, 몸에 밴 버릇은 쉽게 지워지지 않는다.

당연히 그래서는 탱커인 사람이 어그로를 쌓을 수가 없어서, 딜러인 사람이 타깃이 되어 결국 이전과 마찬가지로 넷이 일제히 싸우게 된다.

쉽게 풀리지 않는 전법에 정보원 남자가 이것저것 지시와 제안을 하는 사이, 츠토무 일행이 화룡에 도전하는 날이 되었다.

▷ ▷

츠토무는 아침 일찍 가름의 기숙사 방에서 눈을 뜨고는, 잠이 덜 깬 눈을 비비며 세수하러 갔다. 그리고 거실 소파에서 폭면을 취하는 가름을 깨우지 않도록 살금살금 문으로 향해, 그가 사서 보는 신문을 챙기고 자기 방으로 돌아왔다.

솔리트 신문사의 기사는 여전히 정정되는 일 없이, 평소처럼 기사를 싣고 있다. 그 날조 기사가 발행된 뒤에도 솔리트 신문사는 때때로 츠토무를 거론해, 민중의 정의감을 부추기는 듯한 내용으로 기사를 쓰고 있다.

그 덕분에 츠토무의 평판은 이제는 땅속까지 떨어졌다. 만약 가름과 카미유가 없었다면 확실하게 파티를 짤 수 없었을 것이다.

민중은 날조 기사를 보고 정의감을 불태워, 길드에 항의하거나 진상을 부리고 있을 것이다. 에이미의 팬도 어찌어찌 자제하고 있지만, 만약 츠토무가 눈앞에 있으면 폭력을 가할 정도만큼은 분위기가 험악했다.

그 날조 기사를 쓴 미루루라는 여성도 벌레 탐색자를 취재한 결과 정말로 츠토무가 에이미를 협박하고 있다고 생각해 기사를 썼을 것이다. 최종적인 원인을 찾아가면 럭키 보이에게 질투한 벌레 탐색자가 모든 악의 근원이라고 할 수 있다.

'뭐, 상관없지만.'

그들은 츠토무가 탐색자를 은퇴하면 그만일 거라고 생각할 것이다. 돈은 검은 지팡이의 매각대금으로 잔뜩 벌었으니까, 미궁도시에서 나가도 불편함 없이 살아갈 수 있으리라고 생각할 것이다.

하지만 실제로는 다르다. 츠토무는 원래 세계로 돌아갈 단서를 찾고자 신의 던전을 공략해야만 한다. 그러기 위해서는 파티를 짜는 것은 필수이므로, 지금 상황은 최악이다.

'방해만 해대기는.'

츠토무는 그냥 평범하게 파티를 짜서 신의 던전을 공략하고 싶을 뿐인데, 방해만 해댄다. 벌레 탐색자도, 미루루도, 민중도, 화가 난다. 원래 세계로 돌아가는 것을 방해하는 자는 누구든지 용서하지 않는다.

츠토무는 무미건조한 눈으로 솔리트 신문사의 기사를 본 뒤, 그것을 접고 화룡전을 대비해 이미지 트레이닝을 시작했다.

그리고 8시에 길드 안에서 모인 세 사람. 물의 마석을 뒤에 박아 냉각기능이 추가된 갑옷을 입은 가름의 얼굴은, 평소보다 더 딱딱하다. 카미유는 딱히 평소와 차이가 없었다. 츠토무는 예비 장비나 포션 등을 대량으로 담은 매직백을 등에 메고 있다.

"좋은 아침이에요."

"좋은 아침이구나."

"그래. 좋은 아침이다."

긴장하고 있는지 바쁘게 머리 위의 개 귀를 움직이는 가름을 보고, 츠토무는 괜찮은가 싶으면서도 비어 있는 카운터로 이동했다. 여전히 인기가 없는 무서운 얼굴의 남자를 통해 카운터에서 스테이터스 카드를 갱신하고, 셋이서 파티를 짰다.

"아, 오늘은 화룡에 도전할 거예요. 시간이 되면 봐주세요."

"오, 그러냐. 오줌 지리면 안 된다."

"그렇다는데요, 가름."

"크하하! 아주 좋구나. 배짱이 든든해! 뭐 열심히 해라. 너무 비싼 장비는 가져가지 마."

카운터의 대머리 아저씨에게 그런 충고를 들은 츠토무는 머리를 숙이고 마법진으로 향했다. 그 도중에 긴장한 기색의 가름에게 말을 걸었다.

"긴장한 모양이네요. 딱히 한 방에 못 끝내면 죽는 것도 아니니까, 여유롭게 가죠."

"알겠다."

전혀 알아들은 것 같지 않은 가름의 얼굴색에, 츠토무는 괜찮은 거냐고 등을 두드렸다.

"정신 차려주세요. 카미유를 좀 보세요. 소풍이라도 가는 듯한 표정이잖아요."

"어제는 기대가 되어서 잠을 제대로 못 잤을 정도다."

"잠이 부족해서 힘이 나질 않는다거나 같은 소리는 하지 말아 주세요."

"당연하지."

등의 대검을 다시 짊어진 카미유는 웃는 얼굴로 대답했다. 탱커가 무너지면 전부 끝장이 나니까, 츠토무는 가름을 걱정하며 입을 열었다.

"59층으로 전이."

그 말과 함께 세 사람의 몸은 입자가 되어, 59층으로 전송된다.

적토의 경사면에 햇빛이 비쳐 세 사람을 맞이하는 것처럼 반사하고 있다. 암석으로 둘러싸인 주위를 둘러본 뒤, 츠토무는 세 사람에게 플라이를 걸어 평소대로 카미유에게 수색을 맡겼다.

포션을 옮겨 담은 츠토무는 주저앉아 양다리를 벌리고 스트레칭을 하는 가름의 옆에 시험관 병으로 옮겨 담은 포션을 놓았다.

"평소대로 움직이면 해치울 상대예요. 괜찮아요."

"어제 잔뜩 들었다."

스트레칭을 마치고 포션을 허리춤에 꽂은 가름은 토라진 것처럼 얼굴을 돌렸다. 어제의 화룡 공략 미팅에서 소극적인 발언이 많았던 가름을, 츠토무는 이론으로 무장한 말로 사정없이 공격했다.

"그딴 건 와이번을 조금 크기를 키운 것뿐이에요. 완전 거저먹기예요."

"흠, 그것은 아무리 그래도 아닌 것 같다. 츠토무가 이상한 것이다. 솔직히, 정신줄이 나갔다고 해도 좋다."

"끙. 레벨만 봐도 가능한데 말이죠. 하지만 가름도 광견이라고 불리잖아요. 피차 마찬가지 아닌가요?"

"뭐, 지금의 나는 확연하게 광견이 아니지만 말이다. 필시 터무니없는 주인 때문에 곤란해하는 파수견이라고 해야 할까."

"아, 흐~응?"

허리에 손을 올리고 질렸다는 듯이 떠드는 가름을 보고, 츠토무는 눈을 치켜떴다.

"화룡을 보고 지리지 마세요. 흥분싸했다고 변명할 수 없으니까요."

"흥분싸가 무슨 말인지는 모르겠지만, 지리지 않는다고 확약할 순 없겠군. 실제로 화룡에게 처음 도전한 파티에서 대체로 한 명은 지린다는 모양이다."

"어, 진짜요?! 그 사람의 이명은, 틀림없이 한동안은 오줌싸개가 될 거 같네. 불쌍하게도."

살짝 긴장이 풀린 가름과 츠토무는 한동안 담소를 나눴다. 그리고 평소보다 돌아오는 것이 늦는 카미유를 걱정하기 시작할 무렵, 그녀가 돌아왔다.

카미유에게 포션을 넘겨주고 츠토무는 지형 상황을 물었다. 그러자 카미유는 견디지 못하겠는지 웃음을 흘렸다.

"검은 문을 발견했다. 여기서 북쪽으로 곧장 간 뒤에 모퉁이를 돌면 바로 있다."

"오오, 좋네요. 시간은 여유가 있어서 나쁠 게 없으니까요. 그럼 세 번 정도 전투를 해서 몸을 풀고, 검은 문으로 가볼까요."

"그러자."

장난감을 사기 전의 어린아이 같은 카미유는 재빨리 포션을 허리춤에 장착했다. 그리고 공중을 나아가 검은 문으로 향한다.

섬광병과 브레스 방지 태세 등을 마지막으로 확인하고, 오크나 와이번을 빠르게 해치운다. 처음에는 움직임이 딱딱했던 가름도 점차 익숙해졌는지, 평소대로의 움직임을 보여주었다. 카미유는 평소보다도 격렬한 공격으로, 반대로 화력을 너무 내는 게 아닌지 걱정될 정도였다.

"브레……이슬릿!"

"…………."

"죄송합니다."

분위기를 풀어보려고 내뱉은 한마디는 확연하게 이 자리를 썰렁하게 만들어서, 츠토무는 솔직하게 사과했다. 카미유는 흥분한 탓인지 츠토무가 사과하자 큰 웃음을 터트리고 있었다.

'가름은 이제 괜찮으려나. 카미유는 조금 과하게 흥분했네. 너무 돌출되면 바로 메딕으로 용화를 해제해야겠어.'

두 사람의 모습을 살피며 츠토무는 가름에게 프로텍트를 중첩하고, 카미유의 진행 방향에 헤이스트를 놓았다.

그리고 쿵푸거루의 무리를 쓰러트리자 검은 문이 보였다. 주위에 몬스터가 없는지 카미유에게 확인하게 한 뒤, 츠토무가 정신력을 전부 회복하면 검은 문을 열기로 했다.

"어제 잔뜩 이야기했지만, 일단 최종 확인을 할게요."

츠토무는 가볍게 준비한 샌드위치를 손에 들고, 화룡 공략의 흐름을 간단히 설명했다.

"개막하고 제가 버프, 아니, 지원 스킬을 걸게요. 프로텍트, 헤이스트, 플라이 말이죠. 그것을 다 걸 무렵에는 절벽 꼭대기에서 화룡이 다가와, 대체로 브레스를 토해요. 그것에 맞춰 섬광병을 던지고 브레스를 불옷으로 몸을 웅크려 막은 뒤, 화룡의 눈이 먼 틈에 카미유가 쇠망치로 이마의 수정을 파괴. 지면으로 화룡을 끌어내리면 그 뒤로는 평소와 똑같은 흐름이에요."

"어제도 말했지만, 섬광병은 한 번밖에 던지지 않는 것이지?"

"네."

매직백에서 바로 섬광병을 꺼낼 수 있도록 조정하며, 츠토무는 카미유의 질문에 답했다.

"그럴 리는 없다고는 생각하지만, 만에 하나 섬광병이 실패한 경우는 카미유를 주축으로 날개를 공략할 예정이에요. 그리고 개막 브레스를 날리지 않을 경우는 다음의 브레스를 기다릴 거예요."

"자신이 있는 모양이로구나."

"아니, 그저 눈앞에 던질 뿐이니까요. 상당히 무섭기는 하겠지만, 실패하는 일은 거의 없을 거예요."

화룡에게 겁을 먹고 섬광병을 놓쳐서 화룡이 오기 전에 폭발, 같은 광경은 신대에서도 흔히 볼 수 있다. 하지만 맞으면 적이 강화, 또는 회복하는 스킬을 날리는 츠토무는 그런 압박감도 이미 익숙했다.

"가름은 무조건 죽지 않는 것이 중요해요. 큰 상처를 입으면 반드시 포션을 사용해 주세요. 최악의 경우 레이즈가 있지만, 사용하면 분명 제가 죽을 테니까요."

"음, 알았다."

가름은 허리에 있는 포션의 위치를 다시금 확인하며 고개를 끄덕였다.

"카미유는 기본 용화로 가요. 제가 공격을 멈추길 바랄 때는 메딕을 걸 테니까, 그때까지는 마음껏 해도 괜찮아요. 단 메딕을 걸면 반드시 공격을 멈춰야 해요."

"그래. 맡겨두어라."

더는 기다리지 못하겠는지 등에 멘 대검을 쥐었다 놨다 하는 카미유의 대답에, 츠토무는 일말의 불안을 느끼며 재차 경고했다.

"빨리 해치울 필요는 없어요. 천천히 시간을 들여 확실하게 해치울 거예요. 성급하게 공격해서는 안 돼요."

"알고 있다."

"뭐, 카미유라면 괜찮을까. 자, 그럼 제 정신력이 회복할 때까지는, 시간이 오래 걸릴 테니 수분 보급이에요. 그리고 소화가 잘되는 바나나라도 드세요."

물통과 바나나를 두 사람에게 던진 츠토무는 매직백에서 불옷을 꺼내, 그것을 입은 뒤에 다시금 도구를 정리했다. 섬광병, 쇠망치, 녹색 포션에 파란 포션. 할머니께 받은 서비스 포션도 단단히 허리춤에 있는 홀더에 꽂혀 있다.

츠토무의 매직백은 최고급품이라, 꺼내고 싶은 물건을 생각하고 손을 넣으면 금방 꺼낼 수 있다. 하지만 긴급할 때도 허둥대지 않고 꺼낼 수 있도록, 츠토무는 반복해서 떠올리고 제대로 꺼낼 수 있는지를 확인했다.

그리고 정신력을 완전히 회복한 츠토무는 불옷을 입은 두 사람을 돌아봤다. 가름은 진지한 얼굴. 카미유는 반짝반짝 눈을 빛내고 있다.

"그럼, 가 볼까요."

츠토무는 60층으로 가는 검은 문을 조용히 열었다.

화룡의 포효

세 사람은 얕은 절구형 지형이 펼쳐진 땅으로 전이되어 착지했다. 세 사람의 시야에는 도끼로 가른 듯한 한층 커다란 절벽이 저 멀리 보이고, 그 주변에는 크고 작은 다양한 계곡이 펼쳐져 있었다.

"플라이, 프로텍트, 헤이스트."

츠토무가 하얀 지팡이를 휘둘러 자신을 포함한 세 사람에게 지원 스킬을 걸었다. 가름과 카미유는 등의 무기를 양손으로 들고 자세를 잡기 시작했다. 그러자 전방에 있는 커다란 절벽 사이에서, 붉은 물체가 뛰쳐나왔다.

그 순간, 하늘에서 공기가 뒤흔들리는 포효가 터진다. 공기가 떨리며 비명을 지르고, 절벽에서 수많은 자갈이 후드득 떨어진다.

그 포효에 마치 심장을 찔린 것처럼, 가름과 카미유는 몸을 굳혔다. 두 사람은 몸 전체가 떨리고, 입안이 순식간에 메마른 것 같은 착각에 빠졌다.

거대한 붉은 날개를 펄럭이며 하늘에 군림하는, 압도적인 강자. 인간이 자기 영역에 들어온 것에 노호를 터트리는 화룡. 카미유는 대검을 든 채로 움직이지 않는다. 자신이 얼마나 보잘것없는 존재인지를 자각하게 되었기 때문이다.

가장 용에 가까운 신룡인으로 불리는 카미유. 하지만 화룡 앞에 서는 왜소한 존재였다. 지금도 무릎이 떨려 주저앉을 것만 같았다. 팔도 추위에 떠는 것처럼 희미하게 흔들리고 있다.

용인이라는 종족 특성상, 신대에서 보는 화룡에 대해 동경과 도전적인 감정을 지니고 있었다. 하지만 직접 화룡과 대치하고 그것이 잘못되었다는 것을 깨달았다. 자신이 저것과 가깝다니, 있을 수 없다. 저딴 것에, 사람이 이길 수 있을 리가 없다. 그것도 겨우 셋이서.

카미유가 공황상태에 빠져 있는 중에, 가름은 순수한 공포에 얼어 있었다. 약자가 강자에게 느끼는 두려움. 그 본능적인 감정에 그는 얼어붙을 수밖에 없었다.

"아, 이건 브레스가 올 모양이네요. 준비해 주세요."

그중에서 츠토무만은 평소와 다름없이 맥빠지는 목소리로 두 사람에게 지시를 내리고 있었다. 문드러진 고룡의 포효를 직접 받았던 츠토무에게, 화룡의 포효는 귀에 거슬리는 소리일 뿐이다.

그리고 츠토무는 얼어붙어서 움직이지 못하는 두 사람을 알아챘다. 두 사람의 어깨를 툭 두드려 보지만 반응을 보이지 않는다. 화룡은 가늘고 긴 목을 쳐들고 세 사람을 포착하고는, 날개를 평행으로 움직여 돌격 태세를 취하기 시작한다.

츠토무는 불옷에서 삐져나와 있는 가름의 바짝 선 검은 꼬리를 힘껏 움켜잡았다.

"으헉."

그 자리에서 펄쩍 뛴 뒤에 꼬리를 잡은 가름은 당황한 기색으로 돌아봤다. 츠토무는 어이없다는 표정으로 가름을 보고 있었다.

"쫄지 말고 빨리 움직여요. 슬슬 올 거예요."

츠토무가 도끼눈으로 지시를 내리자 가름은 다시 안절부절못하는 기색이었지만, 뱀처럼 몸을 꿈틀거리며 활공해 오는 화룡을 응시했다. 그리고 가위가 눌린 것처럼 움직이지 못했던 손을 움직여, 불옷 후드를 뒤집어쓰고 꼬리도 말아 넣었다. 츠토무는 아직 움직이지 않는 카미유의 뺨을 찰싹찰싹 때렸다.

"카미유?"

"무리다. 이길 수 없다."

카미유는 정신이 나간 듯한 기색으로 말을 흘리고, 휘청거리며 바닥에 주저앉고 말았다. 평소 자신만만했던 카미유가 완전히 동네 처녀와 그다지 차이가 없는 분위기가 되어서 츠토무는 당황했다.

"어? 잠깐, 왜 그러세요? 그런 사람이 아니잖아요, 당신은!"

"겨우 셋이서 상대할 수 있을 리가 없다."

"예에?! 하다못해 해보고 말을 해 주세요! 뭔가 전투민족 같은 느낌이었잖아요, 당신!"

"…………."

카미유는 오히려 신룡인인 탓에, 화룡에게는 이길 수 없다고 본능으로 깨닫고 말아 마음이 이미 꺾여 있었다. 겨우 세 사람. 자기만으로 화룡을 해치울 수 있을 리가 없다. 게다가 가름 혼자서 저런 괴물을 막아낼 수 있을 리도 없다. 카미유의 마음속에서 말이

소용돌이친다.

어깨를 흔들어도 기절한 것처럼 반응을 보이지 않는 카미유에게서, 츠토무는 살며시 손을 뗐다.

'이건, 예상 밖이네. 이렇게 겁이 많은 성격으로는 보이지 않았는데.'

설마 그렇게나 자신감이 넘쳐흐르던 카미유가 못 쓰게 될 줄은 예상하지 못했던 츠토무는, 바로 생각을 바꿔 담담하게 무기를 내리게 했다. 그리고 몸을 웅크리게 해 불옷으로 감싸주었다.

이미 화룡은 목 부분을 붉게 빛내며, 활공해 다가와 있다. 츠토무는 매직백에서 섬광병을 꺼내고 외쳤다.

"섬광 갑니다! 브레스!"

입에서 화염을 흘리며 다가오는 화룡의 앞에 츠토무는 섰다. 그리고 섬광병을 있는 힘껏 흔들어 내던졌다. 화룡은 지면을 불태우려는 듯이 불꽃을 토해냈다.

츠토무는 곧바로 소매가 긴 불옷으로 단단히 몸을 감싸고, 카미유가 제대로 브레스를 방어할 수 있도록 껴안았다.

공기를 불어대는 듯한 소리. 거기에 등으로 느껴지는 약간의 열기. 그리고 등을 돌리고 눈을 감고 있어도 느껴지는 광경. 츠토무가 10초 가까이 그것에 견디고 있자 브레스는 그쳤다.

섬광병은 훌륭하게 화룡의 눈앞에서 폭발을 일으켰다. 그것에 의해 일시적으로 눈이 보이지 않게 된 화룡은 날개를 퍼덕여 하늘에 머무르면서도, 두 눈을 감고 경계하듯이 긴 목을 좌우로 움직이고 있다.

몸을 웅크린 카미유를 보고 아직 움직일 수 없다고 판단한 츠토무는, 매직백에서 쇠망치를 꺼내 직접 화룡에게 접근했다.

가늘고 긴 전체상을 띤 화룡에게 점점 다가간다. 뱀처럼 긴 꼬리와 목. 네 다리에 검은 발톱이 세 개. 길쭉한 몸체에는 붉고 세밀한 비늘이 규칙적으로 붙어 있다. 츠토무는 슬금슬금 화룡의 얼굴 부근으로 다가간다.

입을 벌리면 그대로 삼켜질 것 같은 입. 화룡의 호흡을 바로 가까이에서 들은 츠토무는 등골이 오싹해지고, 이윽고 이마의 작은 수정을 발견했다. 쇠망치를 든 츠토무의 오른손에 힘이 들어간다.

하지만 머리를 흔들흔들 움직이고 있어 수정은 상당히 노리기 어렵다. 신대에서 봤던 것처럼 다가가 깨는 것보다, 이마에 올라타 깨는 편이 확실하다고 츠토무는 판단하고 마음을 굳게 먹었다. 만약 여기서 수정을 깨는 것이 실패하면 카미유가 움직이지 못하는 지금, 하늘을 자유롭게 나는 화룡을 상대로는 전혀 손을 쓸 수 없게 된다.

츠토무는 다시금 각오하고 자신에게 헤이스트를 건 뒤, 화룡의 이마로 힘차게 다가갔다.

화룡의 이마에 무릎부터 착지하고, 곧바로 츠토무는 한 손을 치켜들어 쇠망치를 내려쳤다. 수정의 중심을 쇠망치가 때리자, 요란스러운 화룡의 포효가 츠토무를 덮쳤다. 대음량을 받고 츠토무는 평형감각을 잃어, 화룡의 이마에서 밀려난 것처럼 물러났다.

크게 입을 벌리고 접근하는 화룡의 깨물기. 암석마저 깨부술 듯한 날카로운 이빨이 가지런히 나 있는 입안이 츠토무를 맞이한다.

츠토무는 하얀 지팡이를 입안으로 겨눴다.

"에어 블레이드!"

그 입으로 츠토무는 최대 출력의 에어 블레이드를 때려 넣었다. 입안을 가볍게 베인 화룡이 움츠러든 사이에 그는 서둘러 지상으로 도망쳐 돌아왔다.

츠토무는 소름이 돋은 피부를 쓸며, 수정의 힘을 잃고 지면을 향해 활공해 오는 화룡을 바라봤다. 그리고 귀를 막고 휘청거리며 볼품없이 바닥에 착지했다. 발목이 우득 접질린다.

"아얏!!"

왼쪽 발목을 접질린 츠토무는 바닥을 굴러 아픔에 몸부림쳤다. 귀도 들리지 않아 감각이 약해진 츠토무는 한동안 일어나지를 못했다.

"워리어 하울."

그리고 수정이 깨져 비행 능력을 잃은 화룡을 향해, 가름이 큰 방패와 갑옷을 두드렸다. 워리어 하울의 음향에 이끌린 화룡은 가름 쪽으로 시선을 돌렸다.

츠토무는 간신히 잦아든 이명에 머리를 흔들고, 착지 때 다친 발목에 힐을 걸었다. 그리고 아직 일어나지 못하는 카미유에게 달려갔다. 공황상태라는 상태이상은 게임에 없었지만, 그것은 용화도 마찬가지. 츠토무는 혹시 몰라 카미유에게 메딕을 걸었다.

그러자 효과가 있었는지는 알 수 없지만, 카미유의 눈동자에 힘이 돌아온 것을 츠토무는 느꼈다. 츠토무는 밝은 목소리로 말을 걸었다.

"괜찮아요?"

"괘, 괜찮다."

카미유는 떨어진 대검을 손에 들고, 어린 스피어 디어처럼 다리를 떨며 일어났다. 누가 봐도 싸울 수 있는 상태가 아니다. 츠토무는 억지로 일어나려 하는 카미유의 어깨를 누르고 타일렀다.

"프로텍트. 응. 전혀 괜찮아 보이지 않네요. 일단은 브레스만 경계하고, 한동안 견학해 주세요."

"나, 나는."

"마침 연습하고 싶었어요. 갑자기 용화를 해버리면 제가 따라가지를 못하니까요."

그렇게 말하며 카미유에게 불옷을 다시 씌워준 츠토무는, 가름에게 프로텍트를 날렸다. 그리고 입술을 떨고 있는 카미유를 안심시켜주듯이 웃어 보이고, 플라이로 떠올라 화룡의 머리를 반대쪽으로 돌리기 시작한 가름에게 다가갔다.

카미유는 오랜만에 맛본 공포라는 감정에 저항력이 없었고, 또한 두 사람을 완전히 믿지 못했다. 그 두 가지가 겹쳐서 몸이 돌처럼 굳어버리고 말았다.

그것에 비해 가름은 처음에는 공포로 경직했지만, 츠토무를 절대적으로 신뢰하고 있다. 따라서 화룡의 눈앞에 놓이게 되더라도, 공포로 몸이 얼어붙는 일은 없었다.

뒤쪽 두 발로 일어선 화룡은 긴 꼬리를 채찍처럼 휘두른다. 가름은 방패를 양손으로 들어 그것을 막지만, 견디지 못하고 튕겨 날아간다. 바위 바닥을 긁어내면서도 가름은 쓰러지지 않았다.

"실드 스로."

가름은 방패를 투척했다. 그것이 화룡의 오른쪽 뒷다리에 맞았지만, 가볍게 튕겨서 가름의 손으로 되돌아온다. 화룡은 가름을 바라보고 숨을 들이켰다.

"브레스!"

츠토무가 외치는 것과 동시에 화룡의 입에서 작열하는 숨결이 쏘아진다. 가름은 입고 있는 불옷을 단단히 뒤집어쓰고 등을 돌렸다. 불꽃이 가름을 구워 버리려는 것처럼 덮친다.

그대로 15초 정도 브레스를 토해냈던 화룡은 불꽃을 씹어 끊는 것처럼 중단했다.

"컴뱃 크라이!"

뒤집어쓰고 있던 불옷을 젖힌 가름에게서 붉은 투기가 쏘아졌다. 그것은 화룡의 발치를 덮는다. 그것을 보고 격앙한 듯한 울음소리.

"힐."

츠토무는 조금 떨어진 장소에서 힐로 가름의 몸 전체를 회복했다. 네 다리를 땅에 붙인 화룡은 기듯이 가름에게 다가갔다. 네 다리 앞에 있는 검은 발톱이 딱딱한 바닥을 으드득으드득 파낸다.

발톱을 이용한 참격과 깨물기만은 직접 맞지 않도록 츠토무에게 경고를 받았던 가름은, 네 다리로 다가와 휘둘린 앞다리, 날카로운 발톱의 참격을 방패로 받았다.

사람이 찬 돌멩이처럼 가름은 크게 날려졌다. 그가 신고 있는 철신발이 바닥을 긁어 날카로운 소리를 낸다. 굴러가며 자세를 다시 일으킨 가름은 다시금 화룡에 맞섰다.

꼬리를 이용한 채찍 같은 타격. 앞다리의 할퀴기. 가름은 전부 큰 방패로 받고 지면을 이리저리 날아간다. 하지만 결코 쓰러져 눕는 일은 없다. 날아가면서도 자세를 바로잡고, 곧바로 화룡에게 다가간다.

수없이 쳐서 날리는데도 건방지게 다시 다가오는 가름을 보고, 화룡은 다시금 격앙한 울음을 흘린다. 눌러 죽이기 위해 앞발을 휘두르지만, 그 짓밟기만은 피해버린다.

그런 가름에게 츠토무는 힐과 프로텍트를 계속해서 날려 맞힌다. 츠토무에게 화룡의 시선이 향하려 하면 가름은 실드 스로, 컴뱃 크라이 등으로 주의를 끈다.

한동안 그 반복이 이어졌다. 가름은 긴 목을 움츠린 뒤에 창을 찌르는 것처럼 쏘아지는 깨물기를 피하고, 브레스는 츠토무의 목소리와 동시에 불옷을 뒤집어써 불꽃을 막는다.

그것을 수십 분 정도 반복하자 츠토무는 매직백에서 수통을 꺼낸 뒤, 가름의 근처로 하늘에서 다가가 스킬을 발동한다.

"배리어."

투명한 벽 모양의 배리어가 가름과 화룡의 사이를 가르고 들어오는 것처럼 전개되었다. 갑자기 나타난 장벽에 물러나는 화룡. 하지만 그 배리어는 화룡의 공격이라면 일격에 부서지는 것이다.

하지만 그 일격을 막는 것으로, 가름이 한숨 돌릴 틈을 만들 수가 있다. 츠토무는 화룡에게서 거리를 벌린 가름에게 물을 마시게 했다. 조금 흐트러진 호흡을 보고 츠토무는 메딕을 걸어두었다.

배리어를 발톱을 이용한 참격으로 종이처럼 찢은 화룡. 가름에게서 수통을 넘겨받은 츠토무는 격려하듯이 그의 등을 두드리고 화룡에게 보냈다.

'괜찮아. 이 상태라면 가름은 무너지지 않아. 회복도 따라가고 있어.'

가름은 탱커로서의 역할을 완전히 끌어내고 있다. 적어도 가름과 츠토무가 무언가 실수하지 않는 한, 지는 일은 없다.

하지만 이길 수도 없다. 가름만으로는 화력이 부족하고, 츠토무가 공격으로 이행하면 어그로 관리가 어려워져 파란 포션 소비도 늘어난다. 딜러가 없어서는 승리할 수가 없다.

츠토무가 카미유 쪽으로 눈을 돌리자, 그녀는 대검을 들고 곁으로 날아오고 있었다. 수십 분 동안 화룡을 상대로 둘이서 싸웠던 그들의 모습을 보고 카미유는 용기를 얻었다.

"카미유! 이제 괜찮아요?!"

"미안하다. 한심한 모습을 보였다."

"응? 아아, 수면 부족은 이제 괜찮으신 거죠?"

"그렇다!"

머리를 숙이는 것을 보고 짓궂게 웃으며 말한 츠토무에게, 카미유는 평소대로 자신감이 넘쳐흐르는 목소리로 답했다. 츠토무는 그 모습을 보고 안도했다. 이것으로 모든 패가 모였다. 이제부터가 승부라고, 츠토무는 화룡을 사냥꾼 같은 눈으로 노려봤다.

용화해방

카미유가 부활하고 세 시간 정도가 지났다. 무너지지 않는 탱커 가름과 지시를 잘 듣는 딜러 카미유. 그런 두 사람 덕분에 츠토무는 여유가 있었다.

플라이로 날며 대검을 들고, 화룡의 모습을 살피고 있는 카미유. 화룡을 방어하는 데 익숙해지기 시작하고는 불필요한 힘을 억눌러 눈에 띄는 피로가 보이지 않는 가름. 한 번 화룡의 가늘고 긴 꼬리에 붙잡혀 암석 지대에 내던져져 팔이 부러진 적도 있었지만, 그것을 제외하면 크게 피격당하는 일도 없이 움직이고 있다.

시험관 병에 든 파란 포션을 절반 정도 마신 츠토무는, 가름을 쉬게 해 주기 위해 배리어를 치러 갔다. 대략 한 시간에 한 번 파란 포션을 한 개 소비하고, 나머지는 자연 회복만으로 정신력이 충분하다.

매직백에서 준비한 수통과 소금 사탕을 꺼내 가름에게 준다. 그것들을 먹는 사이에 땀으로 축축이 젖은 머리를 수건으로 가볍게 닦아주고, 갑옷 냉각을 위해 물의 마석도 보충한다.

화룡이 몸통박치기로 배리어를 파괴하고 다가온다. 츠토무는 메딕을 건 뒤에 그 자리를 이탈했다. 그리고 가름이 워리어 하울을 사용해 화룡의 어그로를 끈다.

기본적으로는 방패로 모든 공격을 받고, 짓밟기와 깨물기만은 피한다. 때때로 틈을 봐서는 앞다리를 중심으로 검으로 공격하는 가름. 그리고 츠토무가 손짓으로 지시하면 카미유가 화룡에게 날아서 다가가, 대검으로 꼬리 자르기를 시도하고 있다.

화룡의 공격 중에서도 꼬리를 이용한 구속, 그것이 위험하다고 판단한 츠토무는 카미유에게 꼬리를 노리라고 전달했다. 화룡의 꼬리 뿌리 부분은 비늘이 두껍기 때문에 상당히 상처 입히기가 어렵지만, 그래도 두 시간 동안 정기적으로 공격을 가하고 있었기 때문에, 그 단단한 비늘도 찌부러지기 시작했다.

만약 카미유가 용화를 사용했다면 이미 잘렸겠지만, 현재는 용화를 사용하지 못하는 상태였다. 역시 아직 화룡에 대해 공포가 남아 있는지, 발동할 수 없다고 한다.

모처럼 연습했던 설치형 헤이스트를 쓸 수 없다는 사실에 츠토무는 낙담하고, 게다가 용화를 포함해 작전을 짰으니까 솔직히 말하자면 아쉽다. 하지만 미안해하는 카미유를 질책하는 말은 입에 담지 못하고, 웃는 얼굴로 괜찮다는 뜻을 전했다.

실제로 원래의 딜러는 에이미로 돌파하려고 했던 화룡이다. 그렇게 생각하면 용화가 없다 해도 화력은 올라가 있으니까 차라리 낫다고, 츠토무는 긍정적 사고로 기분을 전환했다.

그렇게 츠토무에게 말을 들은 카미유는 자기 자신이 몹시 한심했다. 현재 꼬리를 공격하고 있는 카미유는 이를 악물었다. 두 사람에 비해, 자신은 이리도 꼴불견이다. 그런 마음이 가득했다.

현재도 가름이 확실히 화룡을 붙잡고 있는 덕분에, 카미유만을 노린 본격적인 공격은 아직 한 번도 당하지 않았다. 꼬리에 맞거나 뒷다리에 차일 뻔한 적은 있지만, 화룡의 시선은 가름에게 거의 고정되어 있었다. 가끔 그 시선이 츠토무나 카미유에게 옮겨가도, 가름이 바로 어그로를 끌고 있다.

동료라는 것이 이토록 든든한 것이었는가, 카미유는 대검을 내려치며 생각했다.

지난번 대량의 몬스터에게 습격받았던 협곡 4연전. 카미유는 3연전 때 파티가 무너지리라고 생각해, 앞뒤 가리지 않고 용화를 해 전력으로 싸웠다. 하지만 가름은 대량의 몬스터를 유도해, 아무리 공격당해도 쓰러지지 않았다. 츠토무는 지원 스킬을 끊지 않고, 게다가 상처를 입어도 숨을 한 번 쉴 무렵에는 회복해 줬다. 그 결과, 카미유의 예상은 빗나가 누구 하나 죽지 않고 간단히 4연전을 돌파하고 말았다.

이렇게나 동료가 든든하다고 생각한 적은, 던전에 처음 들어간 당시부터 지금까지 한 번도 없었다. 카미유에게 동료란, 자신이 전진하는 길에 따라올 수 있는 이들을 말하는 것이었다.

용화한 카미유의 옆에 설 수 있는 사람은, 지금까지 한 명도 없었다. 항상 자신이 선두에 서고, 거기로 동료가 따라온다. 그것은 남편도 마찬가지였다. 카미유는 누구보다도 명예를 손에 넣어, 취해 있었다. 그리고 그것을 파티 멤버, 클랜 멤버와 나누었다.

하지만 그것을 진정한 의미로 나눌 수 있는 사람은 없었다. 클랜의 중심이자 딜러의 에이스였지만, 동시에 고독하기도 했다. 등을 따라와 줄 동료는 있어도, 맡길 수 있는 동료는 없었다.

하지만 지금은 그것을 나눌 수 있을지도 모르는 동료가 있다고, 카미유는 그 4연전을 겪고 느끼고 있었다.

하지만 그런 식으로 느끼고 있었는데도 화룡을 눈앞에 둔 순간 두 사람을 믿을 수 없게 되었다. 저런 괴물에게 이길 수 있을 리가 없다고 새끼 토끼처럼 자신이 떨고 있는 사이, 두 사람은 아무렇지도 않은 얼굴로 화룡과 싸웠다. 그리고 꼴사나운 자신을 이끌어 주었다.

용화를 할 수 없다. 카미유가 그렇게 말하자 츠토무는 웃으며 괜찮다고 손을 흔들었다. 그리고 그가 말한 대로, 이미 긴 시간을 화룡과 싸우고 있다. 그녀는 그 사실에 안심하는 동시에 참담함과 분함을 느끼고 있었다.

가름은 이미 몇십 번이나 화룡에 의해 날아가고, 한 번은 화룡의 꼬리에 구속되어 큰 상처를 입었다. 하지만 그는 꺾일 기색도 없이, 강대한 화룡에 맞서고 있다.

츠토무도 그렇다. 카미유의 임무였던 수정 깨기를 어려움 없이 대신 실행하고, 지금도 화룡의 움직임을 보며 지원 스킬을 끊지 않는다. 발목을 잡는 것은 자신뿐이다. 정말로 이래도 좋으냐고 자신을 채찍질했다.

뒤를 달리며 따라왔던 동료. 하지만 지금은 동료가 옆을 달리고 있다.

그렇다면 자신도 멈추면 안 된다고, 그녀는 입을 열었다.

"용화."

카미유의 몸에 붙어 있는 붉은 비늘에서 붉은빛이 흘러나온다. 이전처럼 은은한 빛이 아니다. 강력한 태양 같은 빛이었다.

붉은 머리와 눈동자가 진홍색으로 물든다. 등에서는 붉은 날개가 소생하는 것처럼 모습을 드러냈다. 카미유는 몸에 깃든 힘을 해방하듯이 외치고, 화룡의 꼬리로 대검을 내려쳤다.

"아아아아아아아아아아아아아!!!"

내려친 대검은 우그러진 비늘을 눌러 깨트린다. 갑작스러운 강력한 공격에 화룡은 뒤쪽의 카미유에게 몸을 돌렸다. 하지만 카미유는 이미, 화룡의 시선에 겁먹는 일이 없었다.

"파워어어 슬래에에시이이이!!"

양손으로 잡은 대검을 다시금 위로 치켜들고, 내려친다. 카미유를 중심으로 여파가 퍼졌다. 대검이 꼬리를 뚫는다. 눌러 끊는 것처럼 살을 가른다. 대검이 땅을 때렸다.

화룡의 긴 꼬리는 훌륭하게 절단되고, 화룡은 처음으로 받은 격통에 주춤했다. 땅을 기듯이 몸을 꿈틀거려 그 자리에서 이동한다.

이전의 용화와는 달리, 선명한 의식. 마치 안개가 걷힌 것 같은 감각에 저도 모르게 웃음을 지었다. 전능감으로 가득 찬 몸을 움직여, 카미유는 계속해서 화룡에게 추가 공격을 가했다.

▷ ▷

"메딕. 가름! 어그로 잡아 주세요!"

"컴뱃 크라이."

꼬리의 뿌리에서 줄줄 피를 흘리는 화룡은 자신의 브레스로 상처를 태웠다. 통증에 억눌린 소리가 울려 퍼진다. 그리고 금색 눈에 분노로 핏발을 세웠다.

꼬리를 끊은 것에 의해 카미유는 화룡의 어그로를 너무 끌었다. 어그로를 더 모으면 곤란하기 때문에 용화 상태를 해제시키기 위해, 츠토무는 추격하러 가는 카미유에게 메딕을 날렸다. 그리고 가름은 컴뱃 크라이를 화룡에게 날리지만, 적의는 카미유에게서 벗어나지를 않는다.

하지만 카미유는 츠토무가 날린 메딕을 슬쩍 옆으로 피했다. 그 사실에 놀라 다시 한번 메딕을 쏘려 하기 직전에, 그녀는 츠토무에게 손을 흔들었다.

'의식이, 있는 건가?'

용화는 LUK을 제외한 모든 스테이터스를 끌어올려 주는 대신에, 광화 상태가 되고 만다. 그것이 카미유에게 들었던 유니크 스킬 용화의 효과로, 츠토무도 자기 눈으로 보고 그것을 확인했었다. 용화 상태의 카미유는 약간 의식이 남아 있기는 하지만, 세세한 대화는 할 수 없었다.

하지만 지금의 카미유는 멀리서 걱정하지 말라는 듯한 제스처를 취하고 있었다. 그리고 꼬리의 상처를 지진 화룡은 두 다리로 일어나, 날고 있는 카미유를 잡아먹을 것처럼 이동하기 시작한다.

이마의 수정을 깨서 비행 능력을 약화시켰다고는 해도, 어디까지나 장시간 비행 능력에 한하며, 전혀 날 수 없게 된 것은 아니다.

화룡은 발톱을 암석지대에 꽂으며 절벽을 올라가더니, 벽을 박차고 공중에 있는 카미유를 덮쳤다.

카미유는 하늘을 박차듯이 급강하해 그것을 피하고 지상으로 향한다. 수평으로 날개를 펼친 화룡은 하늘을 날면서 땅으로 향한 카미유를 쫓았다.

"컴뱃 크라이. 워리어 하울. 실드 스로."

츠토무에게 파란 포션의 사용을 허가받았던 가름은 그것을 절반 마신 뒤, 자신의 몸에서 붉은색 파도를 화룡에게 박아넣듯이 쏘았다. 그리고 방패를 갑옷에 때려 소리를 울리게 한 뒤, 다시 떨리고 있는 방패를 화룡의 얼굴을 노리고 내던진다.

워리어 하울의 음향을 실은 방패는 화룡의 머리에 있는 뿔에 맞아, 화룡은 청각이 교란되었다. 모든 정신력을 최대한 담았기 때문에 가름은 나른함을 느끼고, 파란 포션으로 그것을 해소했다.

"브레스!"

화룡은 하늘에서 숨을 들이킨 뒤, 지면으로 불꽃을 뿌려대며 착지했다. 가름은 그것을 불옷으로 막았지만, 화룡이 착지할 때 일으킨 풍압에 불옷이 뒤집혀 브레스를 조금 맞고 말았다.

하지만 가름의 VIT는 프로텍트를 포함해서 A. 불옷 없이 브레스를 맞아도 그는 어찌어찌 움직일 수 있을 정도로는 견딜 수가 있다. 가름은 화상을 입은 뺨을 신경 쓰지 않고 후드를 걸고 방패를 들었다.

"힐."

가름의 화상을 츠토무의 힐이 치유한다. 꼬리가 거의 없어진 화롱은 몸의 밸런스가 무너졌는지, 이족보행이 조금 서툰 느낌이었다. 화롱의 시선은 다시 가름에게 못 박혔다.

츠토무는 가름에게 프로텍트를 건 뒤, 아직 용화 상태를 유지하며 땅에 내려온 카미유에게 다가갔다. 츠토무를 알아챈 카미유는 웃는 얼굴로 그를 맞이했다.

"저기, 제가 하는 말 알아들을 수 있나요?"

"뭐냐, 바보 취급을 하는 것이냐? 내가 말을 못 알아들을 리가 없지 않으냐."

"아니 그게, 용화 중이잖아요? 어째서 그렇게 유창하게 말할 수 있게 된 건가요?"

"모르겠다. 하지만 좋지 않으냐?"

"전투 중에 진화하는 건가……."

정말로 전투민족 같구나, 하고 츠토무는 마음속으로 생각하며, 가름이 시야에 들어오는 위치로 이동한다. 카미유는 기쁜 듯이 양손을 펼쳤다가 꾹 닫았다.

"아마도, 너희 덕분이겠지. 고맙다."

"뭔가요, 그건."

"아니, 아무것도 아니다. 그것보다도, 아직 안 되느냐? 이제 괜찮지 않겠느냐? 빨리 이 힘을 시험해보고 싶다만."

"메딕."

"아아!!"

위험한 소리를 하고 숨을 헉헉대며 다가온 카미유에게, 츠토무는 일단 메딕을 걸었다. 그러면 용화 상태가 풀리는 것은 변함없는 모양이라, 빛나던 붉은 비늘의 기운이 잦아들었다. 등의 날개는 시커멓게 변해 뚝 떨어진다.

"아아……. 끝나고 말았다."

"아니, 갑자기 용화해서 꼬리를 덜컥 짤라 버리다니, 무슨 생각을 하는 거예요. 깜짝 놀랐잖아요. 심장에 안 좋아요."

"조금은 칭찬해줘도 되지 않으냐."

토라진 것처럼 대검을 지면에 꽂은 카미유. 츠토무는 가름을 곁눈질로 확인하면서도, 조금 따가운 시선을 보냈다.

"처음에 겁먹고 지리지만 않았다면 칭송했겠지만요."

"화, 확실히 겁먹기는 했지만, 지리지는 않았다! 자 봐라!"

가죽 바지를 잡아당겨 보여주는 카미유를 무시하고 츠토무는 힐을 날려, 가름의 왼손에 맞혔다. 여전히 끈질기게 보여주려고 드는 카미유를 달래고, 츠토무는 지시를 내렸다.

"앞으로 3분 정도 지나면 다시 용화를 써요. 다음에는 날개를 노려 주세요. 일단 그 용화는 어쩌다가 그렇게 된 거라고 생각할 수도 있으니까, 의식이 있다면 이쪽으로 손을 흔들어주세요."

"알았다."

"어라? 바지, 젖지 않았나요?"

"땀이다! 이것은 땀이야!"

"아 네."

츠토무의 지적에 당황한 것처럼 다시 바지를 붙잡은 카미유. 츠토무는 배려해 주듯이 카미유와 멀리 떨어진 다음, 가름에게 다가가 최선의 서포트를 할 수 있도록 정신을 다잡았다.

광견재래

 카미유가 의식을 유지한 채로 용화하는 데 성공한 뒤로 다시 네 시간. 설치형 헤이스트를 더욱 선명해진 의식으로 밟을 수 있게 된 카미유. 그 움직임과 화력은 무지막지했다.

 세 시간 만에 화룡의 양 날개는 누더기가 되고, 얼굴도 한쪽 눈에서부터 입가를 가르듯이 찢어졌다. 검은 발톱은 몇 개나 송두리째 잘려 나갔고, 길쭉한 몸 옆구리에도 구멍이 뚫렸다. 그 상처가 생기고 발광 상태가 된 화룡은 현재 무차별로 공격을 연발하고 있었다.

 츠토무와 카미유는 브레스를 불옷으로 막는다. 하지만 가름의 불옷은 발톱에 긁히고 바닥을 구를 때 찢겨, 곳곳에 구멍이 나고 말았다. 죽지는 않지만 브레스를 맞을 때마다 가름은 화상을 입게 되어, 그는 그때마다 몇 번이나 츠토무에게 힐을 받았다.

 게다가 공격은 브레스만이 아니다. 거대한 긴 몸체로 바닥을 기어가듯이 해서 짓눌러 죽이려 하거나, 바위를 가볍게 자르는 검은 발톱으로 세 사람을 토막 내려고 한다. 그리고 목을 움츠렸다가 화살처럼 쏘아지는 깨물기가 가장 골치 아프다. 빠른 데다가 맞으면 가름이라도 즉사할 가능성이 있다. 그 공격이 무차별적으로 날아와 세 사람은 긴장을 풀 수가 없다.

츠토무의 헤이스트를 밟은 용화 상태의 카미유는 엉망이 되어서 무차별 공격하는 화룡을 어떻게든 하려고 다가갔다. 망가진 한쪽 눈 방향에서 다가가 목에 대검을 날리려 하지만, 도중에 화룡이 알아채 견제당한다.

나머지 한쪽 눈도 없애고 싶지만, 화룡이 얼굴로 오는 공격은 최대한 경계해서 손을 쓰기 어렵다. 게다가 카미유 자신도 연속으로 용화를 거듭한 탓인지 움직임이 둔해졌고, 한번 호된 반격을 당해 중상을 입었다.

츠토무는 그때 어그로를 관리하느라 카미유에게 할머니에게 받았던 서비스 포션을 마시게 했는데, 그 효과가 엄청났다.

할머니가 특별히 만든 그 녹색 포션은 도시 바깥의 던전에서 얻을 수 있는 희귀한 소재를 아낌없이 사용한 물건이었다. 그 덕분에 카미유는 바로 회복해 전투에 복귀할 수가 있었고, 츠토무는 마음속으로 할머니께 감사를 전했다.

하지만 60층에 들어와 화룡과 싸우기 시작한 지 벌써 8시간 정도가 지났다. 그다지 움직이지 않는 츠토무마저 피로가 누적되어 있었다.

그리고 이때까지 탱커를 도맡은 가름의 상태도 좋지 않다. 힐과 메딕이 있긴 하지만, 8시간에 걸친 전투로 가름의 집중력은 이미 무디어져 있었다. 그 증거로 피격이 눈에 띄게 증가했다.

망가진 장비 교환도 이미 세 번을 했지만, 또다시 방패가 찌그러졌다. 예비 장비는 츠토무가 많이 준비했지만, 그것을 교환할 시간을 만들기 위해서도 배리어를 사용해야만 한다.

이번 화룡전은 장기전일 것으로 예측했던 츠토무는 가름의 부담을 줄이기 위해 30분마다 배리어로 10초나마 휴식을 집어넣었다. 그리고 메딕 등도 어그로를 넘지 않는 선에서 걸어주었다.

하지만 메딕과 힐이 있다고 해도, 정신적인 부분은 츠토무가 치료할 수 없다. 게다가 메딕은 상태이상을 치료하는 것이다. 확실히 피로 상태라는 상태이상이 있지만, 8시간에 걸쳐 축적된 피로가 메딕으로 완전히 치유될 리도 없다.

그리고 6시간 이내에 처리할 예정을 훨씬 넘어, 이미 2시간을 초과했다. 카미유의 트러블이 있었다고 해도 시간이 너무 오래 걸려, 가름에게 그 부담을 전부 떠넘기고 있다. 카미유가 화룡에게 공격당하면 다시 상태가 안 좋아질지도 모른다고 생각해, 화력을 너무 억제한 면도 있다고 츠토무는 반성했다.

8시간 화룡의 공격에 노출되었던 가름의 몸과 정신은 점점 소모되어, 진즉에 그 한계를 넘은 상태였다.

'안 좋은데.'

츠토무는 내심 그렇게 생각하면서도 얼굴에는 드러내지 않고, 담담하게 가름에게 프로텍트를 날려 유지한다. 끈질긴 화룡과 가름에게 온 체력 한계. 예상과는 다른 전개에 츠토무는 고민하고 있었다.

츠토무는 카미유의 공격을 자신의 예측으로 게임과 마찬가지로 수치로 변환하고, 화룡의 체력에 적용해 남은 체력을 계산하고 있다. 초반에 트러블이 생겨서 일찌감치 계산이 어긋났지만, 그래도 용화를 되찾은 카미유의 화력은 그것을 이미 보충했다.

츠토무의 계산으로는 이미 화룡의 체력은 바닥이 났어야 할 텐데, 무한히 움직이는 것이 아닌가 하고 착각할 정도로 쇠약함을 보이지 않는다. 피를 몇 번이고 흘려도 스스로 불꽃을 뿜어 상처를 지지는 응급 치료. 그것이 화룡의 출혈을 최소한으로 줄여, 체력 소모를 막고 있었다.

화룡은 눈에 띄게 약해지기 시작했다. 틀림없이 이미 실낱같은 목숨일 터. 하지만 그 움직임은 조금 둔해진 정도로, 아직 방심할 수 없는 상황이었다. 특히 츠토무의 VIT로는 어느 공격이라도 맞으면 중상을 피할 수 없으니까 신경을 곤두세울 필요가 있었다.

긴 시간 탱커를 맡아준 가름을 위해서라도 빨리 화룡을 해치우고 싶은 마음이 간절하지만, 지금 여기서 총공격을 감행해도 완전히 체력을 깎아내지 못할 가능성이 있다. 수치만 보면 반드시 해치울 확신이 츠토무에게는 있다. 하지만 저 화룡의 모습을 보고는 단언할 수가 없었다.

이대로 전투를 계속해야 할지, 전원이 단숨에 총공격에 들어가야 할지, 츠토무는 망설이고 있었다. 그리고 두 사람에게 판단을 묻자고 마음먹고 가름에게 프로텍트를 건 직후.

가름이 갑자기 쓰러졌다. 숏소드를 놓치고 큰 소리를 내며 쓰러진 가름을 보고, 츠토무는 작은 눈을 번쩍 떴다.

지면에 있는 것은 화룡의 검은 발톱에 뚫린 구멍. 바닥을 의식하지 못하고, 가름은 그 구멍에 발이 걸려 넘어지고 말았다.

"가름!"

그 가름의 머리 위로 커다란 발 모양의 그림자가 드리운다.

다가오는 화룡의 앞발. 가름의 모습이 화룡의 앞발에 가려졌다.

함몰하는 대지. 화룡은 앞발을 다시 치켜든다. 츠토무는 재빨리 하얀 지팡이를 휘둘렀다.

"하이 힐! 카미유! 화룡의 앞발을 공격! 하이 힐!"

화룡이 앞발을 치켜든 순간에 츠토무는 하이 힐을 탄환처럼 가름에게 쏘았다. 그리고 다시금 앞발은 바닥을 내리찍는다. 화룡은 사력을 쥐어짜는 듯한 포효를 터트리며 가름을 세 번 짓밟았다. 화룡이 다리를 치켜드는 사이에 츠토무는 하이 힐을 쏘았다.

츠토무의 지시를 받은 카미유가 날개를 펼쳐 화룡에게 접근했다. 미친 듯이 앞발을 치켜든 화룡. 대검을 든 카미유가 그 앞발과 스쳐 지나가자 선혈이 튀었다.

비명을 터트리며 물러나는 화룡. 츠토무는 함몰된 지면에서 입자가 나오지 않는 것을 확인하고 위에서 그 구멍을 들여다봤다. 그곳에는 방패로 자기 머리를 지키고 있는 가름이 분명히 있었다.

츠토무는 화룡의 어그로가 카미유에게 넘어간 것을 확인한 뒤, 그 진행 방향에 헤이스트를 놓았다.

"카미유! 피하는 데 집중! 죽지 마요!"

그 지시를 날린 츠토무는 플라이로 몸을 띄워 구멍 안으로 내려가 가름에게 가까이 다가갔다.

입에서 다량의 피를 토하고 있는 가름. 아마도 내장이 파열되었을 것으로 추측한 츠토무는 그 배에 손을 대고 하이 힐을 건 뒤, 자기 허리춤에 있는 녹색 포션의 뚜껑을 열어 가름의 입에 부었다.

그리고 잠시 지나자 가름은 회복되었는지, 바닥에 파묻힌 두 팔을 뽑아 천천히 몸을 일으켰다.

　"괘, 괜찮아요?"

　가름은 숨이 막힌 것처럼 기침한 뒤, 검붉은 피와 빠진 이를 퉤 뱉은 뒤에 일어났다. 은 갑옷은 가름 자신의 피로 물들었다. 츠토무는 그 모습을 보고 조금 겁을 먹으며 그에게 제안했다.

　"지금부터는 총력전으로 가도록 해요. 이제 탱커는 하지 않아도 돼요."

　츠토무가 그렇게 말하자 가름은 가로로 꺾인 왼팔을 자력으로 고치고, 왼손의 손가락을 스스로 강제로 올바른 방향으로 되돌렸다. 츠토무는 그 끔찍한 소리에 낯빛이 창백해졌다.

　그리고 가름은 허리춤의 포션을 마시려 했지만, 충격에 강한 병이 파손되어 내용물은 바닥에 흘러 있었다. 츠토무가 자기 허리춤에서 녹색 포션을 꺼내 내밀자 가름은 그것을 바로 마셨다. 절반쯤 마신 병을 츠토무에게 돌려준 가름은 두 팔을 감각을 확인하듯이 팔을 돌리고 손가락을 움직였다.

　"그럼, 가볼까요."

　그렇게 말하고 플라이로 떠오르려 했던 츠토무의 어깨를, 가름은 덥썩 붙잡았다. 플라이로 뜨는 힘보다도 강한 힘에 츠토무는 자세가 무너졌다.

　"어째서 탱커를 그만둘 필요가 있지?"

　"네?"

　"마지막까지, 하게 해줘라."

마치 유령 같은 눈을 한 가름이 바라보자, 츠토무는 저도 모르게 비명을 흘릴 뻔했다. 가름은 츠토무의 어깨에서 손을 떼고 갑옷에서 피를 흘리며 플라이로 떠올랐다.

"지금 것으로 정신이 들었다. 탱커는 나에게 맡겨라."

"아, 네."

"뒤를 부탁한다."

그렇게 말하자마자 뛰쳐나간 가름. 정신력을 최대로 담은 컴뱃 크라이가 카미유를 덮치고 있는 화룡을 감싼다.

"와라!!"

목에 피가 조금 남아 있는지 걸걸한 목소리로 가름이 외쳤다. 그 목소리에 호응하듯이 카미유를 따라다녔던 화룡은 노성을 터트린 가름을 돌아봤다.

화룡이 당황한 것처럼 시선을 이리저리 돌리고, 카미유와 구멍에서 기어 나온 츠토무를 교대로 본 순간. 화룡의 망가진 눈을 도려내듯이 방패의 아랫부분이 꽂혔다. 워리어 하울의 진동이 남아 있는 방패가 화룡의 머리를 뒤흔든다.

"네 녀석의 상대는, 나다."

돌아온 큰 방패를 왼손으로 받아내는 가름. 그 입은 즐거운 듯이 일그러지고, 사냥감을 모는 사냥개 같은 눈빛을 띠고 있었다.

마치 가름의 도발이 들린 것처럼 화룡은 입을 크게 벌려 큰소리를 질러대고, 네 다리를 달려 돌진했다.

공중에서 화룡의 공격을 필사적으로 피하고 있던 카미유는 구멍에서 올라온 츠토무의 옆에 착지한다. 화룡의 목표가 되었던 단시간에 카미유는 땀을 흠뻑 흘렸다.

"가름은, 굉장하구나. 아니, 원래부터 강한 녀석이라고는 생각했다만……."

"저희가 자랑하는 탱커예요."

턱을 추켜올리고 약간 가슴을 편 츠토무를 보고 카미유는 쓴웃음으로 답한 뒤에, 화룡을 유인하고 있는 가름을 바라봤다.

"물론, 츠토무도 굉장하다."

"고마운 말이네요. 프로텍트."

이야기하며 프로텍트의 효과 시간을 재고 있던 츠토무는, 가름에게 황토색 기운을 날렸다.

"가름이 잘해 준 덕분에, 안전하게 해치울 수 있을 것 같아요. 이제부터는 평소대로 가겠어요. 아, 약해졌으니까 이제 해치울 수있어! 같은 생각으로 달려들진 마세요. 그랬다간 제 속이 터질지도 모르니까요."

"누가 할까 보냐. 저딴 괴물은 혼자서 못 이길 것 같다."

"음. 괜찮아 보이네요. 그렇다면 어그로를 너무 끌지 않게, 차분히 공격해 주세요."

"알았다!"

그렇게 말하고 대검을 들고 날아간 카미유의 진행 방향에, 츠토무는 헤이스트를 놓았다. 속도가 더 빨라진 카미유가 화룡의 뒷다리를 칼로 내려쳤다.

그로부터 30분 뒤. 가름은 화룡을 유인하고, 카미유는 화룡의 어그로를 끌지 않도록 공격을 유지하고, 츠토무는 지원과 회복 스킬을 계속해서 날렸다.

그리고 화룡은 지금, 네 다리로 바닥에 쓰러져 빈사 상태에 빠져 있었다. 화룡의 상공에 있는 카미유에게 츠토무는 손짓으로 지시를 내렸다.

"하세요."

"투구 깨기."

화룡의 긴 목. 대검을 아래로 든 용화 상태의 카미유가, 푸른색 기를 두르며 그 목에 위에서 대검을 내려친다.

화룡의 목은 절단되어, 머리는 땅에 떨어졌다. 혀를 축 내민 화룡의 머리가 츠토무의 앞에 떨어진다.

그리고 화룡의 몸에서 붉은 입자가 흘러나오기 시작한다. '빠직' 하고 무언가가 깨지는 소리와 함께, 검은 문이 세 사람을 맞이하듯이 모습을 드러냈다.

"좋았어……!"

츠토무는 승리 포즈를 취했다. 그리고 큰 방패를 땅에 떨어트린 옆에 선 가름을 향해 양손을 들었다. 가름은 그 의도를 알아챘는지 웃음을 보였다.

"예~이!"

츠토무와 가름은, 이번에야말로 깔끔하게 하이터치를 했다. 그리고 대검을 내던지고 날아온 카미유에게, 두 사람은 한꺼번에 밀려 자빠졌다.

관중의 환희

아침 8시. 어지간한 노동자들은 일터로 이동하는 시간대. 멀리서도 확인할 수 있는, 허공에 뜬 거대한 신대. 1번대에는 츠토무 일행 3인 파티가 59층을 탐색하고 있는 모습이 방송되고 있었다.

몇 년 전에는 대형 클랜 중에서도 선두에 있었던 클랜. 그 클랜의 중심이었던 카미유는 협곡층의 구조를 잘 알아서 검은 문을 발견하는 것이 빠르다. 더욱이 처녀들이 동경할 만한 장신에 늘씬한 몸과는 달리, 카미유는 대검을 들고 몬스터를 퍽퍽 쓰러트려 보인다. 그 모습은 관중의 눈길을 잘 끌고, 원래의 인기도 있어 지지하는 사람도 많다.

게다가 요새는 많은 몬스터를 상대하고 있어도 전혀 쓰러지지 않는 광견 가름도 화제에 오르는 일이 많았다. 그가 신대에 나올 때마다 부인과 처녀들의 간드러진 목소리가 울려 퍼진다.

그것과 비교해 츠토무는 뒤에서 지팡이를 휘둘러 회복과 지원 스킬을 날리고, 거만한 명령조로 지시를 날리기만 할 뿐. 솔리트 신문사의 기사도 더해져 관중의 평가는 최악이었다.

관중 대다수는 츠토무가 가름과 카미유 덕분에 59층까지 올 수 있었을 것으로 생각하고 있다. 일부 관중은 날리는 스킬의 특이함에 눈길을 주기는 했지만, 솔리트 신문사의 기사로 민심이 좋지 않다. 따라서 츠토무를 대놓고 호평하는 일은 없었다.

하지만 관중 중에서도 다양한 신대를 오랜 세월 시청해 어설픈 탐색자보다도 지식을 가진, 소위 미궁 마니아들. 그 사람들에게는 츠토무도 다소 높이 평가받고 있었다.

애초에 계곡층과 협곡층은 보통, 최대 5인 파티로 도전하는 법이다. 게다가 계곡은 그렇다 쳐도 56층부터 시작되는 협곡은 몬스터와의 연전이 많아, 중견 클랜에서 유명한 5인 파티라도 전멸하는 광경을 때때로 볼 수 있다.

그 협곡에 3인 파티로 도전해, 59층까지 도달했다는 것만으로도 높이 평가받을 만하다. 아무리 카미유와 가름이 강하다고 해도, 츠토무가 약하면 반드시 파티에서의 죽음이 눈에 띈다. 하지만 파티 멤버가 죽는 모습은 한 번도 관측되지 않았다.

게다가 츠토무에게서 날아가는 세 가지 스킬. 황토색 프로텍트, 푸른색 헤이스트, 녹색 힐. 그것들이 츠토무의 지팡이에서 나와서는 가름과 카미유에게 정확하게 향한다. 몬스터와 싸워 두 사람이 시야를 벗어나 있음에도, 정확하게 쏘아지는 3색 스킬에 미궁 마니아들은 내부적으로 츠토무에게 칭찬을 보내고 있었다.

그리고 9시가 지나. 노동자들의 대부분은 직장에서 일을 시작하고, 1번대를 보고 있는 사람은 부인과 어린아이, 우연히 쉬는 날인 노동자들이 대부분이었다. 그리고 그 3인 파티가 60층으로 가는 검은 문에 들어간 것에는 모두가 놀랐다. 관중들은 틀림없이 그들도 알도렛 크로우와 마찬가지로, 화룡에는 도전하지 않으리라고 생각했기 때문이다.

"어? 들어갔는데, 저 녀석들."

"셋 다 처음이지? 그렇다면 느낌이 어쩐지 보려는 거 아냐?"

"아니, 그럼 장비를 싸구려로 하고 가겠지. 카미유 씨의 대검, 진짜였다고."

"뭐, 체험이라도 원래 무기로 하고 싶었던 거 아닐까."

"아. 나 첫 브레스로 죽는다에 점심 건다."

"나도."

"그럼 나는 두 번째. 불옷도 있으니까 한 명은 남겠지."

"뭐라고요? 가름이라면 세 번은 견딜 수 있어요. 이거 점심은 제가 먹겠네요."

"어차피 포효로 다 죽겠지."

미궁 마니아들이 즐겁게 자기들끼리 토의를 시작한다. 부인들은 놀랐는지 입을 가리고 있고, 어린아이들은 화룡을 볼 수 있다고 손을 치켜들고 크게 기뻐하고 있다. 1번대 부근의 사람들이 술렁이기 시작하고, 검은 문으로 들어가 입자가 되어 사라진 3인 파티에 시선을 모았다.

최근에 화룡에 도전한 클랜은 금랑인이 이끄는 금색의 선율뿐. 멤버가 가장 많은 알도렛 크로우는 와이번 사냥만 한다. 대형 클랜 중에서도 멤버가 열 명 정도로 적은 흑마단은, 지난번 화룡 토벌 때 생긴 막대한 적자를 보충하기 위해 솔리트 신문사의 취재에만 응하고 있다.

따라서 관중은 금색의 선율을 제외하고는 화룡의 모습을 보지 못하고 있다. 설령 그것이 금방 끝날 것으로 예상되어도, 1번대의 앞줄에 있는 사람들은 흥분하며 신대를 보고 있었다. 츠토무의 악평 때문인지 흥미가 없어 보이던 사람들도 태도를 바꿔 1번대를 보기 시작한다.

60층으로 들어간 츠토무가 지원 스킬을 거는 것을 마칠 무렵에는, 골짜기에서 가늘고 긴 몸을 뱀처럼 꿈틀거리며 화룡이 뛰쳐나왔다. 그리고 처음 들은 사람은 반드시 공포를 느낄만한 포효가 울려 퍼졌다. 부인과 어린아이들에게서 얼마간의 가벼운 비명이 터져 나왔다. 다른 사람들은 불꽃놀이라도 구경하는 것처럼 오~ 하고 소리를 흘리고 있다.

처음 보는 클랜은 대체로 이 포효로 몸이 굳고, 화룡의 브레스로 불타는 것이 기본이다. 이 파티도 그렇게 되리라 생각하며, 관중들은 신대에 찍힌 세 사람을 봤다.

관중의 예상대로 카미유와 가름이 창백한 얼굴로 몸을 떨며 굳어 있다. 하지만 츠토무만은 시끄럽다는 듯이 한 손으로 귀를 막고 화룡을 짜증스럽다는 눈으로 바라보고 있었다. 그리고 가름의 꼬리를 붙잡고, 카미유의 뺨을 찰싹찰싹 때려 두 사람이 제정신을 차리기 시작한다.

"저 녀석! 가름 님의 꼬리를!"

엉뚱한 부분에 딴지를 거는 여자들을 미궁 마니아들이 어이없게 보는 사이, 화룡의 브레스가 세 사람을 덮는다. 그리고 동시에 섬광병의 빛으로 1번대가 새하얗게 되었다. 관중들은 조금 눈이 부셔 눈을 가늘게 떴다.

그랬더니 츠토무가 화룡의 눈이 안 보이는 사이에 이마의 수정을 파괴했다. 관중들은 예상보다도 오래 버티고 있는 세 사람을 보고 조금 들끓기 시작하고, 미궁 마니아들은 츠토무의 물 흐르는 듯이 이어지는 섬광병에서 수정 깨기, 도저히 처음으로 보이지 않는 그 움직임에 혀를 내두르고 있었다.

그리고 다리가 풀린 카미유를 두고 두 사람이 화룡과 대치. 가름이 화룡을 상대로 홀로 맞서기 시작해, 관중들은 칭찬의 목소리를 높였다. 그리고 날려지는 가름에게 회복과 지원 스킬을 보내는 츠토무에게도 주목하기 시작한다.

"있잖아~. 뭐야, 저 녹색은~?"

"글쎄……. 대체 뭘까?"

"반짝반짝해."

아이를 데리고 있는 부인이 어린아이의 질문을 얼버무리는 중에 전투는 이어졌다. 그리고 40분 정도 가름이 화룡의 공격을 견딘 뒤에 카미유가 부활해, 딜러, 탱커, 힐러가 갖추어진다. 그리고는 2시간 정도가 경과했다.

"말도 안 돼……."

흑마단이 화룡 토벌에 걸린 시간은 세 시간. 이미 3인 파티는 그 시간에 도달할 것 같고, 아직 한 번도 죽지 않았다. 그 3인 파티의 놀라운 전투에 1번대로 시선이 모여든다. 사람이 사람을 불러 1번대를 견학하는 사람으로 거리는 넘쳐났다.

그 혼잡을 알아챈 경비단은 관중의 줄을 정리하고, 무언가 트러블이 발생하지 않도록 순찰을 시작했다. 노점상은 돈벌이 기회라며 뜨거운 철판에 특제 단짠 소스를 뿌려, 식욕을 자극하는 냄새를 주변에 뿌려댔다. 그 냄새에 낚인 사람들은 차례로 고기 채소볶음을 사갔다.

이제 슬슬 점심시간. 1번대를 보고 있던 사람들의 배가 소리를 울리기 시작할 무렵이다. 문을 연 노점이나 이동판매를 하는 사람들에게 관중들이 쇄도한다. 그리고 관중들은 갓 짜낸 오렌지 주스나 에일을 한 손에 들고 다시 1번대를 보기 시작했다.

화룡을 유인해 붙잡아두고 있는 가름과 화룡을 공격하고 있는 카미유는 물론이지만, 스킬을 날리고 있는 츠토무에게도 시선이 모이기 시작했다.

"가름. 포션 안 마셨지?"

"어. 아마 럭키 보이가 회복하고 있는 거 아니려나. 저 날리고 있는 녀석이 힐인 거 아니야?"

"프로텍트도 날리는 거 아냐? 저 갈색 녀석."

장시간의 전투에서 녹색 포션이 한 번도 사용되지 않은 것은, 관중들이 보기에는 이상한 광경이었다. 화룡 공략에 녹색 포션이 대량으로 필요하다는 것은 대형 클랜의 전법으로, 이제는 상식이 되었다. 금색의 선율도, 화룡 토벌에 성공했던 흑마단도, 녹색 포션을 대량으로 소비했었다.

하지만 3인 파티에서 포션을 소비하고 있는 것은 츠토무뿐. 그것도 한 시간에 한 번 파란 포션을 마실 뿐이다. 포션의 소비량이 확연히 다른 클랜보다 적다.

게다가 회복할 때의 빈틈도, 다른 클랜과 비교하면 거의 없는 것이나 마찬가지다. 포션을 마실 때는 반드시 빈틈이 생긴다. 그때 공격을 받고 죽는 사람도 많다. 하지만 가름은 전투를 계속하며 회복되고 있기 때문에, 화룡에만 집중하고 있어 전혀 빈틈이 생기지 않는다.

다른 대형 클랜 파티의 힐러는 처음에 지원을 걸고, 그 뒤에는 레이즈를 사용할 기회가 찾아올 때까지 만에 하나라도 죽지 않기 위해 몸을 숨긴다. 그러나 이 파티의 힐러는 전혀 숨지 않는다. 당당하게 회복과 지원 스킬을 쏘아대고 있다.

그렇게 하면 화룡의 적의도 힐러에게 향해야 하는데, 가름이 어그로를 끄는 스킬로 억제하고 있다. 그리고 카미유가 그동안 화룡의 몸에 상처를 낸다. 때때로 카미유에게 어그로가 쏠릴 때가 있어 공격받지만, 그래도 화룡이 츠토무를 대놓고 공격하는 일은 없었다.

그리고 카미유의 용화 상태에서의 파워 슬래시가 먹혀, 화룡의 꼬리가 절단된다. 그 광경에 관중이 단숨에 들끓었다.

"어이어이! 정말로 해치우는 거 아니야, 이거!"

"아니, 아무리 그래도 그건 아니지~."

"하지만 한 번도 죽지 않았다고 저 녀석들! 쩌는데!"

"아니 아니지. 저 둘은 몰라도, 럭키 보이는 뒤에서 뭔가 쏘고 있을 뿐이잖아."

"뭐어? 녹색 포션 안 쓰고 있잖아? 저 녀석이 그거 쏴주는 덕분 아니야?"

"어, 그런 거야?"

미궁 마니아들 이외의 관중들에게서도 조금씩 츠토무를 평가해 주는 사람이 나오기 시작했다. 그리고 노동자들이 점심시간에 밥을 먹기 위해 밖으로 나와, 1번대의 열광하는 모습에 눈을 동그랗게 뜨며 관중에게 말을 걸었다.

"뭐야, 엄청나게 떠들썩하잖아. 어 화룡이야?! 또 금색인가?"

"아니, 저건 럭키 보이 파티야. 분명 9시부터 싸우고 있어."

"뭐어?! 뻥 치지 마!"

"아니, 보면 알잖아. 저 봐."

"어이, 정말로 세 명이잖아. 아니, 어째서 이런 시간에 들어간 거야! 밤에 들어가라고!"

"아아, 당신 일하는 중인가. 그거 수고가 많네."

"젠장! 점심은 노점에서 때울까. 이봐, 형씨! 그거 얼마야?"

꼬치구이를 팔고 다니는 소년에게 노동자가 계속해서 몰려들어, 꼬치구이를 한 손에 들고 1번대를 멀리서 바라봤다. 카미유의 용화에 화룡을 혼자 상대하는 가름. 그리고 3색 스킬을 날리고 있는 츠토무를 빤히 관전했다.

40분 정도 화룡과 싸워도 누구 한 명 쓰러지지 않는 3인 파티. 노동자들은 아쉬워하며 직장으로 돌아갔다. 그중에는 직장 동료에게 끌려서 돌아가는 사람도 있었다. 숨은 미궁 마니아였다.

사진을 흑백으로 찍는 기술은 던전의 보물 상자에서 발굴되었지만, 아직 신대의 방송을 녹화하는 마도구는 존재하지 않는다. 따라서 방송으로 나온 영상은 그때밖에 볼 수가 없다.

그 때문에 관중을 의식한다면 대부분의 노동자가 쉬는 날인 일요일이나, 일이 끝난 뒤인 오후 6시 이후가 바람직하다. 하지만 츠토무는 관중에 대한 배려는 전혀 의식하지 않았기 때문에, 노동자들은 아쉬운 마음을 남긴 채로 직장으로 돌아가게 되었다.

그리고 4시간 반 정도 3인 파티는 화룡과 싸움을 이어갔다. 이렇게까지 시간이 오래 걸린 화룡 공략은 이례적이지만, 관중은 지루해하지 않고 1번대에 계속 모여 있었다. 경비단 사람들은 늘어만 가는 관중을 죽어가는 눈으로 안내해 줄을 정리했다.

"몇 시간을 싸우는 거야……."

"아니, 저거 뭐야? 어떻게 된 거야?"

포션을 이용한 화력 지상주의, 단기 결전에 익숙했던 관중들에게, 전투의 상황을 안정시켜 꾸준하게 싸우는 장기전법은 말 그대로 신세계였다. 화룡의 발광 상태에 의한 무차별 공격으로 가름은 깊은 상처를 입고, 카미유도 큰 상처를 한 번 입어서 무너질 뻔했다. 하지만 츠토무의 날아가는 스킬과 지시에 의해, 파티는 무너질 것 같으면서도 무너지지지 않는다.

화룡도 날개가 엉망이 되고, 안면의 한쪽도 파여 한쪽 눈을 잃었다. 혹시 정말로 해치우는 거 아니냐고, 관중들은 기대감을 키우고 있었다. 고작 세 사람뿐인 파티. 그것도 화룡은 처음 보는 것임에도 불구하고, 이렇게까지 화룡을 몰아넣고 있다.

"아아!! 가름 님께서!!"

"아……."

하지만 그 와중에 가름이 한계를 맞이하고 넘어진다. 그리고 그가 화룡에게 짓밟혀, 부인의 날카로운 비명이 터져 나왔다. 추가로 세 번이나 밟혀 생존은 절망적이라, 관중들은 아쉬운 듯이 한숨을 쉬었다.

"아니, 이제 화룡도 죽을 거 같으니까, 이대로 밀고 나가겠지!"

"어쩌려나. 상당히 어려워졌다 싶은데."

"가름 님……!!"

각자가 가름의 사망을 아쉬워하는 중에, 츠토무가 함몰된 구멍으로 들어갔다. 그리고 조금 지나자 가름은 자신의 피를 흘리며 나왔다. 관중은 입을 딱 벌렸다.

"살아 있어…….."

그리고 방패를 던져 화룡의 얼굴에 꽂고, 화룡을 상대로 이를 드러내며 웃는 가름이 나오자, 앙칼진 환성이 1번대 부근에서 울려 퍼졌다.

그 뒤로도 세 사람은 선전해 나가고, 마침내 카미유가 화룡의 목을 위에서 잘라냈다. 화룡이 입자화를 시작한다.

마치 폭발이라도 일어난 듯한 환성이 광장을 덮쳤다.

"해내 버렸어! 굉장해!"

"어이 어이 어이! 터무니없잖아! 럭키 보이!"

"아하하! 쩔어! 쩔잖아 저거!"

관중들이 손을 위로 올려 사람의 파도가 일렁인다. 노동자도 제대로 볼 수 있도록 시간을 배려했던 흑마단만큼의 흥분도는 아니지만, 그래도 이 소란은 정상이 아니었다.

하지만 그 소란 중에서도 불만스러워 보이는 사람은 있었다.

"어차피 저 두 사람 덕분이잖아!"

그런 대환성 중에 벌레 탐색자가 짜증스럽게 말하자, 주변에 있던 미궁 마니아들은 그에게 싸늘한 시선을 보냈다.

"추해."

"저걸 보고도 그딴 소리를 할 수 있다니, 눈깔이 있긴 한 거냐. 멍청하기는."

"뭐, 뭐야 너희들! 빌어먹을! 저딴 건 동료가 강할 뿐이잖아! 나라도 동료가 강하면, 화룡 따윈 해치울 수 있어!"

"아……."

"와, 이것 좀 보소."

큰소리를 쳐대는 벌레 탐색자를, 미궁 마니아들은 안쓰럽다며 깔보는 듯한 눈빛을 보낸다. 그 주변에 있는 관중들의 시선도 쌀쌀맞았다. 화룡 토벌. 그것은 흑마단이 달성했을 때까지 반년 동안 누구도 해내지 못했던 위업이다. 그런 화룡을 눈앞의 남자가 해치울 수 있다고 지껄이는 것은 실소밖에 불러오지 않았다.

"빌어먹으으으으으을! 그런 눈으로 보지 마! 보지 말라고오오오!!!"

그 주변에서 오는 시선에 견디지 못했는지 날뛰기 시작한 벌레 탐색자는, 순찰을 돌던 경비단에게 붙잡혀 연행되었다. 몇 명인가의 벌레 탐색자들이 경비단에 붙잡혀 가는 모습을 곁눈질한 뒤, 관중들은 승리의 여운으로 장난을 치는 3인 파티를 봤다.

"럭키 보이, 굉장하잖아. 저기에 에이미 일만 없었으면……."

"뭐, 실력은 있는 거 아닐까. 에이미짱 일은 절대로 용서하지 않겠지만."

"가름과 카미유 씨도 약점을 잡혔다는 모양인데, 정말일까. 도저히 그런 느낌으로는 보이지 않는데."

셋이서 환호성을 지르며 즐거워 보이는 파티를 보고, 관중 중에는 솔리트 신문사의 보도에 조금 의문을 가지는 사람도 나타났다.

"아니, 하지만 에이미 건은 진짜라고. 내가 아는 탐색자에게 들었으니까 말이야."

"그렇겠지. 실제로 에이미는 럭키 보이에게 명령받고 솔리트 신문사에 쳐들어 갔고."

"뭐, 강하면 된 거 아냐? 재미 있어, 저 파티. 첫 도전에, 게다가 세 명이라고. 쩔잖아."

"하지만 에이미 짱에게 뭐든지 명령을 듣게 했었잖아? 부럽…… 용서 못 해!"

"그래도, 화룡을 셋이서 쓰러트렸으니까 말이지……. 저 퐁퐁 날리는 거? 그거 덕분인 것도 있겠지 틀림없이."

"여자를 좋아해도 '금색' 같은 느낌이라면 좋은데 말이지……. 약점을 잡고 강압하는 건 용납할 수 없어."

제각기 1번대 앞에서 언쟁하는 관중들은 한동안 3인 파티가 이룩한 일을, 흥분한 기색으로 말했다. 그리고 그 인파에 있던 솔리트 신문사의 기자는, 창백한 얼굴로 바로 본사로 돌아갔다.

고양이의 등

츠토무 일행이 화룡에게 도전하고 세 시간 정도가 지났다. 길드 안의 1번대는 분위기가 크게 고조되어 있었다. 그 목소리는 길드 기숙사까지 들어와, 에이미는 그 소리에 이끌려 길드 안의 1번대를 보러 나왔다.

"아."

1번대에는 가름과 카미유, 그리고 츠토무가 화룡에게 도전하고 있는 모습이 나오고 있었다. 완전히 일을 내던지고 구경 중인 길드 직원에게 에이미가 물어보니, 세 사람은 화룡을 상대로 벌써 세 시간 정도 싸움을 지속하고 있다는 모양이었다.

가름이 화룡의 시선을 끌고 카미유가 공격. 그리고 츠토무가 그들에게 지시를 내리며, 회복과 지원을 해 간다. 그 광경을 에이미는 짜증스러운 표정으로 바라보고 있었다.

'길드장 공격이 너무 잦아. 츠토무가 지시하고 있잖아. 아아, 거 봐 화룡이 저쪽을 봐버렸어. 츠토무가 하는 말을 똑바로 안 들으니까 그렇지.'

1층부터 51층까지 츠토무의 전법을 몸에 새겨, 딜러의 역할을 이해하기 시작한 에이미. 그래서 카미유의 아무 생각도 없는 듯한 공격에 짜증을 더하고 있었다.

'츠토무가 헤이스트를 날리고 있는데 어째서 전속력으로 달리는 거야? 그때는 조금 움직임을 늦춰 주는 편이 츠토무가 더 편해지잖아. 아아~! 진짜! 짜증 나네!'

자신이라면 이렇게 했다, 저렇게 했다고 머릿속으로 떠올리며, 에이미는 식당 의자에 언짢은 기색으로 앉았다. 친분이 있는 길드 직원이 그 모습에 쓴웃음을 지으며 사과 주스를 내밀었다.

눈을 동그랗게 뜬 뒤에 천진한 웃음을 지으며 받아든 에이미는 주스를 꿀꺽꿀꺽 마시며 세 사람의 화룡 공략을 지켜봤다. 그리고 파티를 새삼 외부에서 보면, 이런 식으로 보이는구나 하고 신음했다.

'지금 당장 길드장과 바꾸고 싶어. 진짜! 나였으면 훨씬 더 츠토무에게 잘 맞출 수 있고, 저 멍멍이도 효과적으로 활용할 수 있는데! 아아……'

계속해서 나오는 길드장의 엉성한 행동에, 에이미는 열불을 내며 신대를 바라봤다. 머리 위의 고양이 귀는 쫑긋 세우고, 가느다란 꼬리는 언짢은 듯이 움찔거리고 있다.

'가름은 진짜 쓸데없이 튼튼하네~. 뭐, 화룡 상대로 잘도 혼자 해내고 있어.'

화룡의 꼬리에 맞아 날아가도 전혀 죽을 기색이 없는 가름에게, 에이미는 절대로 입에 담지 않을 말을 속으로 중얼거렸다. 그리고 공중에서 지시를 내리며 지팡이를 휘두르는 츠토무가 신대에 나왔다.

"카미유! 앞으로 세 번 뒤에 공격 중지! 가름! 회복은요!"

"필요 없다!"

"OK~! 배리어까지 앞으로 10분! 그 상태로 부탁해요!"

그렇게 말하며 츠토무가 가름에게 프로텍트를 날렸다. 그리고 일단 물러나게 한 카미유에게 이것저것 말했다. 밖에서 보면 상당히 큰 소리를 내는구나. 에이미는 그렇게 생각하며 직원이 선물해 준 뜨끈한 프라이드 포테이토를 깨물었다.

'아니 그보다, 어느새 가름을 그냥 부르고 있네⋯⋯.'

한 번 지팡이를 휘두르자 프로텍트와 힐이 세트로 가름에게 날아가고, 헤이스트의 효과 시간을 츠토무는 작게 읊조리며 효과가 끝나는 아슬아슬한 타이밍에 카미유에게 맞춘다. 효과 시간을 남겨 두고 덮어씌우는 형태로 지원 스킬을 쓰면 그만큼 스킬 사용이 많아져, 화룡의 어그로를 끌기 쉽다. 따라서 츠토무는 항상 효과 시간이 끊기기 직전에 두 사람에게 지원 스킬을 걸었다.

'플라이도 어느새 저렇게 능숙해졌네. 계속 바다에 빠졌었는데.'

하얀 로브가 바닷물을 머금고 무거워져, 플라이 실패로 바다에 떨어지면 츠토무는 높은 확률로 물에 가라앉는다. 그것을 몇 번이나 구해 주었던 에이미는, 츠토무가 하늘을 날며 지원 스킬을 날리는 모습에 감탄하고 있었다.

그리고 카미유가 용화하고 나서는, 화룡의 몸에 눈에 띄는 상처가 생기기 시작했다. 긴 꼬리는 절단, 날개에는 구멍이 뚫리고, 황금색 눈은 한 개가 뭉개졌다.

'여전히 아무것도 생각하지 않는 움직이지만…… 역시 길드장 굉장하네~. 거기에 츠토무도 잘 맞추고 있어.'

길드 직원이 헌상하듯이 계속해서 놓이는 간단한 요리를 집어 먹으며, 에이미는 1번대를 뚫어지듯이 보고 있었다. 자신은 카미유보다도 츠토무에게 맞춘 움직임을 보일 자신이 있었다. 하지만 용화 상태의 카미유 같은 움직임은, 그녀에게는 불가능한 일이다.

'이제 이거 해치울 것 같잖아. 하아…….'

지금까지의 경향으로 봐서 이렇게까지 전황이 안정되면 화룡도 해치울 수 있으리라고 확신한 에이미는, 한숨을 푹 쉬었다.

'나로서는, 저런 터무니없는 움직임은 할 수 없어. 결과적으로는 길드장이 대신 들어가는 편이 좋았을지도. 나로는, 역부족이었으려나.'

초반 카미유의 추태를 보지 않았던 에이미는 심하게 목을 떨었다. 저 카미유도 벌써 7시간 동안 화룡을 토벌하지 못하고 있다. 에이미는 자신의 실력 부족을 직접 목격하게 되어 분한 마음에 주먹을 쥐었다.

그리고 가름이 넘어지고 화룡에게 몇 번이나 짓밟혔을 때는 저도 모르게 자리에서 일어났다. 하지만 그것을 맞고도 아무렇지 않은 얼굴로 나온 가름을 보고 질렸다는 듯이 자리에 앉았다.

마침내 화룡 토벌에 성공하고 사이좋게 떠드는 세 사람을 보고, 에이미의 눈동자에서 한줄기 눈물이 흘러내렸다. 그것을 닦은 에이미는, 터벅터벅 걸어서 길드 기숙사로 돌아갔다.

태세 전환

화룡을 해치운 뒤에 카미유가 달려드는 바람에 바닥을 구른 세 사람은 활짝 웃는 얼굴로 서로를 마주 보고 일어났다. 그 뒤에는 한동안 서로를 칭찬해 주고 있자, 1번대로 영상을 보내는 신의 눈이 위에서 다가왔다.

츠토무는 신의 눈을 향해 한 손으로 V자를 그렸다. 그리고는 카미유가 츠토무에게 올라타려 하고, 가름도 검게 변한 꼬리를 붕붕 흔들며 웃는 얼굴로 츠토무와 어깨를 붙이고 나란히 섰다.

등에 올라탄 카미유를 말리고 가볍게 혼낸 츠토무는 화룡에게서 피어오르는 붉은 입자를 올려다봤다. 그리고 화룡이 드롭한 붉은 대마석을 등에 멘 매직백을 펼치듯이 크게 벌려서 회수했다.

"좋아, 그러면 61층에 들어갔다가 복귀하죠."

마침내 흥분이 잦아들었는지 카미유는 숨을 헉헉 몰아쉬면서도, 검은 문을 연 츠토무를 따라갔다. 계층주 격파 뒤에는 앞으로 나아가는 검은 문과 길드로 돌아가는 검은 문이 두 개 나타난다. 이대로 길드로 돌아간다고 해서 계층주부터 다시 시작해야 하는 것은 아니지만, 츠토무는 혹시 몰라 61층으로 갔다가 길드로 귀환했다.

길드에 도착하자 환성이 세 사람을 둘러쌌다. 성대한 박수로 맞이하는 바람에 츠토무는 놀라 넘어질 뻔하고, 가름이 잡아주었다. 카미유는 찬사가 익숙한지 당당한 모습이었다.

츠토무는 찬사를 보내는 주변 탐색자들에게 놀라며 카운터로 향했다. 카운터에 있던 탐색자들이 물러나고, 항상 줄이 길어서 보이지 않는 미인 접수원 아가씨들의 얼굴을 오랜만에 볼 수 있었다. 싱긋 웃는 접수원 아가씨에게 인사로 답한 츠토무는, 출발 때 이용했던 카운터로 향했다. 접수원 아가씨의 웃는 얼굴이 매우 움찔거렸다.

"아, 스테이터스 카드 갱신 부탁드려요."

"그래. 잘했다, 츠토무, 어! 오랜만에 심장이 멎는 줄 알았다!"

"가름과 카미유에게 감사해야죠."

"어이어이! 겸손 떨지 말라고! 3인 파티로, 그것도 첫 시도였잖아?! 네 힘도 있었겠지!!"

인상이 험악한 남자가 웃으며 어깨를 두드린 뒤에 종이를 내밀자, 츠토무는 그것을 받아 침을 묻히고 제출했다. 스테이터스 카드의 갱신이 끝나자, 카운터 남자의 뒤에서 대기하고 있던 부길드장이 츠토무에게 머리를 숙였다.

"츠토무 씨. 정말 축하드립니다."

"아, 감사해요. 한 방에 돌파할 수 있어서 다행이요. 이걸로 교섭도 조금은 편해질까요?"

"네. 저녁 무렵에 솔리트 신문사 사람들이 황급히 길드로 와서 말이죠? 항상 거만을 떨던 교섭인들이, 이제는 갑자기 머리를 숙이더군요. 츠토무 씨의 위엄을 빌렸을 뿐입니다만, 저는 속이 다 후련해졌습니다."

얼굴에 살집이 조금 돌아온 듯한 부길드장의 말에, 츠토무는 의미심장하게 웃었다.

"애쓴 보람이 있었네요. 그래서 교섭 쪽은 어떻게 되었나요?"

"우선 목표인 기사 정정만은 확약을 받아냈습니다. 그리고 츠토무 씨에게 직접 잘못을 빌고 싶다며, 시간이 되는 날을 묻더군요. 예정은 어떻습니까?"

"그런가요. 감사합니다. 시간이 되는 날은…… 아직 잘 모르겠네요. 에이미 씨의 예정을 묻고 나서 결정할까 해요."

"그렇습니까. 그럼 그렇게 전하죠. 솔직히 말해 츠토무 씨의 화룡 토벌이 없었다면 교섭은 상당히 오랫동안 지연됐을 겁니다. 설마 세 명으로 화룡을 토벌할 줄이야……. 정말이지, 뭐라고 감사를 드려야 할지."

목소리를 떨며 울음을 터트릴 기세로 감사를 늘어놓기 시작한 부길드장을, 츠토무는 황급히 말렸다.

"아니에요. 화룡은 원래 토벌할 예정이었고, 이쪽이 경솔한 행동을 해서 소동이 벌어진 부분도 있어요. 게다가, 이미 기사 정정을 받아들이게 했잖아요? 저는 그걸로 충분해요."

"네……."

얼굴을 든 부길드장에게 츠토무는 상냥한 웃음으로 답하고, 생각이 난 것처럼 질문했다.

"아, 그러고 보니까, 에이미 씨가 어디 있는지 아세요?"

"에이미는 아마도 길드 기숙사에 있을 겁니다. 방 번호는……."

부길드장에게 번호를 전해 들은 츠토무는 일단 메모한 뒤, 다시 한번 감사의 뜻을 전하고 몸을 돌렸다. 그런 츠토무를 부길드장이 붙잡았다.

"츠토무 씨. 대단히 염치없는 일이라고는 생각합니다만, 한 가지 부탁을 들어주실 수 있겠습니까?"

"네? 뭔가요?"

"에이미 말입니다. 솔리트 신문사에 단신으로 침입해, 당신의 명예를 더욱 더럽히는 형국이 되고 말았습니다. 하지만 근본은 솔직한 아이입니다. 아직 젊다 보니 신중하게 생각하지 않고 행동하고 마는 경향은 있습니다만, 절대로 츠토무 씨를 함정에 빠트리려고 솔리트 신문사로 간 것이 아닙니다. 그러니 가능하다면, 너무 혼내지 말아 주십시오. 그 분노는 길드장 대리인 제가 받겠습니다. 그러니까, 부디."

"아, 참고로 에이미 씨는 몇 살인가요?"

"분명히 올해로 열여덟이 되었을 겁니다."

"어, 그런가요? 좀 더 어릴 줄 알았어요."

대략 열여섯 정도라고 생각했던 츠토무는, 에이미의 실제 나이를 듣고 조금 놀랐다.

"뭐 애초에 화낼 생각 같은 건 없으니까, 괜찮아요."

"그렇습니까. 정말로 감사합니다."

"네. 교섭하느라 고생하셨습니다. 솔리트 신문사와의 면담에 대해서는, 에이미 씨와 예정을 맞춘 뒤에 일시를 전해드릴게요.

아마도 일주일 이내로는 맞출 거예요. 이만 가보겠습니다."

"네. 정말 고생하셨습니다. 천천히 휴식을 취하십시오."

"천천히 쉬지는 못할 거 같네요."

뒤에서 대기하고 있는 카미유의 좀이 쑤시는 표정을 보고 츠토무가 그렇게 말하자, 부길드장은 동정하는 듯한 표정으로 고개를 저었다.

"아, 참고로 가름은 몇 살인가요?"

"어렸을 적의 기억이 그다지 없어서 애매하지만, 아마도 20 정도라고 생각한다."

"아, 그렇군요. 그럼 나와 비슷한 정도인가."

"뭐……?"

뒤에서 들뜬 표정이던 카미유가 츠토무의 말을 듣자마자 눈을 크게 뜨고 굳어버렸다. 그리고 바로 부활해 츠토무의 어깨를 두드렸다.

"츠, 츠토무, 너는 몇 살이냐?"

"응? 저는 올해로 스물둘이에요."

"뭐어~?! 거짓말이다아! 열여섯 정도인 것이 아니더냐?!"

"아니, 여기서 거짓말해서 어쩌게요. 아니 그보다 스무 살 이하였으면 술을…… 아, 여기서는 다른가."

"나도 틀림없이 에이미와 비슷한 정도라고 생각했는데…… 미안하다, 츠토무."

가볍게 사과하는 가름에게 괜찮다고 손을 흔드는 츠토무. 그 등 뒤에서는 카미유가 작은 목소리로 무언가를 중얼거리고 있었다.

그 뒤 화룡 토벌의 뒤풀이에서 너무 몸을 기대는 카미유를 돌보며, 츠토무는 가름과 함께 한밤중에 길드 기숙사로 귀가했다. 그리고 비치된 욕조에 몸을 담근 뒤에, 츠토무는 기절하듯이 침대에서 잠들었다.

▷ ▷

아침. 새가 지저귀는 상쾌한 소리가 들려오는 가운데, 츠토무는 하품을 흘리며 솔리트 신문사의 조간을 보러 나왔다. 이 조간으로 솔리트 신문사가 어떤 식으로 움직일지를 알 수 있기 때문이다. 가름도 데리고 올까 싶었지만, 기분 좋게 자고 있어서 내버려 두었다.

사과하고 싶다고 해놓고 날조 기사를 계속 내놓는 일은 없을 것 같지만, 일단 츠토무는 솔리트 신문사의 조간을 확인했다. 주변에서 신문을 사는 사람은 신문에 나온 인물과 츠토무를 비교해보고 놀라고 있다.

솔리트 신문의 표제에는, 츠토무 일행 3인 파티가 화룡과 싸우는 모습이 흑백으로 찍혀 있었다. 그리고 자세하게 일어난 사실만을 적어놓은 무난한 기사를 확인한 츠토무는, 다른 두 신문사의 신문도 확인했다.

다른 두 신문사는 사진을 찍는 마도구를 소유하지 못해 깔끔한 삽화와 함께 기사를 썼는데, 양쪽 다 3인 파티로 화룡 첫 시도 공략을 절찬하는 내용이 실려 있었다. 미궁 마니아의 의견도 함께

실린 기사는, 무난한 내용만 쓴 솔리트 신문의 기사보다도 내용이 충실한 것처럼 츠토무는 느껴졌다.

'그야, 그렇게나 헐뜯어댔으니까 쓸 수 없겠지.'

츠토무는 솔리트 신문사의 신문은 한 번도 사지 않았지만, 다른 사람이 사서 보는 것을 곁눈질해서 내용은 어느 정도 확인했었다. 그 전부를 기억하고 있는 츠토무는 시커먼 웃음을 얼굴에 띤 채로, 그럭저럭 팔리고 있는 두 신문사의 신문을 사서 기숙사로 돌아왔다.

"츠토무, 혼자서 나가지 마라. 위험하지 않나."

"아, 죄송해요."

기숙사로 돌아오자 개 귀를 접고 있던 가름에게 혼났다. 확실히 경솔했다고 생각해 바로 사과한 츠토무는, 아침을 먹은 뒤 가름에게 외출에 동행해 달라고 부탁했다.

오늘은 토요일이라 휴일이자, 비품을 보충하는 날이기도 하다. 따라서 우선은 화룡 토벌로 생긴 손익을 확인하기 위해, 츠토무는 매직백을 자신의 방에서 펼쳤다.

사용한 포션. 가름의 망가진 장비 네 세트. 파손된 포션 용기. 섬광병. 너덜너덜해진 불옷 두 벌. 그리고 무기와 장비의 수리비. 세탁에 들어가는 돈. 화룡 토벌 때 나온 피해액 합산을 예상해서 종이에 적고, 츠토무는 깃펜을 휘휘 돌리며 위를 올려다봤다.

화룡이 드롭한 붉은색 대마석은 틀림없이 비싸게 팔릴 것이다. 불의 마석이고, 대형에 질도 좋다. 좀처럼 얻을 수 있는 것이 아니니까 좋은 값을 받을 것은 알고 있다. 하지만 이 적자를 보충할 수 있을 정도의 값이 붙을 것 같지는 않았다.

"번개 마석을 포함해도 아슬아슬하게 적자려나."

나직이 중얼거린 츠토무는 서둘러 마석을 팔러 가자며 가름을 데리고 밖으로 나왔다. 주문 제작한 가죽 신발을 툭툭 차 신은 뒤에 마석 환금소로 향했다.

'상당히 나아졌네.'

아까 외출했을 때도 생각했지만, 어제 화룡 토벌을 보고 민중의 시선은 이전보다도 부드러워져 있었다. 화룡 토벌, 그것도 3인 파티라는 위업은 츠토무의 악평마저도 희석하고 있다. 물론 아직 사늘한 시선을 보내는 사람도 개중에는 있지만, 대부분 츠토무에게 속내를 짐작할 수 없는 시선을 보내고 있었다.

마석 환금소에 도착해 카운터로 가자, 드워프 소녀는 여전히 돋보기로 마석을 감정하고 있었다. 그리고 츠토무의 모습을 확인하고는, 일하느라 딱딱해진 표정을 확 바꾸고 웃는 얼굴이 되었다.

"어서 봐! 마석 매매지?! 잠깐 기다려."

얼마 전 범죄자를 보는 눈에서 완전히 바뀌어 연인이라도 기다리고 있었던 것 같은 태도로 안으로 들어간 소녀. 츠토무는 소녀의 대응에 깜짝 놀라, 저도 모르게 입을 손으로 가리고 웃고 말았다. 옆의 가름도 질렸다는 표정을 짓고 있다.

그러자 카운터 옆에 대기하고 있는 문지기가, 무표정한 얼굴로 츠토무에게 머리를 숙였다.

"기분을 상하게 했다면 미안하다."

"아뇨, 쟤도 상인 정신이 투철하네요. 딱히 신경 쓰진 않아요."

츠토무가 헛기침해 웃음을 멈추고 말하자, 문지기는 손에 들고 있던 창을 고쳐 잡고 머리를 숙였다.

"그렇군. 너의 활약은 나도 1번대에서 보고 있었다. 적어도 너는, 운만 좋은 사람이 아닌 모양이다."

"감사합니다."

"잘 알고 있군."

옆에서 의기양양한 표정을 짓는 가름을 보고 츠토무가 쓴웃음을 짓자 드워프 소녀가 커다란 통을 츠토무 앞으로 아장아장 들고 왔다. 츠토무는 무색의 부스러기 마석과 소마석이 든 주머니의 끈을 풀고, 물이 담긴 통에 소마석을 넣었다. 마석이 차례로 물에 빠져 경쾌한 소리를 냈다.

그리고 츠토무는 매직백을 카운터에 놓고, 보자기를 펼치듯이 열었다. 눈을 초롱초롱 빛내며 그 모습을 보고 있는 소녀 때문에, 츠토무는 불편함을 느끼면서 마석을 꺼냈다.

협곡에서 얻은 와이번이 드롭한 조금 작은 대마석을 몇 개인가 꺼낸 뒤, 소, 중의 번개 마석을 꺼내자, 소녀는 담갈색 손으로 그 것을 확 낚아채듯이 손에 들었다.

"번개 마석이잖아! 역시나 럭키 보이!"

"…………."

그 말이 조금 신경에 거슬렸던 츠토무가 미소를 거두자, 소녀는 그 표정을 보고 당황해 손에 들었던 번개 마석을 자기 허벅지에 떨어트렸다.

"미, 미안해요! 아야~아!!"

"괘, 괜찮아?"

"으, 어어어어억."

반사적으로 머리를 숙이고 앞의 철판에 머리를 부딪친 소녀. 상당한 기세로 부딪치고 머리를 부여잡고 있는 소녀에게 츠토무가 걱정스러운 듯이 말을 걸자, 그녀는 바로 머리를 숙였다.

"괜찮아. 그것보다도! 번개 마석 더 있어?!"

"아아, 응."

이마가 빨개지고 득달같이 묻는 소녀에게 주춤하면서, 츠토무는 총 다섯 개의 번개 마석을 카운터에 꺼냈다. 소녀는 그 마석을 보물의 산처럼 바라보는데, 눈이 완전히 G(골드) 모양이었다.

"이, 이렇게나……."

"자, 이게 마지막이에요."

보석을 다루듯이 번개 마석을 정성스럽게 안으로 놓고 있는 소녀 앞에, 츠토무는 카운터에 입구를 벌리고 있는 매직백에서 붉은 대마석을 양손으로 굴리듯이 꺼냈다. 그 크기에 황홀한 기색의 목소리를 내는 소녀.

"우와아……. 엄청 커! 이게 실물이구나아!"

"길드의 감정에 뒤지지 않도록 부탁해요. 그쪽에서도 감정받았으니까요."

"나만 믿어!"

마치 자기 아이처럼 불의 대마석을 껴안고 쓰다듬는 소녀에게 츠토무는 무미건조한 웃음으로 답하고, 접수 완료의 증거인 나무판을 받아, 다음에는 숲속 약국으로 향했다.

계속해서

츠토무가 숲속 약국으로 들어가 카운터의 벨을 울리자, 지팡이를 짚은 엘프 할머니가 안쪽에서 나타났다. 츠토무의 얼굴을 본 그녀는 싱긋 웃음을 지었다.

"안녕하세요."

"어머나, 화제의 신인이 납시었구나?"

테이블에 놓인 미궁 마니아의 강평이 실려 있는 신문을 손에 든 할머니는 기쁜 듯이 웃었다. 츠토무는 할머니에게 활짝 웃고 손가락 V자 포즈로 답한 뒤, 매직백을 바닥에 내렸다.

"아침부터 바깥이 엄청나게 시끄러웠으니 말이다. 나도 가게에서 봤단다. 가름과 카미유도 대단했지만, 츠토무도 대단하지 않더냐! 퐁퐁 날리던 건 스킬이었지? 엄청난 걸 하는구나!"

"감사합니다."

마치 자기 아이를 칭찬해 주는 듯한 할머니의 말에, 츠토무는 기쁜 표정으로 웃었다. 할머니는 의자에 앉은 뒤에도 츠토무를 극구 칭찬했다. 츠토무는 아니라고 겸손을 떨며 할머니의 말을 듣고 있다가, 문득 서비스 포션을 떠올렸다.

"그리고 서비스 포션, 그거 덕분에 정말로 살았어요. 그것만 뭘가 회복량이 보통이 아닌 느낌이 들었는데, 얼마나 하나요?"

"글쎄다. 이제 잊어버렸구나."

얼버무리는 기색의 할머니를 보고 츠토무도 쓴웃음을 흘렸다. 그리고 할머니는 이야기를 바꾸듯이 입을 열었다.

"그나저나 에이미는 불쌍하구나. 그 소동이 없었으면, 츠토무와 함께 화룡을 돌파했을 텐데."

"뭐, 그렇죠. 다음에는 에이미 씨도 데려가려고요."

"어머나 참, 터무니없는 아이구나, 너는!"

츠토무의 말투에 놀란 듯이 할머니는 의자에 몸을 기댔다. 그런 할머니 말의 진의를 알지 못했던 츠토무는, 일단 웃음으로 얼버무렸다.

"그럼, 오늘도 파란 포션을 부탁드려도 될까요?"

"아아, 그게 말이다. 츠토무의 영향인지 파란 포션도 다 팔려서 말이야. 이제 재고가 없구나."

"아…… 그런가요."

그것을 조금 예상했던 츠토무는 어깨를 축 늘어뜨렸다. 화룡 공략 때 츠토무는 파란 포션을 사용하는 것을 보여주었기 때문에, 선수를 쳐 쓸어가는 사람이 있을지도 모른다고 살짝 예상은 하고 있었다.

승리에 들뜨지 않고 어제 중에 빨리 사두었으면 좋았다고 츠토무가 후회하고 있자, 할머니는 마녀 같은 웃음소리를 내며 카운터 아래로 들어갔다. 그리고 끌고 나온 것은 파란 포션이 가득 담긴 커다란 병이었다.

"자, 여기 네가 살 건 제대로 남겨 두었다. 너는 이전 가격으로 계산해 주면 된다. 이히히."

"와, 무지 악당 같은 표정이야."

"츠토무의 활약은 나도 직접 봤으니 말이다. 반드시 파란 포션을 매점하러 오리라고 생각해서, 가격을 올려두었던 것이지. 한 밑천 잡을 수 있었단다."

"그렇다면 다행이네요."

"뭐, 이제 돈 같은 건 필요 없지만 말이다. 최근에 제자 쪽이 간신히 쓸 만해질 것 같으니까, 그 녀석에게 써주는 정도려나."

"헤에. 제자인가요? 저도 탐색자 은퇴하면 지원해 볼까요."

장난스럽게 말한 츠토무를 보고, 할머니는 눈을 동그랗게 뜬 뒤에 어색한 웃음을 지었다.

"아쉽지만 나는 엘프한테만 포션 제조법을 가르쳐 줄 수 있단다. 네가 엘프였다면 대환영이었을 텐데. 우선 150년 동안 포션 만들기에 힘쓰게 될 테지만 말이야."

"아, 그건 아쉽네요. 아, 이건 대금이에요. 불과 바람의 마석도 받으세요."

30만 골드와 50만 골드 어치의 마석을 넘겨주고, 츠토무는 그 커다란 병을 슬라임 완충재로 감싸기 시작했다. 그리고 할머니는 대금을 받은 뒤에, 미안하다는 듯이 눈꼬리를 내렸다.

"하지만 다음부터는 파란 포션도 가격을 올리마. 그리고 잘 팔리기도 해서 아침부터 줄을 서지 않으면 다 팔릴 테니까, 주의하도록 해."

"으엑, 그런가요."

대형 클랜은 물론, 전매상 등도 아침 일찍부터 줄을 서기 때문에, 빨리 일어나지 않으면 숲속 약국의 포션을 구매하기 어렵다. 귀찮다는 듯이 표정을 찌푸리며 병을 매직백에 넣은 츠토무에게 할머니는 얼굴을 들었다.

"뭐 그래도, 제자도 슬슬 완성될 것 같으니 말이다. 질은 나보다 몇 단계 떨어지겠지만, 내 레시피다. 다른 포션 가게보다는 나은 포션이라면, 많이 생산할 수 있게 될 거야. 그때까지는 그걸로 버티려무나."

"그런가요. 소중하게 쓸게요. 정말 감사합니다."

"괜찮다. 나와 츠토무 사이가 아니더냐!"

"네. 앞으로도 잘 부탁할게요."

럭키 보이라고 계속 불렸던 때도, 솔리트 신문사의 날조 기사 때도 변함없는 태도를 고수해 주었던 엘프 할머니. 츠토무는 그 상냥함에 구원받았었다.

설령 할머니가 포션을 만들 수 없게 되더라도 만나러 오자고 츠토무는 결의하며, 깊숙이 머리를 숙인 뒤에 숲속 약국을 나왔다.

그리고는 포션을 넣는 용도로 충격에 강한 시험관 병을 다시 만들어 달라고 하기 위해, 츠토무는 유리 제품을 취급하는 가게로 향해 시험관 병을 다섯 개 정도 주문했다.

포션, 특히 숲속 약국의 포션은 굉장히 귀중하다. 츠토무는 병이 깨져 그 내용물을 잃는 것을 걱정해 포션 용기에는 남들보다 더 신경을 쓰고 있었다. 보통 병으로는 갑작스러운 충격에 깨지니까 어떻게든 충격에 강한 병이 없는가 하고 장인과 교섭해, 적지 않은 돈을 내고 만족스러운 수준의 병을 제작하게 했다.

하지만 그 병을 제작하려면 몬스터의 소재와 장인의 기술이 필요한 까닭에, 소재를 가공하고 생산할 때까지 7일 정도가 걸린다. 따라서 츠토무는 대신에 가게에서 팔리고 있는 그럭저럭 값이 나가는 병을 샀다. 그것에는 숲속 약국의 포션이 아닌 것을 넣을 예정이다.

그 뒤에는 화룡 공략으로 군데군데 찢어진 불옷도 수선하고자 가게로 갔다. 다음 층은 화산. 거기서 드롭하는 보물 상자에서 상위 호환 장비를 얻을 수 있지만, 그때까지 버티는 용도로 불옷은 유용하다.

탐색자를 위한 튼튼한 의복이나 가죽 갑옷 등을 주로 다루고 있는 가게에 들어가, 불옷의 수선을 의뢰했다. 그때 가게 주인인 둥글둥글한 드워프 남성이 츠토무에게 사과했다.

가게 주인이 소재의 질을 알아보려고 자리를 비웠을 때 팔린 불옷은 세 벌. 그리고 츠토무에게 받은 대마석은 열다섯 개. 그중 여섯 개를 숨기고 행동이 수상쩍었던 소년을 추궁한 결과, 사실을 알게 되었다고 한다.

안쪽에서 데리고 나온 소년도 아무래도 주인에게 지독하게 혼이 났는지, 골격이 변한 것이 아닌가 착각할 정도로 얼굴이 붓고 푸른 멍이 여러 곳에 생겼다. 벌에 쏘인 듯한 얼굴로 울며 사죄하는 소년을, 츠토무는 도저히 그냥 두고 볼 수가 없었다.

"미안해. 이걸로 치료원에 다녀오렴."

츠토무는 울며 잘못을 비는 소년을 위로하며 그 손에 최고 품질의 중마석을 쥐어 줬다. 뼈 같은 것이 부러졌을 때는 정확한 위치로 다시 맞추고 나서 치료해야 하므로, 인체 지식을 지닌 사람이 소속된 치료원에서 치료하지 않으면 오히려 덧날 위험이 있다.

신의 던전 안이라면 최악의 경우 이상하게 맞춰도 나중에 정상으로 돌아가니까 문제없지만, 던전 밖에서는 다르다. 츠토무는 문과면서도 생물학을 복수 전공했기 때문에 인체에 관한 지식은 남보다는 있지만, 얼굴의 뼈를 맞춰 본 경험은 당연히 없다.

소년의 얼굴은 뼈가 부러진 느낌이 없으니까 붓기만 했을 것이다. 츠토무는 그렇게 생각했지만, 혹시 모르니 치료원에 보내도록 권했다. 주인은 제자의 잘못이라며 사양했지만, 이렇게까지 도가 지나친 제재를 가하는 것은 츠토무가 용납하지 않았다.

바가지를 씌웠다고 해도 대마석 여섯 개 정도라면 예산 내였으니까, 츠토무가 보기에는 그다지 큰 타격이 있는 지출도 아니었다. 자신이 손해를 입었다고 여기지도 않았는데 저렇게까지 소년에게 고통이 가해진 것은, 츠토무로서도 마음 아팠다.

주인에게 소년을 질책하지 말아 달라고 부탁한 츠토무는 불옷의 수선 비용을 미리 지불하고 바로 가게를 나왔다. 그리고는 파손된 가름의 장비를 대장간에서 고철로 만들어 판 뒤에 장비를 보충하거나, 자기 옷을 세탁소에 맡기거나 했다.

이래저래 하는 사이에 점심도 한참 지나서, 츠토무는 노점에서 구이 요리를 사 먹으며 공략층 순으로 늘어선 1번대부터 10번대를 훑어봤다. 커다란 1번 신대에는 오랜만에 흑마단이 나왔다.

츠토무가 매각한 검은 지팡이를 든 아르마라는 흑마도사와 검은 마검사라는 별명이 있는, 어둠 속성 스킬을 즐겨 쓰는 검사 남자. 그 두 사람이 중심인 클랜의 5인 파티는 61층 화산을 탐색 중이었다. 츠토무 일행 3인 파티가 화룡 공략에 성공해 화제가 단숨에 그쪽으로 쏠리고 말아, 흑마단은 중지했던 활동을 재개할 수밖에 없는 상황에 빠졌다.

다행히 화룡 공략에 사용했던 비용과 검은 지팡이 구입에 쓴 돈은 귀족에게 받은 포상금과 취재료로 벌어들이기는 했지만, 아직 그들은 신문사의 인터뷰로 벌어먹을 계획이었다. 그것을 아래에서 가로챈 형태가 되어, 특히 흑마도사인 아르마는 츠토무 일행을 방해꾼이라고 생각하고 있었다.

이어서 알도렛 크로우, 금색의 선율로 이어지고, 그 뒤로는 중견 클랜이 4번대 이후에 찍히고 있다. 10번대에서 지난번에 알게 된 실버 비스트를 발견하고 싱긋 웃은 뒤, 츠토무는 마석 환금소로 향했다.

슬슬 어린아이가 간식을 조를 시간이 되어, 마석 환금소는 한산했다. 기본적으로 아침이나 밤에 이용하는 손님이 많아, 아침에 마석 환금소에 접수한 경우는 늦은 오후에서 저녁 무렵에 환금한다는 흐름이 많다. 드물게 바쁜 경우는 다음 날 환금하지만, 그런 일은 거의 없다.

돋보기를 들고 바쁘게 마석을 감정하고 있는 소녀에게 츠토무가 말을 걸자, 마치 계층주라도 대면한 듯한 표정으로 대답했다. 그리고 안쪽으로 들어가 주머니에 묵직하게 든 돈을 철 테이블에 놓고, 목제 카운터에 얇은 깔개를 깔았다.

"부스러기랑 소마석의 감정서는 이거야."

"네. 좋아요."

"그래. 다음은 무색 대마석이네. 전부 열세 개. 저가 열 개, 중이 세 개. 합해서 백만 골드."

"문제없어요."

순조롭게 교섭이 진행되어 두 장의 감정서를 받아든 츠토무는 판에 박은 듯한 미소를 지은 채로, 주머니에 든 돈을 받아 매직백에 수납했다. 드워프 소녀는 다음에 번개 마석을 카운터에 꺼내, 철 테이블 위에 있는 감정서를 끌어당겼다.

"번개 소마석은 일곱 개 모두 중품질. 중마석 여덟 개는 중품질 다섯 개에 고품질이 세 개야."

"소는 전부 중품질인가요."

"내 감정 스킬이 부족한 게 아니라면 맞을 거야. 레벨 4니까, 그 부분은 신용해 줘."

소녀는 사전에 준비한, 길드에서 발행하는 스킬 레벨의 보증서를 꺼내 츠토무에게 보였다. 그 감정 레벨은 츠토무의 검은 지팡이를 감정해 레벨을 올렸던 에이미보다 하나 높다.

드워프 소녀는 어렸을 적부터 마석을 중심으로 다양한 물건을 건드려, 그 물건의 가치를 가늠해왔다. 열여섯이라는 어린 나이에 감정 레벨 4는, 보기 드문 재능과 꾸준한 노력으로 얻은 실적이었다.

"그래서, 얼마인가요?"

"소는 7만 골드. 중은 250만 골드."

"그런가요."

전부해서 200만 골드 정도로 예상했던 츠토무는 미소를 지우지 않고 중얼거렸다. 한동안 고민하는 척할까 생각했지만, 그것은 불의 대마석을 위해 아껴두자고 생각하고 그 가격으로 승낙했다.

안심한 듯이 한숨을 쉰 소녀는 번개 마석을 카운터에서 안쪽 쿠션이 깔린 용기에 넣고, 골드가 가득 든 주머니를 츠토무에게 내밀었다. 묵직한 주머니를 츠토무는 매직백에 넣었다.

"그럼, 불의 대마석이네. 엇차."

츠토무의 얼굴과 비교해 두 배는 될 불의 대마석을, 소녀는 양손으로 가볍게 꺼내 카운터에 살며시 놓았다. 햇빛을 반사하는 불의 대마석은 보석처럼 빛나고 있다. 소녀가 바로 감정서를 꺼냈다.

"불의 대마석은 아마도 최고품이야. 700만 골드 낼게."

"…………."

그 금액에 깜짝 놀란 츠토무는 저도 모르게 무표정이 되어 입을 다물었다. 옆에 있던 가름도 그 금액은 예상하지 못했는지 미심쩍은 듯한 표정을 짓는다. 가름과 카미유의 예상은 400만 정도로, 츠토무가 예상한 금액도 그 정도다. 진의를 살피듯이 츠토무는 소녀를 빤히 바라봤다. 물건을 감정하는 듯한 츠토무의 시선에 소녀는 뒷걸음질 치다 등 뒤에 있는 의자에 다리를 부딪칠 뻔했지만, 그것을 얼버무리듯이 바로 허리에 양손으로 올렸다.

"흐흥."

"오히려 수상쩍은데요."

의기양양한 표정의 소녀를 보고 츠토무가 긴장된 분위기를 흐트러트렸다. 흑마단이 화룡을 토벌했을 때 얻은 붉은색 대마석에 대략 500만 골드의 판매가가 붙었다. 최고품이라고 가정해도 그만한 가치가 있다고는 생각할 수 없었다.

"대장간에서 일하는 우리 할아버지가 원할 테니까. 이건 어떻게 해서든 내가 확보해서 선물해 주고 싶어. 그러니까, 어때? 부탁이야!"

"끄응."

뻔히 돈에 억척스러운 이 소녀가 과연 가족을 위해 자기 돈을 들여서까지 불의 마석을 사려고 할 것인가. 그런 것을 생각하고 팔짱을 낀 츠토무에게 추가타를 날리듯이 소녀가 소리쳤다.

"할아버지를 기쁘게 해드리고 싶어!"

"하아."

"나 지금까지 제멋대로였으니까 말이야! 하다못해 은혜에 보답하고 싶어!"

"뭔가 수상쩍어지기 시작했네요."

"잠깐?! 대장간은 강력한 화력과 온도가 필요하니까, 그러기 위해 불의 마석은 크고 질이 좋을수록 좋아! 그러니까 이 마석은 대장간 사람은 어떻게든 갖고 싶어 할 물건이야! 온도를 올릴 수 있으면 그만큼 가공할 수 있는 물건이 늘어나고, 지금도 가공할 수 없는 소재는 잔뜩 있으니까!"

"아아, 그렇구나. 그거라면 거리낌 없이 팔 수 있겠네요. 처음부터 그렇게 말해 주면 좋았을 텐데."

"…………."

안심하고 감정서를 받은 츠토무를 보고 조금 어리둥절한 뒤, 드워프 소녀는 불의 대마석을 양손으로 덥석 껴안았다.

"만세! 이거면 할아버지도 나를 인정할 거야! 고마워! 사랑해!"

카운터에 돈을 놓은 소녀는 웃는 얼굴로 붉은색 마석에 입을 맞추기 시작했다. 눈을 희미하게 뜨고 이상한 사람을 보는 눈빛을 띤 츠토무는 매직백에 대량의 골드를 수납한 뒤에 길드에서 예금하고, 메모를 보며 길드 기숙사로 향했다.

에이미의 마음

　츠토무는 부길드장에게 들은 방 번호를 확인하고, 넓은 길드 기숙사를 돌아다녔다.

　"에이미에게 가는 것인가?"

　"네."

　"장소는 3층이다. 나는 먼저 돌아가 있겠다."

　가름은 장소를 알려준 뒤 자기 방으로 돌아갔다. 여전한 모습에 츠토무는 어깨를 떨군 뒤, 에이미의 방 번호를 발견하고 초인종을 울렸다.

　"늦었잖아~! 빨리 들어와~!"

　조금 질책하는 듯한 에이미의 목소리가 문 안쪽에서 들려왔다. 부길드장이 미리 말했나 싶어서 문을 당기자 잠그지 않았는지 순순히 열렸다. 실내 구조는 가름의 방과 차이가 없어, 츠토무는 우선 거실로 향했다.

　"디니짱 늦었……."

　헐렁한 잠옷을 입은 에이미가 테이블에 컵을 내려놓으며 웃는 얼굴로 돌아보고, 츠토무가 시야에 들어오자 표정을 굳혔다. 그리고 테이블에 이제 막 내려놓은 빈 컵을 들고 뒷걸음질 쳤다.

"어어?! 어째서 츠토무가?!"

"아니, 저는 부길드장이 미리 이야기했나 싶어서 들어와 버렸는데…… 죄송해요, 착각했네요."

"자, 잠깐 기다려!"

살짝 붉어진 얼굴을 두 손으로 감추며 에이미는 거실에서 나가, 소란스럽게 자기 방으로 들어갔다. 서둘러 옷을 갈아입는 것인지 천이 쓸리는 소리가 츠토무의 귀에 들어왔다.

그리고 츠토무는 한동안 기다렸다. 슬슬 서 있기 힘들다 싶어졌을 무렵에 에이미가 나이에 걸맞은 귀여운 옷을 입고 돌아왔다. 하얀 앞머리를 신경 쓰는지 한 손으로 쓸고 있는 모습이 어딘가 어색한 느낌이었다.

"저기, 친구가 올 예정인 거죠? 그럼 저는 내일 다시 올게요."

"걔는 자유분방하니까, 딱히 상관없어. 한동안 안 올 테니까."

에이미가 친구를 떠올리는 듯한 표정을 지으며 테이블로 다가와 근처에 앉자 츠토무도 자리에 앉았다. 다리의 피로를 풀 듯이 편히 꼬고서 한숨을 돌린 츠토무는, 여자들 특유의 자세로 앉은 에이미에게 말을 걸었다.

"왠지 상당히 오랜만인 것 같네요."

"그러네. 딱 2주? 정도려나?"

"어라? 의의로 길지도 않았네요. 아, 본론을 말할게요. 이번에 솔리트 신문사와 면담하게 되었어요. 그 면담에 에이미 씨도 동행을 부탁하고 싶어서, 예정을 확인하러 왔어요."

중간에 에이미의 친구가 오면 곤란하니 츠토무는 빨리 예정을 묻고 돌아가고자 바로 본론을 꺼냈다. 서두르는 듯한 태도와 혼자 존칭을 붙이는 사실에 에이미는 상처에 소금을 뿌린 듯한 표정을 지었다.

"길드장이랑 가름은 그냥 이름만 부르면서, 나만 '에이미 씨'구나. 그야 그렇겠지. 난 이제 파티 멤버가 아닌걸. 이미 길드장이 있으니까."

후반부는 사그라들 것처럼 작은 목소리로 중얼거린 에이미. 츠토무는 후반부의 목소리를 알아듣지 못하고 고개를 갸웃거렸다.

"잘 모르겠지만, 그냥 이름으로 불러도 된다면 그렇게 할게요. 그래서 예정은 어떤가요?"

"언제든지 돼. 한가하니까."

"그런가요. 그럼 이틀 뒤의 밤이 어떨까요?"

"시간 된다고 했잖아. 언제라도 좋아. 그것보다……."

에이미는 그 일에 관해서는 아무래도 좋다는 듯이 대답한 뒤에, 풀이 죽은 하얀 고양이 귀를 뒤로 뒤집었다. 그리고 눈을 어디에 둬야 할지 망설이듯이 시선을 돌린 뒤, 재빨리 머리를 숙였다.

"츠토무. 미안해. 계속, 사과하고 싶었어."

"…………."

"솔리트 신문사로 쳐들어가서, 붙잡히고, 그랬더니 그게 츠토무 탓이 되었어. 멋대로 그런 일을 하고 츠토무를 휘말리게 해서, 정말로 미안해."

"그런가요."

에이미가 머리를 들자 지극히 진지한 표정으로 고개를 끄덕인 츠토무가 보였다. 그 시선은 쉘 크랩 때 같은 무기질적인 것은 아니었지만, 절대로 상냥한 시선도 아니었다. 에이미는 각오를 정한 것처럼 시선을 낮췄다.

"좀 더 화내도 돼. 때려도 돼. 발로 차도 돼. 파티 계약은 물론 길드에 말해서 해지할 거고. 돈도 전부 돌려줄게. 길드 직원을 그만두게 해도 괜찮아. 내가 보기도 싫다면, 멀리 갈게. 그리고, 그리고……."

"에이미."

더 할 수 있는 일을 찾으며 허둥거리기 시작한 에이미를, 츠토무가 제지하듯이 불렀다. 에이미의 어깨가 움찔거리고, 겁먹은 것처럼 눈을 올려 뜨며 츠토무를 바라봤다. 츠토무는 그런 에이미를 안심시켜주듯이 웃음을 지어 보였다.

"이미 충분히 반성했죠? 그렇다면 벌을 줄 필요가 없어요."

"어, 어째서?! 내 탓에 츠토무가 범죄자 같은 취급을 받았잖아?! 내 탓이니까, 내가 벌을 받아야지!"

"그렇다고 해도, 이미 그 솔리트 신문사의 기사는 정정할 것이 확정되었으니까 괜찮아요. 게다가 네 살이나 어린 사람의 실수를 종알종알 말하는 것도 기분이 내키지 않고요."

"어? 네 살……?"

"아, 저는 올해로 스물둘이에요. 에이미는 열여덟이죠?"

"뭐어어어어어어어!! 츠토무가 연상이라고오오?!"

"왠지 가름과 카미유도 비슷한 반응이었는데, 제가 그렇게 어려 보이나요. 별로 노력한 적이 없는데요."

표정이 완전히 바뀌어 놀라는 에이미를 보고 츠토무는 자신 없이 머리에 손을 댔다. 잠시 놀라 몸을 뒤집고 있던 에이미는, 그 놀라움에서 부활하고는 테이블을 쾅 두드리고 몸을 내밀었다.

　"아니 그게 아니라!! 뭔가 없으면 내 기분이 풀리질 않아! 자, 때려도 돼! 있는 힘껏 뻑! 하고!"

　"때리라니…… 음, 어떡하죠. 아, 요전의 계약도 아직 유효하죠? 그렇다면 그것도 지금 써버릴까요?"

　"어, 응! 내가 할 수 있는 일이라면…… 뭐, 뭐든지 좋아!"

　그렇게 단언하고 눈을 꼭 감은 에이미. 부들부들 떨리는 어깨를 보고 츠토무는 쓴웃음 지으며 테이블로 몸을 내밀었다. 츠토무가 움직인 것을 소리로 알아챈 에이미는 몸을 굳히고 긴장하면서도, 그의 행동을 기다렸다.

　"에잇."

　톡 하고 가벼운 딱밤이 에이미에게 떨어졌다. 예상하지 못했던 가벼운 충격에 에이미가 눈을 동그랗게 뜨고 껌뻑인다. 내밀고 있던 몸을 되돌린 츠토무는 그녀의 눈을 응시하고 선언했다.

　"에이미는 다시 저랑 가름과 함께 파티를 짜고, 화룡을 해치울 것. 그게 제 부탁이에요. 어떤가요?"

　"뭐야, 그게."

　"아니, 물론 카미유도 좋았지만 말이죠? 역시 에이미가 아니면 느낌이 딱 오지 않더라고요. 지금까지 공격 횟수가 많은 딜러랑 해오다 보니까. 일격이 무거운 카미유의 어그로 관리도 익숙해지지를 않고요. 아, 그리고 에이미가 있을 때를 생각해서 짠 작전도 시험해보지 못하고 끝나면 왠지 싫으니까요. 에이미만 좋다면 다시 해요. 솔리트 신문사의 면담이 끝나고 나서."

태연한 기색으로 던전 이야기를 술술 하는 츠토무를 보고, 에이미는 살짝 웃은 뒤에 어두운 표정을 지었다.

"무리야. 길드장도 8시간이 걸렸잖아? 나로는, 역부족이야."

"응? 아니 그게 아니에요. 확실히 화력은 카미유가 더 높겠지만, 초반에 조금 삽질했거든요."

"어, 삽질?"

"아아, 에이미는 처음부터 1번대를 보지 않았나요? 처음에 화룡의 포효로 카미유가 전의를 상실해버렸거든요. 시간이 걸린 원인은 그게 컸어요."

"뭐어?! 길드장이 전의 상실? 그 사람이?!"

"저도 깜짝 놀랐어요. 자신감으로 똘똘 뭉친 사람인 줄 알았으니까요. 뭐, 그 뒤로 복귀해 주어서 다행이었지만, 그래도 공격당하면 다시 전의를 상실할지도 모른다고 생각해서, 공격을 자제하게 했어요."

"그랬구나……. 아니, 그래도, 역시 나는 무리야. 무리! 무리!"

"할 수 있어! 아자, 아자!"

"아니! 무리래도!"

이상하게 밀어붙이는 츠토무가 건성건성 격려하지만, 에이미는 두 손을 흔들며 부정했다. 그 모습에 츠토무는 난처하다는 듯이 팔짱을 꼈다.

"으~음. 그래도 좋은 파티라고 생각하는데. 게다가 솔리트 신문사의 일이 진정되면 계약이 끝날 것 같으니까, 그때까지는 화룡 정도는 함께 돌파하고 싶은데 말이죠. 처음 파티라서 다소 애착도 있고……."

팔짱을 끼고 신음하는 츠토무를 보고 에이미는 두 주먹을 쥐었다. 그것은 에이미도 잘 안다. 화룡과 싸우는 카미유를 보고, 얼마나 자신이 바꾸고 싶었는지.

츠토무와 처음에 파티를 짰을 때는 애초에 속죄하는 마음이었던 것도 있어 별로 즐겁지는 않았다. 오랜만인 던전 탐색 자체는 재미있었지만, 너무나 깐깐한 가름이 있다는 것 때문에 기분은 최악이었다. 하지만 그 마음은 21층부터 점차 변하기 시작했다.

츠토무가 제안한 전법. 딜러, 탱커, 힐러의 역할을 나누고 한 전투. 에이미는 처음에 무의미한 짓이라고 생각했었다. 하지만 몬스터에게 집단으로 공격받아도 전혀 쓰러지지 않는 탱커 가름과 회복과 지원 스킬이 끊기지 않는 힐러 츠토무. 그리고 지원 스킬을 부여받아 가벼워진 몸으로, 몬스터를 일방적으로 해치우는 상쾌함.

마침내는 넘을 수 없는 벽이었던 쉘 크랩까지 여유롭게 공략했을 때, 에이미는 복귀한 뒤에 콧노래를 부르며 덩실거리고 말았다. 그리고 다시 한번 쉘 크랩을 해치울 수가 있었고, 츠토무가 말한 딜러의 역할도 감각적으로 알기 시작했었다.

가름을 노리는 몬스터를 우선적으로 한 마리씩 처치한다. 츠토무의 지원 스킬이나 회복 스킬을 의식해 움직이고, 경고받기 전에 공격을 멈춘다. 자기 역할을 완수하는 것. 그리고 츠토무에게 칭찬반는 것에 기쁨을 발견하고 있었다.

이 파티라면 정말로 화룡마저 해치우고 말지도 모른다고, 에이미는 진심으로 생각했었다.

"그래⋯⋯."

"응?"

"나도⋯⋯ 좋은 파티라고 생각해! 겨우 츠토무의 전법도 알기 시작했어! 가름도 왠지 강해졌고, 나도 강해졌어! 츠토무의 스킬에도 맞출 수 있게 되었고, 어그로도 점점 알 수 있게 되었어! 이제부터였어! 하지만⋯⋯ 츠토무에게는 잔뜩 폐를 끼쳤고. 그리고 길드장이."

"아니, 카미유는 관계없잖아요."

"있어! 그 용화 엄청났는걸! 그거랑 같은 일은 세상이 뒤집혀도 나는 할 수 없어! 그럼 포기할 수밖에 없잖아! 가름은 무조건 길드장이 더 좋다고 생각할 거고! 츠토무도 사실은 길드장이 좋은 거지?!"

"아니, 어느 쪽인가 하면 에이미가 좋네요."

그 말에 곧바로 답한 츠토무를 보고 에이미는 입을 뻐끔뻐끔 움직였지만, 말은 나오지 않았다. 츠토무는 턱에 손을 대고 말하기 시작했다.

"카미유의 용화는 확실히 매력적이지만, 이쪽에서 맞추는 건 피곤해요. 게다가 실수를 감안해서 시간을 많이 잡으니까, 정신력과 어그로 관리에서 여유가 없어지고요. 뭐, 같은 파티가 되고 아직 얼마 안 됐으니까 어쩔 수 없는 부분도 있지만요."

츠토무는 설치형 스킬로 고생했던 것을 떠올리며 말하기 어려운 듯이 입에 담고, 에이미 쪽으로 몸을 돌렸다.

"그런데 에이미는 애초에 같은 파티였던 시간이 길어서, 저에게 잘 맞추고 있잖아요. 게다가 화력도 충분해요. 에이미는 일격이 가벼운 만큼 몸이 가벼워서, 급소를 노리기 쉬우니까요."

"하지만…… 그래도……."

"그리고 카미유도 에이미가 원래 움직임을 잘 맞추지 못하는 사람이라고 말해서, 조금 기뻤어요. 제 실력을 인정해 준 걸까 하고요. 그러니까 다시 파티를 짜요. 아, 가름도 카미유와는 상하관계가 있는 탓인지 긴장하는 모양이라, 에이미와 말다툼하는 것이 더 편하다던데요?"

츠토무가 내민 손. 그것을 바라보는 에이미의 눈에서 눈물이 흘러 바닥으로 뚝뚝 떨어진다. 솔리트 신문사로 쳐들어가서 츠토무의 평판을 더욱 떨어트렸다. 석방될 무렵에는 카미유가 츠토무의 파티에 있었고, 마침내 화룡을 토벌했다. 자신은 이제 쓸모가 없다고 생각했다.

'그런 건…… 츠토무는 생각하지 않았었어.'

하지만 츠토무는 용서해 준다고 말하고, 나아가 아직 필요하다고 말하며 손을 내밀고 있다. 에이미는 감정이 복받쳐 올라 테이블을 뛰어넘어 츠토무를 껴안았다.

츠토무는 달려든 에이미에게 놀라 얼굴을 움찔거리면서도 받아냈다. 츠토무의 가슴에 얼굴을 파묻고 에이미는 울음을 터트렸다.

"으아아앙!! 이, 이제 나 피료 업다고! 말할 줄 알았어어어!!"

"그런 일은 없어요."

츠토무는 싱긋 웃으며 주머니에서 손수건을 꺼내 에이미의 눈물을 살며시 닦았다. 에이미는 간지러운 듯이 눈을 가늘게 뜨며 말을 이어갔다.

"기, 길드장이 더 좋을 거라고!"

"음. 뭐, 희망을 말하자면 양쪽 다 원하지만요. 둘 다 AGI가 높아서 몬스터의 공격도 어느 정도 피할 수 있을 테고, 그만큼 가름이 편해지니까요. 아, 그래도 헤이스트는 어느 쪽에 줄지 망설여지네요. 용화 상태일 때는 카미유 우선으로……."

"이 바보야!"

자꾸 파티 이야기만 하는 츠토무를 눈물로 젖은 눈으로 올려다보고, 에이미는 츠토무의 뺨을 양손으로 쭉 잡아당겼다.

"나만 있으면 된다며~? 길드장보다 내가 좋다며~?"

"아야야야!"

가슴에 매달리며 뺨을 가볍게 꼬집는 에이미는 평소처럼 맑은 웃음을 지으며 츠토무의 뺨을 잡아당기고 있었다.

싹트는 역할 개념

그리고 한동안 시간이 지나자 에이미가 쑥스러워하며 몸을 떼고, 뭔가 분위기가 어색해진 나머지 츠토무는 도망치듯이 에이미의 방을 떠났다. 그리고 기분을 전환하기 위해 어두워진 도시로 가름과 나와, 던전의 라이브 방송이 진행되고 있는 광장으로 향했다.

대부분의 노동이 끝나는 오후 6시부터 한 자릿수 대 부근은 대성황을 이뤄, 축제 현장처럼 소란스러워진다. 대음량으로 흘러나오는 1번대의 공략 모습에 뒤지지 않을 정도로, 노점에 선 험상궂은 남자가 목청을 높이며 철판 위에서 주사위처럼 썰린 고기를 굽고 있다.

츠토무는 그 노점의 연기에 끌려가는 것처럼 다가가, 주사위 스테이크를 샀다. 종이봉투에 담겨서 기름으로 빛나는 여덟 개의 스테이크를, 투박하게 찢긴 녹색 채소와 함께 나무 꼬치로 꽂아 입으로 가져갔다.

"하나 주지 않겠나?"

"더 먹는 건가요……."

양손 가득히 노점 먹거리를 들고 있는 가름에게 눈을 흘긴 뒤, 츠토무는 주사위 스테이크를 채소로 싸서 넘겨주었다.

츠토무도 그것을 집어 먹으며 멀리 보이는 1번대에서 흑마단이 62층을 탐색하는 모습을 확인하며, 번호 순서대로 인파에 흘러가듯이 걸어갔다.

1, 2, 3번대는 평소대로 흑마단, 금색의 선율, 알도렛 크로우의 대형 클랜이 독점하고, 뒤쪽 대에서는 대형 클랜의 2군, 3군이 협곡을 공략하고 있다. 야금야금 주사위 스테이크를 먹으며 츠토무가 신대를 순서대로 보고 내려가자, 그중에서 눈길을 끄는 파티가 5번대에 나오고 있었다.

그것은 오크 집단과 대치하고 있는 알도렛 크로우의 2군 파티다. 종이봉투를 접어 매직백에 넣은 츠토무는 5번대로 다가가, 자기 키를 넘어가는 신대를 빤히 올려다봤다.

지금까지의 파티 대부분은, 포션을 사용하지 않고 같이 죽을 각오로 몬스터를 해치우고 이익을 얻는 것에 특화된 구성. 4딜 1힐 구성이었다.

하지만 지금 5번대에 나오고 있는 알도렛 크로우의 파티에는 딜러인 전사가 한 명밖에 없다. 나머지는 기사, 성기사, 백마도사, 음유시인. 지금까지의 파티 구성과는 확연하게 달랐다.

다른 클랜의 전법을 하위 사람들에게 시험하고, 그 전법이 효과적이라고 판명되면 위로 유용한다. 알도렛 크로우는 다채로운 종족과 직업을 지닌 사람을 보유하고 있어 인재에 관해서는 어느 클랜보다도 많다.

따라서 다른 클랜이나 파티의 전법을 빨리 실전에 투입할 수가 있다. 그리고 정보원이 전달한 츠토무의 전법을 배우기 시작한 하위군이 상위군을 뛰어넘는 하극상이 다발하고 있었다. 츠토무가 시행하는 탱커, 딜러, 힐러의 세 가지 역할로 분담된 전법으로 하위군에서 맴돌던 힐러 직업과 탱커 직업에 불이 붙었기 때문이다.

백마도사는 츠토무의 전법과 날아가는 스킬을 마른 스펀지처럼 흡수하고, 공격력이라는 점에서 뒤떨어지기 마련인 기사나 중기사, 성기사는 탱커라는 역할을 이해하면서 화력을 내려는 생각을 멈추고 어그로를 끄는 스킬을 사용하기 시작했다.

지금까지 딜러에 위세를 빼앗겨 구석으로 밀려났던 그들은 탐욕스럽게 지식을 흡수해 실천을 거듭해, 어찌어찌 실용 레벨이 될 정도로 완성되어 있었다. 하지만 중요한 딜러의 의식 개혁은, 알도렛 크로우도 아직 이루어지지 않았다.

딜러의 화력 지상주의는 최근 몇 년 동안 축적된 것으로, 그만큼 자존심이 강한 사람도 많다. 특히 41층부터는 딜러들이 공략을 개척한 것도 있어서인지, 그런 의식은 뿌리가 깊었다.

따라서 딜러 중에서는 다른 탐색자를 깔보는 사람도 많다. 그런 딜러들이 지금까지 빛을 보지 못했던 직업에 맞추는 것은 의식 문제도 있어서 아직 시간이 걸릴 것 같았다. 그런 사실을 깨달은 정보원 남자는 우선 파티 구성을 바꾸기로 했다.

딜러 둘, 탱커 둘, 힐러 하나는 아무래도 화력이 과해지고 만다. 그렇다면 아예 딜러를 줄여, 딜러 하나, 탱커 둘, 힐러 둘 파티로 해버리자고 생각했다. 그리고 그 파티는 결과를 내기 시작했다.

아직 층 공략은 많이 달성하지 못했지만, 사망률과 포션 소비가 다른 파티보다도 월등히 줄어들면서 이익이 늘어났다. 더욱이 이렇게 하면 이제까지 거느리고 있던 인재도 효과적으로 활용할 수 있다. 그 실적을 근거로 이번에는 고레벨 사람들을 모아 즉석 파티가 결성되어, 협곡을 공략하고 있었다.

"오."

딜러가 한 명인 파티를 보고 츠토무는 저도 모르게 소리를 내고, 오크와 싸우려 하는 모습을 조금 두근거리며 지켜봤다.

오크 다섯 마리에 대해 선두에 있는 기사 둘이 컴뱃 크라이를 쏘아, 오크의 시선을 붙잡는다. 그리고 배후에 있는 음유시인 남자가 둥근 우쿨렐레 같은 악기를 손에 들었다.

"수호의 찬가."

그렇게 말하고 손가락으로 우쿨렐레의 현을 튕겨, 사람들을 고무하는 듯한 음색을 연주하기 시작한다. 그 음색을 들은 파티 전원의 VIT가 한 단계 상승해, 기사가 오크의 검을 작은 방패로 받아내고 반격한다.

음유시인은 자신의 노랫소리와 악기를 연주하는 음색으로 파티 전원을 강화하거나, 몬스터를 약화하는 음색을 연주할 수 있는 특징적인 직업이다. 그리고 그 스킬은 츠토무가 날리고 있는 프로텍트나 헤이스트와 달리, 몬스터를 실수로 강화할 일은 없다.

음유시인에게는 회복 스킬도 있지만 백마도사나 회마도사보다는 효과가 낮아, 어느 쪽인가 하면 버프 담당이라는 측면이 강한 직업이다. 따라서 아군에게 지원 스킬을 건다고 하면 음유시인이라는 인식이 강하다.

그리고 전사가 배후에서 기사를 노리는 오크를 장검으로 벴다. 그 옆의 오크가 전사를 돌아봤다.

"실드 배시."

그 오크를 기사가 실드 배시로 후려쳐, 뒷걸음질 친 사이에 딜러가 처리했다. 두 마리의 오크가 당하는 사이에, 멀리서 순회하듯이 뛰어다니는 쿵푸거루가 그 파티를 알아채고, 붉은색이 섞인 지면을 통통 뛰며 다가왔다.

"질풍의 찬가."

음유시인이 추가로 AGI가 상승하는 스킬을 자신의 노래로 발동하고, 파티 전원의 민첩성을 올렸다. AGI가 한 단계 상승하는 시간도 헤이스트나 프로젝트보다 길고, 무엇보다 지원 스킬이 잘못 들어갈 걱정이 전혀 없다.

백마도사가 중심인 중견 클랜, 백격의 날개가 날리는 지원 스킬을 키우려 했던 것을 그만둔 이유 중 한 가지가, 음유시인의 존재 때문이었다.

물론 음유시인도 단점은 있다. 예를 들면 연주나 노래를 도중에 중단하면 효과를 받을 수 없다. 게다가 지원 스킬을 부여하는 종류는 악기에 의존한다. 현재 레벨로 음유시인이 지닐 수 있는 악기는 하나뿐. 따라서 자신의 노래와 악기의 음색, 두 종류의 지원 스킬만 파티 멤버에게 부여할 수 있다.

그리고 파티 멤버가 청력을 잃을 경우, 음유시인이 지원 스킬을 사용해도 강화할 수 없다. 몬스터에게 청각이 없는 경우도 마찬가지로, 약화할 수 없게 된다.

그리고 백마도사는 회복 스킬과 레이즈, 부여술사는 다채로운 지원 스킬과 약화 스킬을 쓸 수 있다는 장점이 있다. 하지만 백마도사는 몰라도, 부여술사는 그 직업이 걸리면 탐색자는 끝이라고 할 정도로 불우한 직업이다. 부여술사로 유명한 사람은 현재 경비단의 간부인 안경남밖에 없다.

알도렛 크로우의 파티가 오크 네 마리를 쓰러트렸을 무렵에 등 뒤에서 다가왔던 쿵푸거루가 지면을 차고, 다리를 창처럼 뻗으며 돌격해 전사의 등을 차 날렸다. 등 뒤에서의 기습에 전사가 폐의 공기를 토해내며 날아간다. 그 모습을 보고 기사들이 당황하며 일제히 컴뱃 크라이를 쏘았다.

"저건, 글렀군."

가름은 탱커 두 사람을 진지한 표정으로 지켜보며 그렇게 말했다. 츠토무는 "그렇네요."라고 말하고 자신의 전법이 채용되어 싱글거리며 전황을 지켜보고 있자, 백마도사 남자가 날아간 전사를 향해 달렸다. 그리고 쓰러져 있는 남자의 등에 지팡이를 댔다.

"힐."

전사의 옷 아래에 생긴 타박상이 사라지고 수복된다. 전사는 바로 일어나 기사들에게 쇄도한 쿵푸거루에게 향하기 시작하고, 백마도사도 뒤를 따랐다.

"힐, 힐."

기사 두 사람의 뒤에서, 백마도사가 지팡이를 대고 그들이 입은 대미지를 치유한다. 그 광경을 보는 츠토무는 입술을 물고 생각했다.

'역시 힐은 날리지 않나. 실버 비스트의 힐러도 효과가 약하다고 했으니까. 솔리트 신문사의 문제 처리가 끝나면 본격적으로 알아봐야지. 그러고 보니…… 이번 주 수요일에 카미유가 실버 비스트를 찾아간다고 했었지? 가름도 조만간 간다고 했으니까, 그날 힐러들과 이야기를 나누고 원인을 찾아볼까.'

그렇게 정한 츠토무는 알도렛 크로우의 전투 황을 지켜봤다.

쿵푸거루의 날카로운 공격을 몇 번인가 맞고, 기사들은 반격과 스킬을 사용해 몬스터의 어그로를 끌고 있다. 딜러가 한 명이기 때문에 화력이 부족한 감은 있지만, 그만큼 안정감이 컸다.

VIT가 높은 성기사와 기사가 몬스터의 공격을 받아내고, 그것을 음유시인이 지원 스킬로 서포트. 기사들의 상처는 백마도사가 뒤에서 치유하고, 전사는 제멋대로 몬스터를 공격하고 있다.

그렇게 쿵푸거루를 전부 토벌한 파티는 서로의 얼굴을 마주 본 뒤, 조금 긴장을 풀고 서로 무언가를 작은 목소리로 말을 나누며 협곡을 탐색했다.

그 뒤로 와이번 무리와 조우해 전투를 개시했지만, 기사를 노린 와이번의 꼬리 가시에 백마도사가 맞고 말아, 마비되어 움직이지 못하게 되었다. 그리고는 여러 무기를 든 오크도 돌격해왔다.

움직일 수 없는 백마도사. 기사들도 허둥지둥 눈앞에 와이번에게 공격을 집중하는 바람에 가세했던 오크가 방치되고 말았다. 그것에 의해 백마도사는 오크에게 머리가 뭉개져서 사망. 그 뒤로는 탱커 역할인 기사가 어그로를 끄는 스킬을 사용하지 않고 총력전이 되었지만, 서서히 와이번과 오크에게 농락당해 파티는 전멸하고 말았다.

"아직 멀었군."

"뭐, 알도렛 크로우는 이제부터예요."

그 모습을 관찰하고 있던 츠토무는 입가에 웃음을 띠고 여러 개의 신대를 구경하며 돌아다닌 뒤, 적당한 시간이 되어 가름의 방으로 귀가했다.

▷ ▷

그다음 날. 츠토무는 가름, 카미유, 에이미, 부길드장, 이렇게 다섯 명이 솔리트 신문사 면담에 관해 회의했다. 그리고 그것은 1시간 정도 만에 끝났다.

그 내용이 마음에 들지 않는지, 에이미는 조금 언짢은 기색이었다. 그리고 카미유도 츠토무에게 계속 삐딱한 태도를 취하고 있었다. 처음으로 그런 태도를 본 츠토무는 무슨 일인가 싶어 카미유에게 이유를 물었다. 그러자 파충류가 사냥감을 가늠하는 듯 빤히 바라봤다.

"어이, 츠토무. 에이미에게 말을 들었는데. 만약 딜러를 파티에 한 명 넣는다고 한다면, 내가 아니라 에이미를 고르겠다고 한 것은 사실이더냐?"

"아……."

츠토무가 어색한 듯이 목소리를 흘린 뒤에 돌아보자, 에이미는 우월감에 빠진 것처럼 가슴을 펴고 있었다.

269

"정말이에요~. 츠토무는 저를 선택했어요~."

"어이, 츠토무. 일단은 내 눈을 보지 않겠느냐?"

"부길드장, 가름."

눈빛이 싸한 카미유를 피하고, 츠토무는 부길드장과 가름에게 애원하는 눈길을 보냈다. 부길드장은 서둘러 눈을 돌리고, 가름은 고개를 가로저었다.

"저는, 파티 사정을 잘 모르니까요."

"아무리 그래도 이번만큼은 나도……."

"츠~토~무~! 넣는다고 한다면 나를 선택할 거지?"

"물론 나지, 츠토무! 어제 그렇게 말해 주었는걸!"

"두 분 모두 뛰어나셔……."

오른쪽 어깨를 카미유에게 딱 붙잡힌 츠토무. 어깨가 빠질 듯한 아픔에 츠토무는 몸을 비틀고 항복하듯이 카미유의 손을 두드렸다.

"그건 용납 못 한다. 둘 중 하나를 고를 때를 말하는 거다."

"흐흐웅? 뭐 츠토무는 나를 고를 거지만~. 그렇지~? 어제 말했는걸~."

이번에는 왼쪽 어깨를 에이미에게 붙잡혔다. 긴 손톱이 어깨를 살짝 파고드는 바람에 츠토무는 짧게 비명을 흘렸다.

"자, 어느 쪽이더냐. 분명히 해라."

"뭐 나는 이미 답을 알지만 말이야. 그래도 일단은 다시 츠토무의 입으로 듣고 싶은걸~."

오른쪽을 선택하면 왼쪽 어깨에서 피가 흐르고, 왼쪽을 선택하면 오른쪽 어깨가 분쇄된다. 츠토무는 식은땀을 흘리며 가는 눈을 감은 뒤, 한마디를 입에 담았다.

"플래시!"

시야를 가리는 스킬을 발동한 츠토무는 간신히 그 자리에서 도망쳤다. 하지만 회의실을 나와 금방 두 사람에게 붙잡혀 질질 끌려가, 오랫동안 변명을 쏟아내며 혼나게 되었다. 가름과 부길드장은 그사이 약삭빠르게 도망친 뒤였다.

고요한 증오

　다음 날 저녁. 오후 6시를 앞둔 시각. 길드 회의실에는 일곱 명의 사람이 모여 있었다.

　오른쪽 소파에는 앞에서부터 부길드장, 츠토무, 카미유가 앉아 있었고, 그 뒤로는 에이미와 가름이 서서 대기하고 있다.

　그 맞은편에는 갈색 둥근 귀와 푹신한 꼬리를 소파 옆으로 내놓고 있는 여성이 입구 쪽에 앉고, 그 옆에는 불룩 배가 나온 개구리 같은 얼굴을 한 남자가 앉아 있다. 날조 기사를 썼던 미루루와 몸을 이용한 유혹에 넘어가 기사를 승인한 편집장이다.

　그 편집장은 현란한 장식이 들어간 회중시계를 본 뒤에 가방에 넣고는, 마음을 진정시키듯이 숨을 길게 쉬었다. 그것이 츠토무의 무릎 아래로 들어온다. 하지만 개구리 같은 그 생김새와 달리 숨결에서 불쾌한 냄새는 나지 않았다.

　그리고 조용해진 회의실로 한 남자가 들어온다. 백발이 섞인, 군인처럼 자세가 바른 장년 남자는, 이미 모여 있는 회의실의 사람들에게 가볍게 인사했다.

　"내가 마지막인가. 기다리게 해서 미안하네."

　"아닙니다, 시간은 지나지 않았으니까요. 자 저쪽으로 가시죠."

부길드장이 그렇게 말하자, 검은 콧수염을 짧게 기른 남자는 고개를 끄덕이고 왼쪽 소파의 안쪽에 앉았다. 어딘가 세련된 움직임을 보이는 이 장년의 남자는, 솔리트 신문사의 최고 책임자였다.

하지만 행동파이기 때문에 실질적인 권한을 편집장에게 위임하고 본인은 도시 바깥의 던전을 공략하는 미궁 제패대라는 클랜을 밀착 취재하고 있었다. 그리고 이번 불상사를 마도구로 전달받아 서둘러 도시로 돌아온 참이었다.

편집장은 그 남자가 앉고 나서 잠시 뒤에 회의실을 둘러봤다. 그러자 길드의 접수원 아가씨가 들어와 차를 돌리기 시작했다. 평소에는 솔리트 신문사의 사람이 내주던 차는, 이번에는 길드 측에서 제공했다. 그리고 그 접수원 아가씨가 퇴실하자, 편집장은 눈을 깜빡인 뒤에 입을 열었다.

"그럼 이쪽 사람이 모두 모였으니, 이야기를 시작해도 괜찮겠습니까?"

"예, 그러시죠."

편집장이 그렇게 말해 부길드장이 회의록 준비를 마치고 답했다. 그러자 편집장은 한 번 헛기침한 뒤에 말을 시작했다.

"그럼, 우선은 길드장님과 부길드장님을 비롯해, 츠토무 님, 에이미 님, 가름 님. 귀중한 시간을 내주셔서 진심으로 감사합니다. 오늘은, 저희에게 사죄의 기회를 주신 것에 깊이 감사드립니다."

편집장이 홀로 머리를 숙인 뒤 양옆의 두 사람에게 시선을 보내고, 다 같이 일제히 일어났다.

"이번에 츠토무 님에 관한 기사에서 진실과 다른 내용을 유포한

점, 진심으로 죄송합니다. 앞으로 이런 일이 발생하지 않도록, 솔리트 신문사는 성심성의껏 노력하겠습니다."

편집장이 사죄의 말을 끝내자, 세 사람은 일제히 반듯하게 머리를 숙였다. 10초 정도 머리를 숙인 세 사람은 살며시 머리를 들었다.

"물론 저희도 사죄의 말만으로 끝낼 생각은 없습니다. 저희 회사에서 보상해 드리기 위해, 오늘 여러분을 모신 것입니다."

"네."

"우선은 지금까지 발행된 기사의 회수. 그리고 정정문과 사죄문을 실은 신문을 후일 발행하겠습니다. 신문 기사의 회수에 관해서는 조금 시간이 걸리겠습니다만, 일주일 이내로는 회수할 수 있을 겁니다. 부디 양해해 주시길 바랍니다."

부길드장이 츠토무에게 시선을 보내자 츠토무는 말없이 고개를 끄덕였다. 부길드장이 편집장에게 대화를 진행하도록 재촉하자, 편집장은 머리를 숙인 뒤에 이야기를 이어갔다.

"그리고 츠토무 님은 물론이고, 길드장님, 에이미 님, 가름 님의 명예도 더럽히는 기사 내용이 있었다고 생각되니, 여러분께는 솔리트 신문사에서 정식으로 배상금을 내겠습니다. 츠토무 님께는 5천만 골드. 길드장님, 에이미 님, 가름 님께는 천만 골드를 드리겠습니다."

"5천만 골드……."

부길드장이 저도 모르게 회의록을 작성하는 손을 멈추고 중얼거리고 말 정도로, 그 금액은 터무니없었다. 그런 금액을 턱 내놓을 정도로 솔리트 신문사가 강대한 기업이라는 것을, 츠토무는 실감했다.

"물론 이 금액에도 만족하지 못하신다면, 상담 과정에서 조절하는 것도 검토하겠습니다. 어떠십니까?"

"일단은, 모든 조건을 듣고 나서 이의를 제기하겠습니다."

그 말을 들은 츠토무가 무표정을 유지한 채로 대답하자, 편집장은 조금 풀린 표정으로 물러났다. 그리고 옆에서 시선을 내리고 있는 미루루를 슬쩍 본 편집장이 바로 입을 열었다.

"그리고 이번에 엉터리 기사를 쓰고, 제 눈을 속여 억지로 기사를 몰래 끼워 넣은 솔리트 신문사의 미루루에 대해서는, 오늘 현재 징계 해고 처분을 내렸습니다. 앞으로 솔리트 신문사에서 고용하는 일은 없으리라는 것을 약속드립니다."

오른쪽 입구 쪽에 앉아 있는 미루루를 비난하듯 보며 말하는 편집장. 미루루의 기사는 몸을 이용한 유혹에 져서 편집장 자신이 승인해 기재한 것이지만, 그것을 느끼지 못하게 하는 표정으로 담담하게 말했다. 그리고 당사자인 미루루도 그 사실을 발설하는 일 없이 침통한 표정을 유지하고 있었다.

"물론 그 이후의 기사에 관해서도 직원을 완전히 믿고 저 자신이 정확한 조사도 없이 발행하고 말았으니, 저도 편집장 자리에서 자진 사퇴하기로 했습니다. 미루루는 제가 하나부터 열까지 직접 키운 부하인지라. 저는 그런 날조 기사를 쓸 리가 없다고 믿었습니다. 그렇기에 저는 기사 내용도 자세하게 조사하지 않았고, 그 점은 다른 사원에게도 지적받았습니다."

편집장은 검은 정장의 가슴 주머니에서 하얀 손수건을 꺼내, 눈 꼬리에 맺힌 눈물을 가볍게 닦았다.

"하지만 어찌 되었든, 부하의 잘못은 상사의 책임입니다. 이번에 제 부하가 기사를 날조했다는, 지극히 중대한 사건을 저질러 정말로 죄송합니다. 이제부터는 저도 다시 처음부터 성심성의껏, 부하를 보는 눈을, 자기 사람이라도 약해지지 않는 마음을 키우겠습니다. 거듭해서 사죄드립니다."

편집장이 붉게 부은 눈으로 츠토무를 바라본 뒤에 머리를 깊이 숙이고, 덩달아 양쪽 두 사람도 머리를 깊숙이 숙였다. 츠토무는 그 모습을 개미굴이라도 관찰하듯이 보고 있었다.

그리고 머리를 들고 다시 손수건으로 눈물을 닦는 편집장은, 더 말할 기색이 없었다. 솔리트 신문사의 최고 책임자는 편집장을 흘 끗 본 뒤에 다시금 머리를 숙였다.

"솔리트 신문사의 최고 권한을 편집장에게 넘겼던 나에게도 책임은 있지. 츠토무 공, 이렇게 귀공의 명예를 더럽히는 짓을 하고 말아 정말 미안하네. 또한 길드장, 부길드장, 에이미 공, 가름 공. 당신들에게도 폐를 끼쳤군. 미안하네."

솔리트 신문사에 없었던 그가 사죄한 뒤에는 미루루가 테이블에 이마가 딱 부딪힐 정도로 깊숙이 머리를 숙였다.

"이렇게 여러분께 큰 폐를 끼쳐 실례를 저질렀습니다. 용서받을 수 있는 일이 아닙니다만, 그래도 사죄를 받아주신다면 감사하겠습니다."

푹신한 갈색 꼬리를 늘어트린 미루루가 사죄했다. 에이미는 복잡한 표정으로, 츠토무는 싸늘한 눈으로 그것을 내려다봤다. 미루루는 머리를 들고 츠토무의 얼굴을 보고는 침울한 표정 그대로 내심 혀를 찼다.

미루루가 솔리트 신문사에서 징계해고를 당하는 것은 맞지만, 그 뒤에는 솔리트 신문사의 연고로 다른 신문사에 취직할지, 편집장의 비서로 직접 고용될지 하는 선택지가 주어졌다. 물론 미루루는 다른 신문사에 취직해 한동안은 얌전히 기회를 살필 예정이다. 미루루는 여전히 에이미가 츠토무에게 약점을 잡혔다고 맹신하고 있었다.

겉으로는 드러내지 않지만, 미루루는 중앙에 앉은 츠토무를 보고 두고 보자며 속으로 저주하듯 중얼거렸다. 그리고 츠토무는 때때로 고개를 끄덕이며 사죄의 말을 듣고, 미루루의 사죄가 끝나고 편집장이 아무 말도 하지 않는 것에 고개를 갸웃거렸다.

"그래서, 보상 내용은 이걸로 끝인가요?"

"네. 배상금에 관한 의견이 있으시면 듣겠습니다."

"그렇군요. 우선은 배상금을 제외하고 세 가지 질문이 있는데, 괜찮아요?"

"네. 말씀하시죠."

편집장이 얼굴을 손수건으로 닦은 뒤 곱게 접어 가슴 주머니에 넣고, 진지한 표정으로 츠토무를 정면으로 응시했다.

"우선은 미루루가 기사를 몰래 끼워 넣었다는 것 말인데, 솔리트 신문사의 기사는 직전에 바꿔치기가 가능할 정도로 관리가 허술한가요?"

"그것에 관해서는 정말 죄송합니다. 하지만 미루루는 지금까지 근면한 태도로, 한 번도 문제를 일으켰던 적 없이 직무를 완수한 직원입니다. 그런 직원이 기사를 억지로 바꿔치기한다는 무리한 짓을 저지를 줄은 아무도 예상하지 못해 이런 사태가 벌어지고 말았습니다. 기사의 관리체제에 대해서는 앞으로도 한층 더 엄격하게 다루도록 철저히 교육하겠습니다."

"그러신가요. 그리고, 제가 화룡을 해치우고 나서 갑자기 사죄를 제안했죠? 그것에 대해서는 어떻게 생각하시나요?"

"아니요. 저희는 츠토무 님의 파티가 화룡을 토벌하지 않더라도, 사죄할 예정이었습니다. 미루루의 기사 날조에 관한 정보가 모두 모였기 때문에, 이번에 이렇게 사죄하러 온 것입니다."

죄송하다는 듯이 입을 오므리고 잘못을 비는 편집장. 츠토무는 '뻔뻔하긴'이라고 생각했지만, 그 모습을 봐서 언급하는 것을 멈추고 다음 본론으로 들어갔다.

"그럼 마지막으로, 제 기사를 쓴 미루루에 관해서. 저로선 조치가 너무 가벼운 것 같은데요?"

"하지만 저희 회사에서 징계 해고를 당하고, 더욱이 자산 대부분을 이번 보상금으로 압류당했습니다. 그런데도 아직 불만이 있습니까?"

비위를 맞추듯 눈치를 살피는 편집장에게, 츠토무는 활짝 웃어주었다.

"네. 불만이 있네요. 아, 그렇죠. 솔리트 신문사의 기사에 이 직원의 얼굴 사진과 제 날조 기사를 썼다는 사실을 공표해 주겠어요? 그래 주신다면 저도 어느 정도 납득할 수 있겠는데요."

"무슨······!"

츠토무의 말에 미루루는 저도 모르게 목소리를 흘렸다. 편집장은 매우 난처한 듯이 눈을 가늘게 뜨며, 지방으로 덮인 목을 기울였다. 츠토무의 말에 오른쪽에 앉아 있는 카미유가 입을 열었다.

"츠토무. 신문사의 기자는 귀족에게 신분을 보장받고 있다. 따라서 반드시 재판을 통해 미루루의 죄를 추궁해야만 한다."

"그럼 미루루를 고소할게요."

"그러십니까."

편집장의 머릿속에는 경비단, 배심원, 판사 중에서 연결점이 있는 사람들이 떠올라, 어떻게 도망쳐야 할지 이미 계산이 섰다. 사전교섭을 할 태세는 솔리트 신문사도 갖췄기 때문에, 설령 고소당한다 해도 얼마든지 도망칠 수 있다.

하지만 츠토무는 미소를 띠며 말을 이어갔다.

"귀족님께, 직접 말이죠."

"············."

그 말에 편집장의 표정의 희미하게 굳었다. 옆에 있는 최고 책임자도 츠토무의 말에 한쪽 눈썹을 세웠다. 그리고 미루루는 믿을 수 없는 것을 보는 듯한 눈빛으로 츠토무를 보고 있었다.

"최고층 도달 기록을 경신하면, 귀족님께 표창받을 기회가 있죠? 그렇다면 그때 직접 고발할게요."

신의 던전을 최전선에서 공략하는 대형 클랜에는 도구점이나 장비점 등이 출자하면서 자기 가게의 장비를 사용하게끔 하고, 이를 선전하는 스폰서가 있다. 그리고 그 여러 스폰서 중에는 이 미궁 도시를 다스리는 귀족도 있다.

귀족은 최고 기록을 경신한 클랜과 파티에 상을 줄 때가 있다. 그 것은 화룡 토벌 때 흑마단이 표창을 받은 것으로도 알 수 있다.

츠토무는 앞으로 4인 파티를 짜서 던전을 공략해 흑마단을 추월하고 최고층 기록을 경신할 것이다. 그리고 귀족에게 표창받을 때, 솔리트 신문사를 직접 고발하겠다고 말한 것이다.

츠토무는 3인 파티로 화룡을 공략했고 최고층 기록 경신도 실현할 수 있을 것이라는 사실은 편집장도 잘 알고 있다. 하지만 귀족과의 알현 때 그런 것을 고발한다는 것은, 그들의 상식으로는 있을 수 없는 일이었다.

"도저히 제정신이라고는 볼 수가 없군. 고작 평민의 죄를, 귀족이 신경 쓸 리가 없어. 게다가 귀족과의 알현 중에 항의하다니."

"목이 날아가도 저는 상관없어요. 더 잃을 것도 없으니까요."

츠토무는 담담하게 말했다. 그 말투에는 망설이는 기색이 전혀 없었다.

고아 출신이라고 편집장이 인식하고 있는 츠토무. 그에게는 귀족을 두려워할 지식이나 품격도 없다. 그렇게 느낀 편집장은 츠토무가 귀족과의 알현 때 미루루에 관한 일을 정말로 거론할 가능성을 느끼고 말았다.

"길드장님, 가름 님."

"나는 츠토무와 파티를 맺을 것이다. 럭키 보이라는 별명이 사라질 때까지 유지하기로 한 계약이니 말이다."

"저도 마찬가지입니다. 츠토무를 따라갈 생각입니다."

"아! 나도 나도!"

세 사람의 말에 편집장은 처음으로 인상을 팍 구겼다. 3인 파티로 화룡을 해치운 사람들이다. 흑마단이 공략하고 있는 62층 따위는 금방 추월해 귀족의 눈에 들어가리라고 예상했다.

"그렇다고는 해도, 미루루의 죄와 얼굴을 공표해 주신다면 그런 터무니없는 짓은 하지 않아요. 어차피 잘라낼 꼬리잖아요. 딱히 주저할 필요는 없을 것 같은데요?"

"우리 신문사에서 공표하면 본인의 기자 생명은 틀림없이 빼앗기겠지. 그것은 나도 마음이 아프군. 대체, 어째서 자네는 그렇게까지 집착하는 것인가?"

편집장 옆의 남자가 엄격한 표정으로 츠토무에게 질문했다. 츠토무는 그 남자의 얼굴을 빤히 바라봤다. 그 눈은 오랜 세월 그 유명한 솔리트 신문사의 정상을 지키고 있는 그조차 경계하지 않을 수 없는 눈이었다.

"뭐라고요?"

츠토무가 뼈에 사무칠 정도로 사늘한 목소리를 내고, 고개를 갸웃거리며 고정했다. 격정이 담긴 그 짧은 말을 들은 남자는 한동안 얼어붙고, 긴장된 분위기가 회의실에 흘렀다. 에이미가 어색한 듯이 다리를 꼼지락거리며 움직이고 있다.

모두가 숨소리마저 죽였다. 츠토무는 불쾌한 듯이 눈을 가늘게 뜨고 남자에게서 눈을 돌리지 않았다.

"먼저 제 탐색자 생명을 빼앗으려고 했던 것은 당신들인데요?

그런데 기자 생명이 빼앗길 것 같다? 농담이라고 쳐도 질이 나쁘네요."

조소하듯 싱겁게 웃고 하는 말에 남자는 입을 다물었다.

"…………."

"뭐, 럭키 보이 소동은 그나마 괜찮아요. 그것만이라면 아직, 괜히 주목받은 거니까 제대로 된 파티는 만들 수 있었겠죠. 하지만 그 날조 기사에 관해서는, 있을 수 없어요. 도시에서는 범죄자 취급. 숙소마저 제대로 잡을 수가 없죠. 물론 다른 탐색자도 저에게 다가오지 않게 되고, 만약 카미유가 없었으면 저는 탐색자를 계속할 수 없었어요. 저는, 백마도사죠. 파티가 없으면 던전 공략이 가능할 리가 없어요."

신에게 이 세계로 초대받아 원래 세계로 돌아갈 단서를 찾고자 던전에 들어가고 있는 츠토무. 그런 그에게 파티를 짜지 못한다는 것은 원래 세계로 돌아갈 단서가 소실된다는 것과 마찬가지다. 그것은 츠토무에게 최악의 사태다. 원래 세계의 단서를 잃고, 던전에도 들어갈 수 없다. 던전 말고 다른 오락은 중세 시대와 거의 차이가 없는 이 세계에 존재하지 않는다. 츠토무는 원래 세계로 돌아갈 수 있을지도 모른다는 희망과 던전이라는 오락이 있기에 이 세계에서 살아가고 있을 뿐이다. 만약 둘 중 하나라도 잃게 된다면, 츠토무는 불안에 짓눌려 절망할 것이다.

따라서 그것을 방해하는 자는 누가 됐든, 용서할 마음이 눈곱만큼도 없었다. 자신이 모르는 곳에서라면 미루루가 객사하더라도 츠토무는 상관없다는 심정이다.

"먼저 내 탐색자 생명을 빼앗으려 했던 것은, 너야. 두 번 다시 기자 일을 할 수 있을 거라고 생각하지 마. 너만큼은 반드시 끝내 겠어. 두 번 다시 나에게 해를 끼칠 수 없도록, 끝장내 주겠어."

"힉."

증오를 담아 눈을 살짝 뜬 츠토무의 시선을 본 미루루는 짧게 비명을 지르고 도망치듯이 얼굴을 돌렸다.

"아아, 배상금에 관해서는 다른 의견이 없어요. 단, 미루루에 관한 조치만큼은 양보할 마음이 전혀 없네요. 다시는 제게 해를 끼칠 힘을 주고 싶지 않으니까요."

마치 탐색자와 던전에 자기 목숨을 걸고 있는 듯한 츠토무의 집념. 그것을 느낀 남자는 조용히 눈을 감은 뒤에 선언했다.

"그래. 나로서도 내 기자 생명에 상처가 생긴다면, 자네와 같은 감정이 생기겠지. 미루루에 관해서는 두 번 다시 같은 일을 저지르지 못하도록 철저히 조치하겠네. 편집장, 다른 의견이 있나?"

"없습니다……."

"미루루도, 알겠지."

남자가 거역할 의식마저 빼앗는 듯한 낮은 목소리를 내며 시선을 보내자, 미루루는 부들부들 입을 떨었다.

"나, 나는! 에이미 님을 위해서! 진실을 퍼트렸을 뿐이야! 어째서, 내가 이런 꼴을 당해야만 하는데! 웃기지 마!!"

테이블에 한쪽 주먹을 내려친 미루루. 츠토무는 그녀에게 인간이 아닌 것을 보는 듯한 시선을 보내고, 뒤에 있는 에이미는 씁쓸한 표정을 짓고 있었다.

"편집장의 천박한 시선이랑, 더러운 손에 닿는 굴욕에도 견디고, 나는 억지로 기사를 발행했어! 나는 최선을 다했어! 그런데 어째서…… 어째서야아아!"

"네, 네 이놈?! 무슨 소리를 하는가 했더니만, 그런 헛소리를!"

그 고백에 편집장이 당황한 것처럼 붙잡으려 하지만, 미루루는 이미 소파에서 일어나 츠토무에게 손가락질을 하고 있었다.

"너만 없었으면! 애초에 고아 따위인 네가! 금 상자를 뽑은 것밖에 없는 럭키 보이가! 에이미 님에게 다가가지 않았으면 이런 일은……."

짝. 에이미가 미루루에게 다가가 뺨을 때렸다. 에이미에게 따귀를 맞고 넋이 나가는 미루루.

에이미는 미루루를 찌릿 노려본 뒤에 시선을 떨구었다.

"내가 없어도, 츠토무는 화룡을 토벌했잖아. 츠토무는 네가 말하는 만큼, 나에게 고집하지 않아. 나는 네가 말하는 것처럼 약점을 잡히지도 않았고, 명령도 받지 않아."

"에, 에이미 님…… 저는! 저는 그저!"

"멋대로 망상하고 기사를 써서, 그것 때문에 나는 화룡 토벌에 참가할 수 없었어. 네 탓에 말이야."

"………."

에이미의 매서운 시선에 미루루는 몸을 움츠렸다. 에미이의 입으로 부정당한 것이, 미루루에게는 무엇보다도 효과가 있었다.

"어째서 혼자 멋대로 행동한 거야? 바보구나. 뭐, 나도 남 말을 할 처지는 아니지만 말이야."

"흐윽."

"그런 기사를 안 써도, 나한테 말하면 됐잖아. 정말 바보구나."

"죄, 죄송해요……."

갑자기 위축되어 사과하기 시작한 미루루를 보고 성대하게 한숨을 내쉰 뒤, 에이미는 츠토무와 다른 사람들에게 눈길을 돌렸다.

"내가 아니라 츠토무에게 사과해. 그리고 솔리트 신문사에도 폐를 끼쳤잖아."

"죄송해요! 죄송해요! 죄송해요오오오오!!"

에이미는 자신에게 매달려 주저앉는 미루루를 붙잡았다. 그리고 한동안 미루루는 주위를 아랑곳하지 않고 펑펑 울었다. 편집장은 옆에 있는 남자의 시선을 견딜 수가 없었는지 몸을 움츠리고, 츠토무는 여전히 차가운 눈으로 에이미에게 매달려 울부짖는 미루루를 바라봤다.

인과응보

　그 뒤로는 에이미가 미루루와 이야기하는 가운데 다른 사람들끼리 회의록을 서로 확인하며 보상 내용이 명기된 서류를 작성하고, 쌍방의 합의를 증명하는 서명을 기입했다. 날조 기사의 회수, 기사 정정과 사죄. 배상금은 츠토무에게 5천만 골드. 카미유, 에이미, 가름에게 천만 골드가 지급된다. 그리고 미루루의 얼굴 사진과 날조 기사를 쓴 사실을 공표할 것을 약속했다.

　그 서면을 베끼고 다섯 명에게 마지막으로 인사한 솔리트 신문사의 최고 책임자는 엄격한 표정으로 재빨리 퇴실했다. 그 뒤를 편집장이 허둥지둥 미루루를 끌고 쫓아갔다. 세 사람이 사라지자 츠토무는 기력이 다한 것처럼 등받이에 몸을 기댔다.

　옆에 앉은 카미유는 뚝뚝 관절을 풀고, 부길드장은 몇 번이나 확인했던 서류를 아직도 세심하게 체크하고 있었다.

　"츠토무. 괜찮아?"

　"응? 아, 네."

　무표정으로 굳어진 얼굴을 풀 듯이 두 손으로 문지르는 츠토무는, 에이미의 물음에 얼굴을 누르면서 답했다.

　"그런 느낌으로 괜찮았으려나?"

"음, 좋은 느낌이었어요. 조금 깜짝 놀랐지만, 결과가 좋으면 전부 OK예요."

츠토무가 엄지를 세우자 에이미는 안심한 것처럼 가슴에 손을 얹고 한숨을 쉬었다. 아까 미루루의 모습을 봐서는 위해를 가하는 일은 없을 것이라고, 츠토무는 결론을 내렸다.

츠토무는 어제 면담 전 회의에서 에이미에게 미루루의 인물상을 듣고, 논리로 입을 다물게 하거나 행동을 제어하기 어려울 것으로 생각했다. 솔리트 신문사에 쳐들어간 에이미에게 했다는 말을 봐서, 미루루는 감정으로 움직이는 타입이다. 따라서 츠토무는 아무리 정론으로 항의해도 의미가 없다고 느끼고 있었다.

그것을 느낀 츠토무는 우선 감정에 호소하는 책략을 생각했다. 먼저 츠토무가 에이미를 대신할 사람이 있었기에 화룡을 토벌할 수 있었다는 결과를 말한다. 그것을 듣고 에이미가 미루루에게 당신의 기사만 없었으면 나도 화룡 토벌이 가능했다고, 눈물짓고 호소하며 다가가 설득한다는 책략을 제안했다.

그 책략을 츠토무에게 들은 에이미는 노골적으로 싫은 표정을 지었다. 실제로 에이미는 그 기사 때문에 파티에서 빠져 화룡 토벌을 놓쳤다. 게다가 미루루에게 정도 없었으니까, 에이미는 오히려 욕설을 퍼부어주고 싶은 기분이었다.

하지만 츠토무는 미루루가 에이미 신자라고 예상했다. 그런 미루루가 에이미에게 부정당한다면 무슨 짓을 저지를지. 에이미에게 미움받는 것은 츠토무 탓이라고 생각해 무서운 짓을 저지르리라는 것은 쉽게 예상할 수가 있었다.

따라서 츠토무는 미루루의 감정이 상하지 않게 에이미가 잘 설득해 주기를 바랐다. 만약 그것으로 미루루가 망가져 버린다면 츠토무는 목숨이 위태로운 몸이 된다. 그 전에 미루루를 끝장내는 것도 머릿속에 떠올랐지만, 그것만은 피하고 싶었다.

그리고 계획의 핵심인 에이미는 미루루와 엮이는 것을 진심으로 사양하고 싶었지만, 츠토무에게는 죄책감이 있었다. 그래서 츠토무의 책략을 어쩔 수 없이 받아들였다. 그리고 츠토무는 자신의 불안한 작전에 자신감이 별로 없어서, 어느 정도는 에이미의 재량에 맡겼다.

그 회의를 기반으로 이야기를 진행했는데, 에이미가 갑자기 미루루에게 따귀를 날리는 바람에 츠토무는 내심 조마조마했었다. 하지만 그 뒤는 미루루가 에이미에게 매달려 좋은 이야기 같은 분위기가 되어, 어째서 그렇게 되는지는 잘 이해할 수 없어도, 일단은 안심했다.

결국 그 뒤로 에이미가 설득한 덕분에 미루루는 에이미에게 미움받았다고 느끼지 않았다. 그리고 묵묵히 죄를 받아들여 이의를 제기하지 않았고, 츠토무를 과도하게 원망하는 일도 없었다.

그다음 날. 솔리트 신문사 직원이 총동원되어 신문을 도시에 배포했다. 1면에는 미루루의 얼굴 사진. 그리고 미루루가 쓴 날조 기사의 정정 내용이 자세히 쓰여, 최고 책임자를 선두로 도시 안에서 솔리트 신문사원의 사죄 운동이 실시되었다.

그 남자의 성실한 태도 덕분에 구독자의 타사 유출을 어느 정도 막을 수 있었지만, 솔리트 신문사의 매출은 틀림없이 떨어질 것이다. 그리고 거액의 배상금도 다음 날 각자의 길드 계좌로 들어왔다. 오랜 세월 편집장을 맡은 남자도 미루루의 자백으로 본인이 그 기사를 용인했다는 것이 밝혀져, 정말로 신입사원과 차이 없는 위치로 강등되었다.

하지만 그래도 여전히 솔리트 신문사는 과점 상태를 유지하고 있었다. 확실히 규모는 이전에 비해 축소되었지만, 다른 두 신문사가 솔리트 신문사와 나란히 할 정도로 성장하지 못했다. 솔리트 신문사의 과점 상태를 막으려면, 그 두 회사의 성장이 필요했다.

그 두 회사가 성장할 수 있게끔, 츠토무는 우선 화룡을 토벌한 3인 파티의 인터뷰 권리를 양사에 무료로 제공하기로 했다. 그리고 앞으로 두 회사가 대항마로 성장할 때까지 솔리트 신문사의 취재를 일절 거부할 방침이다.

미루루는 징계 해고 처분을 받고, 솔리트 신문사에서 발표한 기사에 의해 그 악명이 온 도시에 퍼지게 되었다. 솔리트 신문사의 연줄도 사라진 미루루를 고용해 줄 신문사는 이 미궁도시에는 존재하지 않는다. 하지만 미루루는 눈에서 생기를 잃지 않았다. 아직 에이미라는 희망이 존재했기 때문이다.

에이미에게 버림받지 않았다는 희망. 여전히 에이미의 곁에 있는 츠토무. 어떤 직업을 가져야 할지 망설이던 미루루는 그 자리를 당당히 빼앗아주겠다는 생각으로, 정식으로 탐색자가 되었다.

신의 던전에는 신에게 버림받은 사람이 아니라면 누구든 들어갈 수 있다. 그 점은 귀족이 보장하고 있다. 따라서 자산을 대부분 몰수당한 미루루라도 얼마 안 남은 돈을 내면 탐색자가 될 수 있다.

그리고 기구하게도 미루루는 츠토무와 같은 백마도사가 걸렸다. 그래도 금방 츠토무를 초월해 주겠다며 내심 기세등등했다.

하지만 츠토무에게 한 허위 사실 유포가 얼마나 잔혹한 짓이었는지, 미루루는 앞으로 본인이 직접 체험하게 된다.

4인 파티 결집

그다음 날. 아침의 길드 신대 앞. 새하얀 로브 차림에 매직백을 짊어진 츠토무, 은 갑옷을 입고 큰 방패를 등에 건 가름. 붉은 가죽 갑옷에 투박한 철 대검을 등에 멘 카미유. 그리고 몸을 일부 가리는 갑옷을 입고 쌍검의 칼집을 흔들며 에이미가 합류했다.

"30초 지각이네요."

"너무 깐깐해!"

하얀 지팡이로 바닥을 짚고 츠토무가 한 말에 에이미는 재빨리 딴지를 걸고, 기쁜 듯이 웃었다. 그런 에이미를 보고 가름이 언짢은 듯이 코웃음을 쳤다.

"흥, 발목이나 잡지 마라."

"뭐어~?! 먼저 화룡을 잡았다고 건방지게 굴지 마! 애초에 그 일이 없었으면 나도 지금쯤 화룡을 토벌했거든요~!"

"헛소리를. 네가 카미유 씨보다 강하다는 것이냐?"

"으극."

"싸우지 마세요. 두 분이 같이 다니는 건 오랜만이니까요."

금방 말다툼을 시작한 두 사람을 츠토무가 달래자 가름은 시선을 거두고, 에이미는 뾰로통한 얼굴로 고개를 돌렸다. 눈치를 살피는 듯한 카미유를 받고, 츠토무는 어깨를 으쓱였다.

　그런 네 사람이 카운터에 줄을 서자, 주변 탐색자들의 시선이 자연스럽게 모여들었다. 화룡 토벌 파티에 이어서 에이미도 들어오게 되면, 기대가 쏠리는 것도 당연하다. 오늘은 우연히 접수원 아가씨의 장소가 마침 한산해서, 츠토무는 그곳으로 갔다.

　"안녕하세요. 좋은 아침입니다."

　"좋은 아침이에요. 스테이터스 카드 갱신과 파티 신청을 부탁드려요."

　"알겠습니다. 그럼 타액의 제출을 부탁드립니다."

　시원시원한 목소리로 대답을 한 접수원 아가씨는 네 장의 작은 종이를 내밀었다. 츠토무는 그 용지 끝을 입에 대고 침으로 적시고 마른 부분을 앞으로 해서 카운터에 놓았다. 옆에 세 사람도 똑같이 해서 종이를 제출한다.

　이제 그것을 보고 대놓고 무시하는 사람은 한 명도 없었다. 벌레 탐색자가 속으로 뭔가 생각하더라도 입 밖으로 꺼내는 일은 없다. 접수원 아가씨는 그 종이를 받아서 마도구에 넣었다. 그러자 접수대 뒤로 있는 형형색색의 카드 중에서 붉은 카드와 갈색 카드가 빠져서 마도구 가까이로 나왔다.

　그것을 접수원 아가씨가 손에 들고 작게 무언가를 중얼거리자 스테이터스 카드가 한순간 빛났다. 그리고 곧장 네 사람의 손으로 넘겨졌다.

　"오래 기다리셨습니다. 다 됐어요."

　"감사합니다."

마도구에 올라간 종이를 랜턴에 넣어 태운 접수원 아가씨는 푸근하게 싱긋 웃었다. 다른 세 사람이 받은 빨간 스테이터스 카드를 옆에서 보고 입술을 잘근잘근 깨무는 에이미.

"에이미도 금방 같아질 거예요."

"그, 그렇지?"

"글쎄다."

"시끄러워, 가름!"

에이미를 내려다보는 가름에게 츠토무는 어색한 웃음을 지은 뒤, 자신의 스테이터스 카드를 봤다.

쿄타니 츠토무

레벨 LV	38
완력 STR	C-
솜씨 DEX	C
체력 VIT	D+
민첩 AGI	D+
정신 MND	C+
운 LUK	D+
직업 JOB	백마도사

스킬: 힐, 오라 힐, 플래시, 에어 블레이드, 프로텍트, 메딕, 헤이스트, 레이즈, 하이 힐, 에어리어 힐, 홀리 윙, 플라이, 에어 블레이즈, 배리어

'럭키 보이 소리를 안 들을 때까지 45는 넘고 싶네.'

츠토무는 그런 것을 생각하며 스테이터스 카드를 반납하고 마법진으로 향했다. 아직 뒤에서 말다툼하는 두 사람에게 더 말하지 않고, 옆에 있는 카미유에게 화제를 돌렸다.

"그리고 보니 럭키 보이라는 별명이 사라질 때까지 파티로 다닌다는 조건이었는데, 그 판단은 카미유가 하는 건가요?"

"그렇다. 지금까지는 아직 럭키 보이라고 부르는 사람이 많아 안심해도 되지만, 츠토무는 또 화룡을 토벌할 작정이겠지?"

"네. 이번에는 가름과 에이미로 도전할 예정이에요."

뒤에서 소란을 떠는 두 사람에게 츠토무가 가는 눈을 뜨고 온화한 시선을 보내자, 카미유는 떨떠름한 표정을 확 풀었다.

"그렇구나. 그렇다면 그 계약은 화룡을 토벌하거나 한 달을 기한으로 하자. 기간은 이 정도면 괜찮겠느냐?"

"충분해요. 배려해 주셔서 감사해요."

머리를 숙인 츠토무를 보고 카미유는 잠시 생각한 뒤, 진지한 표정으로 츠토무에게 말했다.

"그 뭐냐, 츠토무. 괜찮다면⋯⋯길드 직원이 되지 않겠느냐?"

"네? 제가 말인가요?"

"그래."

여전히 진지한 표정인 카미유를 보고, 츠토무는 진심으로 권하는 중임을 깨달았다. 그래서 잠시 생각한 뒤에 답을 하려고 했다.

"저는⋯⋯."

"뭘 둘이서 속닥속닥 이야기하는 거야!"

"으헉!"

바로 그때 뒤에서 가름과 말씨름을 끝낸 에이미가 츠토무의 등에 매달렸다. 목에 달라붙어 당황하며 앞으로 고꾸라지는 츠토무. 에이미는 탈것에 오른 것처럼 몸을 흔들었다.

"뭔데~ 나도 끼워줘~."

"잠깐, 무거우니까 떨어져 주세요."

"뭐, 뭐시라~! 나 살 안 쪘는데~!"

"아니, 장비 때문에 무게가 나가잖아요! 정말 무거워요……."

실제로 갑옷을 장비한 에이미가 업히면 츠토무에게 무겁다. 매달린 팔을 떼어내고 에이미를 내린 츠토무는 지친 듯이 숨을 내쉬었다. 그러자 에이미가 그 손을 잡아당겨 마법진으로 들어간다.

"자, 가자!"

"조금 쉬고 싶네요……."

유원지에서 딸에게 끌려가는 아버지 같은 표정을 지으며, 츠토무는 반강제로 에이미에게 손을 잡혀 마법진으로 끌려갔다. 그 뒤에서 가름이 에이미에게 경고하면서 마법진으로 들어가고, 카미유는 못 말리겠다는 기색으로 뒤따랐다.

"51층으로 전이……!"

에이미의 활기찬 목소리와 함께 네 사람은 51층 계곡으로 전이했다.

후기

dy(다이)레이토입니다. 「라이브 던전! 2 신룡인 길드장」은 어떠 셨습니까? 이번에는 의견이 갈리는 전개일 것 같지만, 즐겁게 보 셨으면 좋겠습니다. 카미유의 용화나, 가름의 고집이 개인적으로 볼 만한 대목입니다. 주인공은…… 봐주시면 아실 듯.

1권과 2권에도 시간을 들여 다양한 가필 수정과 개고가 있었는 데, 3권부터는 더 크게 바꾸어 갈 예정이니 부디 기대해 주십시 오.

늦게까지 상담해 주신 담당 편집자님. 덕분에 이번에도 완성도 가 좋게 나왔습니다. 고맙습니다.

지난번에 이어서 멋진 일러스트를 그려주신 Mika Pikazo 님. 아슬아슬한 순간까지 원고를 수정해 주셨던 교정자님. 고맙습니 다.

마지막으로 2권을 찾아주신 독자 여러분. 감사합니다. 저도 바 빠지기 시작한 몸입니다만, 독자 여러분 덕분에 열심히 할 수 있 을 것 같습니다. 앞으로도 부디 잘 부탁합니다.

라이브 던전! 2 신룡인 길드장

2023년 09월 15일 제1판 인쇄
2023년 09월 25일 제1판 발행

지음 dy레이토
일러스트 Mika Pikazo

발행 영상출판미디어(주)
등록번호 제 2002-000003호
주소 07551 서울특별시 강서구 양천로 570 NH서울타워 19층
대표전화 02-2013-5665

ISBN 979-11-380-3293-3
ISBN 979-11-380-3049-6 (세트)

LIVE DUNGEON! Vol.2:SHINRYUJIN NO GUILD CHO
ⓒ2016 dyreitou, Mika Pikazo 2017
First published in Japan in 2017 by KADOKAWA CORPORATION, Tokyo.
Korean translation rights arranged with KADOKAWA CORPORATION, Tokyo.

구매 시 파손된 도서는 구매처에서 교환하실 수 있습니다.
기타 불편사항, 문의사항이 있으신 독자님께서는 노블엔진 홈페이지
[http://novelengine.com] 에서 Q&A 게시판을 이용해 주시기 바랍니다.

이상적인 성녀?
미안, 가짜 성녀입니다!
1

어느 루트로 가도 메인 히로인이 죽는 게임, 『영원의 산화』.
그 끔찍함에 치를 떨고 잠들었는데…… 정신이 들어 보니,
사람들이 끔찍하게 싫어하는 게임 속 가짜 성녀가 되어 있었다!

기왕 이렇게 됐으니 레벨을 올리고 고결한 성녀로 위장하자!
그러자 게임 주인공에 학생들, 교사까지. 가짜 성녀의 숭배자가 늘어나
게임 시나리오와는 다른 형태로 상황이 전개되기 시작하는데……?

카베돈다이코 지음 / 유노히토 일러스트

영상출판
미디어(주)

아픈 건 싫으니까
방어력에 올인하려고 합니다
1~11

게임 지식이 부족해서 스테이터스 포인트를 모조리 VIT(방어력)에 투자한 메이플.
움직임도 굼뜨고, 마법도 못 쓰고, 급기야 토끼한테도 희롱당하는 지경.
어라? 근데 하나도 안 아프네……. 그 이전에, 대미지 제로?
스테이터스를 방어력에 올인한 탓에 입수한 스킬【절대방어】.
추가로 일격필살의 카운터 스킬까지 터득하는데——?!
온갖 공격을 무효화하고, 치사급 맹독 스킬로 적을 유린해 나가는 「이동형 요새」 뉴비가
자신이 얼마나 이상한지도 모르고 나갑니다!

유우미칸 지음 / 코인 일러스트

영상출판
미디어(주)

슬라임을 잡으면서 300년, 모르는 사이에 레벨MAX가 되었습니다
1~18

회사의 노예처럼 일하다가 죽고, 여신의 은총으로 불로불사의 마녀가 되었습니다.
이전 생을 반성하고, 새로운 생에서는 슬로 라이프를 결심해
돈에도 집착하지 않고 하루하루 슬라임만 잡으면서 느긋하게 300년을 살았더니——
레벨99 = 세계 최강이 되어 있었습니다?!
그 소문이 퍼지고, 호기심에 몰려드는 모험가, 결투하자고 덤비는 드래곤,
급기야 나를 엄마라고 부르는 딸까지 찾아오는데 말이죠——.

모리타 키세츠 지음 / 베니오 일러스트

영상출판
미디어㈜

악역영애 레벨 99
~히든 보스는 맞지만 마왕은 아니에요~
1~4

RPG 스타일 여성향 게임에서 엔딩 후에 엄청 강하게
재등장하는 히든 보스, 악역영애 유미엘라로 전생했다?!
그것도 모자라 초반부터 레벨업에 몰두해 입학 시점에서 레벨 99를 찍고 말았다!!
평화로운 일상은 바이바이~ 사람들은 무서워하고, 주인공 일행들은
아예 부활한 마왕이라고 의심하는데……?!

아무튼 내가 최강이니 아무래도 좋은 마이 페이스 전생 스토리!

Satori Tanabata, Tea
KADOKAWA CORPORATION

타나바타 사토리 지음 / Tea 일러스트

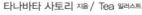

ROSY

국민들을 위해 최선을 다하고픈 (미래의) 최강 악역&최종 보스.
그 화끈한 국정 운영기 개막! 2023년 7월 애니메이션 방영 예정!

비극의 원흉이 되는 최강악역
최종보스 여왕은 국민을 위해 헌신합니다
1~6

"이런 최악의 쓰레기 악역인 최종보스로 환생하다니!!"
평화롭게 고등학교 3학년 방학을 즐기던 나.
그러던 어느 날 교통사고로 정신을 잃은 내 앞에 펼쳐진 것은 좋아하던 게임 시리즈
'너와 한줄기 빛'글 속 세계! 그런데 하필이면 나라를 파멸로 이끌 비극의 원흉으로 전생했다?!
남은 시간은 10년. 그 안에 내 치트인 예지 능력과 지력, 권력을 이용해 그 미래에서 벗어나겠어!
──라며 고군분투하는 사이, 어느새 주위 사람들에게 사랑받고 있습니다(?)

텐이치 지음 / 스즈노스케 일러스트

애니메이션 시즌 2 2023년 4월 스타트!
인기 이세계 판타지, 제26탄!

이세계는 스마트폰과 함께.

26

아이들도 여덟 명이 합류해 더욱 소란스러워진 토야와 그 주변.
익숙해지면 질수록 교류도 늘어,
토야는 아이들의 여러 취미와 요구에 시달리게 되는데?!
그 규모는 작은 것에서부터 전 세계를 내달리는 것까지 다양하고……

아이들을 위해서라면 어디든지 가겠어!
즐겁고 느긋한 이세계 판타지, 드라마 CD 특별한정판과 함께 등장!

Patora Fuyuhara / HOBBY JAPAN

후유하라 파토라 지음 / 우사츠카 에이지 일러스트

영상출판
미디어(주)